Mord in Moordevitz

Mord in Moordevitz

Wiebke Salzmann

Text-Wirkerei TW

Lektorat: Yvonne Schlatter (spannungs-lektorat.de)
Coverdesign: © 2022–2025 Wiebke Salzmann
Satz & Layout: Wiebke Salzmann
Illustrationen: Wiebke Salzmann

Verlagslabel: Text-Wirkerei (text-wirkerei.de)

ISBN Softcover: 978-3-347-55371-2

Weitere Ausgaben:
ISBN Hardcover: 978-3-347-56640-8
ISBN E-Book: 978-3-347-55372-9
ISBN Großschrift: 978-3-347-55373-6

1. Auflage 2022, Update 2025

Druck und Distribution im Auftrag der Autorin: tredition GmbH, Heinz-Beusen-Stieg 5, 22926 Ahrensburg, Germany

Sämtliche Personen und Orte in diesem Buch sind frei erfunden und Ähnlichkeiten zu existierenden Personen und Orten zufällig und nicht beabsichtigt. Dies gilt auch für die Illustrationen: Abbildungen von Orten und Dingen haben lediglich Schmuckfunktion, die abgebildeten Orte und Dinge kommen nicht selbst in der Geschichte vor.

Inhalt

Mord in Moordevitz   7

Für Neugierige
    Landkarte   235
    Hintergrundwissen   236
    Glossar   238

Danksagungen   246

Zum Weiterlesen   248

Die Übersetzung der niederdeutschen Sätze finden Sie am Ende der jeweiligen Kapitel.

*Katen, Freilichtmuseum Klockenhagen,
https://freilichtmuseum-klockenhagen.de*

1

S o, Leute, jetzt raus hier! Die Einwohnerversammlung ist beendet und der Gemeindesaal ist keine Kneipe!"

Bürgermeister Carsten Brandt scheuchte die Moordevitzer aus dem Saal. Katharina Lütten schob ihren Stuhl zurück, stand auf und folgte der nach draußen strömenden Menge. Mit einhundertsechsundneunzig Teilnehmern war immerhin ein Viertel der Dorfeinwohner zur Versammlung erschienen.

Im Ausgang prallte sie gegen Kevin Hansen, der mitten in der Tür stehen geblieben war und Brandt mit finsteren Blicken musterte. „'ne Kneipe haben wir schon seit Jahren nicht mehr", murrte er. „Wo sollen wir denn hin, um was zu beschnacken? Und wenn die das so umsetzen, wie angedroht, gibt es hier bald gar nichts mehr!"

„Ja, nun komm, da kann Carsten auch nichts für." Katharina schob sich neben Kevin, den sie mit ihren ein Meter fünfundachtzig locker um fünf Zentimeter überragte, und zog ihn am Arm durch die Tür. Nach dem dämmrigen Licht im Saal ließ das Sonnenlicht sie blinzeln.

Neben Kevin erschien Katharinas junge Kollegin Levke Sörensen. „Lass uns nach hinten auf den Grillplatz gehen, da sind noch ein paar andere hängen geblieben", schlug sie vor und zog an Kevins anderem Arm.

Auf der Rückseite des weiß gestrichenen Flachbaus, in dem Bürgermeisterbüro und Gemeindesaal untergebracht waren, erstreckte sich eine zum Bodden sanft abfallende

Rasenfläche, von diesem durch einen Schilfgürtel getrennt. Ein dumpf hallender Ton zeugte von einer Rohrdommel, versteckt zwischen den Halmen. Hinter dem Schilf lag das Wasser des Doodewischer Boddens in der Abendsonne. Zwei windschiefe Fußballtore standen sich weiter unten auf dem Rasen gegenüber, in der Nähe des Gemeindegebäudes befand sich ein überdachter Grillplatz mit einer Handvoll feststehender Bänke, die sich um einen massiven Holztisch gruppierten. Irgendjemand hatte eine Kiste Bier auf diesen Tisch gestellt, was Kevins Laune etwas hob. Er zog eine Flasche aus dem Kasten und prompt hielt ihm der lange Meier den Spendenhelm der Freiwilligen Feuerwehr Moordevitz vors Gesicht. Womit dann klar war, wer den Kasten organisiert hatte. Nach Kevin steckte auch Katharina ihren Obolus für ihr Bier in den Schlitz im Helm und setzte sich neben den langen Meier auf die Holzbank.

„Ich bin mir da gar nicht so sicher." Levke erntete verwirrte Blicke, als sie das Gespräch mit Kevin da wieder aufnahm, wo es abgebrochen war. „Dass es hier bald nichts mehr gibt, mein ich. Die wollen hier doch bauen", fügte sie erklärend hinzu.

„Dor büst ja man 'n büschen blauäugig, mien Diern." Der lange Meier schob das ausgeblichene Base-Cap mit dem Aufdruck „Freiwillige Feuerwehr Moordevitz" auf seinen graumelierten, in alle Himmelsrichtungen strebenden Haaren zurecht, weil ihn die tief stehende Sonne blendete. „Hest nich tauhürt?"

„Klar hab ich zugehört. Die wollen Hotels bauen. Hotels bedeuten Arbeitsplätze. Arbeitsplätze bedeuten mehr Einwohner. Mehr Einwohner bedeuten dann auch, dass sich ein Supermarkt oder eine Kneipe hier wieder lohnen."

Katharina nahm die Haarspange aus dem Mund und bändigte ihre rote Mähne neu. „Wenn du dich da man nicht irrst. Wenn ich das schon höre – ein Quantensprung an Mehrwert für die Gegend. Dumm Tüüch." Dann stützte sie den Kopf auf die eine Hand, während sie mit der anderen am Etikett der Flasche herumknibbelte. „Erst mal bedeuten die Hotels, dass die uns den Strand und die Badestellen sperren. So wie das in Drögenhagen passiert ist, mit dem Nobelhotel."

„Den Strand sperren? Das können die nicht, der gehört doch allen!", protestierte Levke, ihr blonder Pferdeschwanz wippte empört.

„Glaub mir, die können", stellte Katharina fest.

„Die können noch ganz andere Sachen", rief Kevin. „Warum wohnt Katharina denn plötzlich ganz allein in ihrem Haus! Weil die alle anderen vergrault haben!"

„Es ist nicht mein Haus, das ist ja das Problem." Katharina seufzte. „Der Vermieter hat mir auch schon Angebote gemacht, damit ich ausziehe. Er möchte den alten Kasten und vor allem das Land nur zu gern an Golfotel verkaufen. Aber wohin soll ich denn um alles in der Welt? In Moordevitz gibt es gar nichts, in Musing-Dotenow nichts Bezahlbares und Spökenitz ist mir zu weit zum Pendeln."

„Moment mal, ihr wollt doch nicht behaupten, dass die meine Großtanten rausgeekelt haben, mit so Mafiamethoden!" Levke blies sich eine unbotmäßige blonde Strähne aus der Stirn.

„Nee." Katharina schüttelte den Kopf, woraufhin sich die Spange wieder löste und die Mähne ihr ins Gesicht fiel. Achselzuckend steckte sie die Spange in die Tasche ihrer Jeans. „Das haben sie natürlich nicht getan. Der Vermieter hat den drei alten Damen im Gegenteil eine ordentliche Entschädigung gezahlt. Die er mit Sicherheit auf den Kaufpreis für Haus und Grundstück wieder draufschlägt."

„Eben. Und da die drei schon länger mit der Villa in Mu-Dot geliebäugelt haben, kam denen das Extra-Geld gar nicht so ungelegen. Mit der Tanten-WG läuft es auch ganz gut, ich war neulich zum monatlichen Großnichten-Kaffee eingeladen. Die hätten für dich bestimmt auch noch ein Zimmer."

„Ich bin noch nicht mal fünfunddreißig, ich will nicht in eine Großtanten-WG. Außerdem müsste ich Isolde dreimal wöchentlich verhaften wegen ihrer Hanfkekse." Katharina grinste. „Nee, ich bleib in der Barkenstraße. Bis mein Vermieter mit einem Angebot um die Ecke kommt, für das es sich lohnt, auszuziehen und ein paar Monate in der Graadewitzer Heide zu campen."

Eine Weile herrschte Schweigen. Levke zog ihr Handy hervor und begann zu tippen, zu wischen und zu zoomen.

Katharina warf einen Blick auf ihr Display. „Was hast du denn da Spannendes? Die Pläne von Golfotel? Wie hast du denn das geschafft, dass die dich das Foto von ihren Plänen haben machen lassen?"

Levke zuckte grinsend die Schultern. „Manchmal hat es auch Vorteile, zu den Uniformierten zu gehören, Frau Hauptkommissarin! Die haben sich nicht getraut, mir das zu verbieten." Sie klopfte auf ihre Polizeimütze, die neben ihr auf der Bank lag, und kicherte.

Katharina lachte. „Ich muss schon sagen, Frau Polizeimeisterin! Und mir mit treuem Augenaufschlag erzählen, du hättest nur keine Zeit gehabt, dich umzuziehen!"

„Ich glaub, du hast recht, Meier. Ich bin wirklich zu blauäugig." Stirnrunzelnd schob Levke das Foto des Lageplans auf ihrem Handy hin und her, zoomte rein und raus. „Wenn die das alles kaufen und dann absperren, das ganze Land ..."

„Levke, die heißen Golfotel, weil die Golf-Hotels bauen. Und da gehören nun mal Golfplätze zu", erklärte Katharina. „Und sie werden kaum dulden, dass du mit deinem Fahrrad über den englischen Rasen hoppelst oder der kurze Meier seine Jack-Russell-Terrier da ausführt."

„Un dat dat egentlich Naturschutzgebiet warden sall – dat intressiert hier keinein?" Der lange Meier sah in die Runde.

„Naturschutzgebiet?", fragte Katharina. „Das wäre auf jeden Fall besser als Golfrasen. Aber der Wald sieht da doch auch nicht anders aus als anderswo. Und die Wiesen – du lieber Himmel, Wiesen gibt es ja wohl genug hier."

„Aber keine, auf denen das fleischfarbene Knabenkraut wächst." Eine etwa sechzigjährige Frau mit grauem Kurzhaarschnitt und praktischer Bluse über grauer Jeans war an den Tisch getreten. „Und bevor Sie fragen, Frau Lütten, das fleischfarbene Knabenkraut steht auf der Roten Liste in Kategorie 2, das heißt, es ist stark gefährdet. Und deswegen wäre es in der Tat nicht nur sinnvoll, sondern notwendig, die Feuchtwiesen unter Schutz zu stellen. Statt dort reiche Schnösel Golf spielen zu lassen. Danke, Meier, aber ich trinke Bier nur aus dem Glas."

Der lange Meier pulte einen Plastikbecher aus der Verpackung und stellte ihn vor die Frau. Die zog leicht die Brauen hoch, akzeptierte den Becher jedoch als hinreichende Notlösung und goss sich ein Bier ein.

„Na, Frau Böhmer", meldete sich Kevin wieder zu Wort, „das klang ja alles superschlau, aber Ihnen müsste das doch ganz gelegen kommen, dass die hier alles aufkaufen wollen. Jetzt, wo die Bank Ihnen kein Geld mehr gibt und Sie das Schloss nicht halten können."

„Es beruhigt mich zu wissen, dass ganz Moordevitz offenbar über meine finanziellen Verhältnisse Bescheid weiß, Herr Hansen. Aber ich habe ganz sicher nicht vor, Golfotel Schloss Moordevitz in den Rachen zu werfen. Auch nicht, wenn es dann hier fünf Kaufhallen geben sollte."

Levke scrollte und zoomte schon wieder auf ihrem Handybildschirm herum. „Aber – aber wenn Sie denen das Schloss nicht verkaufen, dann haben die eine Riesenlücke in ihrem Bauland. Das wird denen nicht gefallen."

„Wo steht, dass es mich interessieren muss, was denen gefällt?" Frau Böhmer zog die Brauen hoch.

„Die Bank gibt Ihnen für den Ausbau kein Geld mehr?" Katharina sah Frau Böhmer stirnrunzelnd an. „Die Bank in Musing-Dotenow?"

„Ich glaube nicht, dass es Sie etwas angeht ...“

„Heißt das, die stecken mit Golfotel unter einer Decke? Indem sie Leute wie Sie ausbremsen und zum Verkauf zwingen?“, fuhr Katharina fort, ohne sich um den Einwand zu kümmern.

Frau Böhmer sah einen Moment nachdenklich über den Platz. „Bislang dachte ich, das sei eine rein wirtschaftliche Entscheidung der Bank gewesen. Aber was Sie da sagen, klingt nicht unlogisch. Geschäfte mit einem Unternehmen wie Golfotel sind sicher wirtschaftlicher als welche mit einer Privatperson. Ich sollte mich wohl mal mit einem der Verantwortlichen der Bank unterhalten.“

„Prost, Hertha! Dat krichst du fardig un lääst de Bœwersten von dei Bank de Leviten!“ Der lange Meier hob seine Flasche.

Verständnislos sah Hertha Böhmer ihn an. „Ja, warum denn nicht?“

„Weil Sie die Verantwortlichen überhaupt nicht zu fassen kriegen, Frau Böhmer!“ Kevin Hansen klammerte sich an der Tischplatte fest, er war schon beim vierten Bier angekommen und benötigte eine Stehhilfe. Levke zog ihn auf die Bank herunter.

„Die sitzen trocken in Niedersachsen und fressen unser Geld auf!“, fuhr Hansen wutentbrannt fort. „Die kommen doch nicht her und gucken sich wenigstens mal an, was sie uns hier wegnehmen!“

„Also eigentlich nehmen die nicht unser Geld, sondern wollen uns ihres geben für unser ...“, begann Katharina, aber Kevin Hansen hörte gar nicht zu. „An die kommst nicht ran! Aber wenn ich an die ran käme, dann würde ich mir einen Knüppel ...“

„Schluss!“, fuhr Katharina auf. „Niemand wird hier irgendwas mit Knüppeln! Und du gehst jetzt nach Hause und ins Bett!“

„Du bist nicht im Dien...“

„Ich bin immer im Dienst!“ Katharina zerrte Kevin von

der Bank hoch und gemeinsam mit Levke und dem langen Meier bugsierte sie ihn über den Platz und die Dorfstraße zu seinem Haus.

Frau Böhmer sah ihnen nach, war aber offensichtlich in ihre eigenen Gedanken versunken.

Dor büst ja man 'n büschen blauäugig, mien Diern.
Da bist du ein bisschen blauäugig, Mädchen.

Hest nich tauhürt?
Hast du nicht zugehört?

Dumm Tüüch.
Dummes Zeug.

Un dat dat egentlich Naturschutzgebiet warden sall - dat intressiert hier keinen?
Und dass das eigentlich Naturschutzgebiet werden soll – das interessiert niemanden?

Dat krichst du fardig un lääst de Bœwersten von dei Bank de Leviten!
Das kriegst du fertig und liest den Chefs von der Bank die Leviten!

Knabenkraut

2

„Sie möchten zu Frau von Musing-Dotenow zu Moordevitz? Und wen darf ich melden?" Die junge Frau hinter dem Empfangstresen der Seniorenresidenz Abendglück lächelte ihr professionelles Lächeln.

„Hertha Böhmer aus Moordevitz."

„Ach, Frau Böhmer von Moordevitz! Eine Verwandte, nehme ich an? Da wird sich die Freifrau aber freuen. Appartment 521, am besten nehmen Sie den Fahrstuhl, soll ich Sie hinführen?"

„Nein danke, das schaffe ich schon noch."

Fünf Minuten später trat Hertha Böhmer im obersten Stockwerk aus dem Fahrstuhl und genoss erst einmal die Aussicht über die niedersächsische Feld- und Wiesenlandschaft, die kleinteiliger war als die in Mecklenburg-Vorpommern. Hier oben gab es nur zwei Appartements, sodass Hertha die richtige Tür bald gefunden hatte. Auf ihr Klopfen erklang ein „Herein", das zwar nicht laut, aber klar und deutlich war. Hertha betrat die kleine Wohnung und stand in einem kurzen Flur, der zur Wohnstube hin offen war. Sie ging die wenigen Schritte bis zum Wohnzimmer und sah sich einer zierlichen alten Dame im Rollstuhl gegenüber. Die weißen Haare hatte sie zu einem Knoten am Hinterkopf frisiert, zum dunkelblauen Kleid trug sie dezenten Goldschmuck. Der Schnitt des Kleides war schlicht, aber diesen speziellen Schimmer hatte nur Seide. Dass Hertha selbst robustere Materialien bevorzugte, hieß nicht, dass sie einen edlen Stoff nicht erkannte, wenn sie ihn sah.

Die alte Dame lächelte Hertha freundlich an, dann öffnete sich ihr Mund. Nach einem Augenblick der Überraschung rief sie: „Nein, Hertha! Das gibt es nicht! Wie schön ...“ Sie stutzte, schloss kurz die Augen, schüttelte den Kopf und sah sie entschuldigend an. „Sie müssen mir verzeihen, ich habe Sie verwechselt. Mit jemandem, der schon lange, lange tot ist. Oje, jetzt halten Sie mich für eine alte, senile Person. Aber bitte, nehmen Sie Platz.“

Hertha hielt die siebenundachtzigjährige Freifrau zwar für alt, aber nicht für senil. Sie setzte sich in einen Ohrensessel, über dem ein altes Foto eines Schlosses hing. Die Aufnahme war etwa hundert Jahre alt, wie Hertha wusste. Sie hatte das gleiche Foto.

„Oh, bitte, das macht überhaupt nichts. Und ich vermute, Sie verwechseln mich mit meiner Großtante. Den Frauen in meiner Familie wird eine große Familienähnlichkeit nachgesagt.“

„Ihre Großtante war Hertha Böhmer? Dann ist es kein Zufall, dass Sie ebenfalls so heißen?“

Hertha schüttelte den Kopf. „Nein, das ist kein Zufall. Meine Tante hieß ebenfalls so. Und da sie selbst nie geheiratet hat und keine Familie gründete, wurde es meine Rolle, die Familientradition der Herthas fortzusetzen.“

„Und Sie kommen jetzt direkt aus Moordevitz? Sie leben noch dort? Sie müssen mir alles über den Ort erzählen! Mein Besuch dort ist über dreißig Jahre her. Aber wie unhöflich von mir. Sie haben sicher einen anderen Grund, mich aufzusuchen. Was führt Sie zu mir?“

„Ich habe ein Schloss zu verkaufen.“

3

Katharina war schlagartig wach, jemand hatte ihr auf die Nase getippt. Nach Waffe und Taschenlampe greifen und die Lampe anschalten, war eine Bewegung. Sie streckte ihre Dienstpistole vor sich und blinzelte in das Licht. Pistole und Lichtkegel zielten auf das Regal gegenüber von ihrem Bett, genauer gesagt, auf den Stapel Jeans im zweitobersten Regalfach. Hastig sah Katharina nach rechts und links.

Zögernd ließ sie die Waffe sinken. Hier war niemand außer ihr. Hatte sie neuerdings so lebhafte Träume? Dann sollte sie die Waffe doch besser jedes Mal vorschriftsmäßig wegschließen, sonst erschoss sie im Traum noch mal ihren Lieblingspulli.

Sie wollte sich aufraffen, um die Waffe dahin zu bringen, wo sie eigentlich hingehörte, da tippte etwas von oben auf ihren Kopf. Und lief ihr dann kalt den Nacken hinunter. Jetzt bemerkte sie den Fleck auf ihrer Bettdecke. Einen nassen Fleck von mehr als zwanzig Zentimeter Ausdehnung, in den zwei weitere Tropfen platschten. Und noch einer. Langsam wandte sie den Blick zur Zimmerdecke. Und bereute das sofort, denn der nächste Tropfen fiel ihr ins Auge. Fluchend wühlte sie sich aus der Bettdecke und sprang aus dem Bett. Und fluchte wieder, denn auch der Teppich war klitschnass. Von den paar Tropfen? Katharina sah sich um und bemerkte die dunklen Stellen auf der Tapete. Die Wand war nass, das Wasser rann die Mauer hinab, tränkte den Teppich und floss dann unter der Tür hindurch in den Flur.

Sie tappte über den nassen Läufer, riss die Schlafzimmertür auf, griff nach dem Lichtschalter und überlegte es sich im letzten Augenblick anders. Wenn derart viel Wasser von oben in ihre Wohnung strömte, waren möglicherweise die Stromleitungen betroffen. Also weiter mit der Taschenlampe. Sie folgte dem rinnenden Wasser in den Hausflur, wo es sich mit dem Wasser vereinigte, was von oben die Holztreppe herunterplätscherte. Sie war die einzige übrig gebliebene Mieterin in dem Vierparteienhaus, in den anderen Wohnungen zu klingeln, konnte sie sich daher sparen. Was tun? Hauptwasserhahn! Sie musste den Hauptwasserhahn zudrehen. Okay, erst einmal musste sie ihn finden. Hauptwasserhähne waren im Allgemeinen im Keller. So schnell wie auf den nassen Stufen möglich, hastete Katharina barfuß nach unten, rutschte in der Nässe aus und griff hastig nach dem hölzernen Geländer. Es wackelte bedrohlich, was allerdings nichts mit dem Wasser zu tun hatte. Es wackelte, seit Katharina hier eingezogen war. Sie fluchte leise, als sie die Kellertreppe erreichte, denn deren Steinstufen waren deutlich kälter als die Holzstufen. Sie bückte sich und wanderte suchend durch den niedrigen Gang, dessen Ziegelwände schon ohne Wasserschaden feucht rochen. Neben Katharinas eigenem Verschlag lagen die drei anderen, die grob gezimmerten Holztüren standen alle offen. Sie tappte weiter durch das Wasser und leuchtete jeden Raum ab, aber keiner der Abstellräume enthielt den Hauptwasserhahn. Wo war das verdammte Ding? Sie hörte schon ihren Bruder, wie der sich aufregte, dass man so etwas zu wissen hatte!

Schließlich stand sie vor einer Lattentür, die als einzige verschlossen war. Mit einem nagelneuen, glänzenden Vorhängeschloss. Katharina leuchtete zwischen den Brettern hindurch in den Raum hinein. Tatsächlich. Da war der

Haupthahn. Sie rüttelte an den Latten, aber die rührten und regten sich nicht. Der Riegel war von innen befestigt, sie konnte ihn nicht abschrauben, um das Schloss zu umgehen. Das durfte doch jetzt nicht wahr sein! Fluchend patschte sie wieder nach oben in ihre Wohnung, griff sich ihr Handy und rief den langen Meier an.

„Meier, das ist ein Einsatz! Ich brauch euer Hooligan-Dings! Und zwar schnell!"

„Einsatz? Denn möötst 112 anropen."

„Meier! Hier steht alles unter Wasser und ich komm nicht an den Haupthahn! Also schwingt euch in die Gummistiefel und auf den Barkas und kommt her!"

Eine Viertelstunde später stand der lange Meier mit einer Brechstange im Keller, knöcheltief im Wasser, und hebelte die Brettertür auf, während die übrigen Feuerwehrleute die Pumpe aufbauten. Kaum war die Tür offen, stürzte Katharina hindurch und drehte den Hahn zu.

„Dat Dings heit uterdem Halligan-Tool."

Aber Katharina hatte gerade keinen Sinn für feuerwehrtechnische Fachbegriffe zum Thema Brecheisen. Fassungslos stand sie vor ihrem Kellerverschlag. Sie hatte Küche und Wohnzimmer neu streichen wollen und deshalb ihre Möbel und ihr Zeug in den Keller geschafft.

„Oh Schiet." Der lange Meier trat neben sie und legte ihr eine Hand auf die Schulter. „Allens hin."

Wortlos drehte Katharina sich um und rannte die Treppe hinauf.

„Wur wist denn hin?" Der lange Meier lief ihr hinterher. „In dien vier Wänn kannst nich bliewen hüt Nacht!"

Katharina lief an ihrer Wohnungstür im ersten Stock vorbei, weiter nach oben und stieß die Tür zum Dachboden auf. Der lange Meier folgte ihr in den Bodenraum.

„Hier kommt das Wasser her." Katharina deutete auf die Rohre, die unter der Decke entlangliefen. „Genau hier." Ein Riss klaffte in dem Rohr. Sie leuchtete mit der Taschenlampe hinauf.

„Dat is nich bråken“, stellte der lange Meier fest. „Dat hett en dörchsågt.“

Denn möötst 112 anropen.
Dann musst du 112 anrufen.

Dat Dings heit uterdem Halligan-Tool.
Das Ding heißt außerdem Halligan-Tool.

Wur wist denn hin?
Wo willst du denn hin?

In dien vier Wänn kannst nich bliewen hüt Nacht!
In deinen vier Wänden kannst du heut Nacht nicht bleiben!

Dat is nich bråken.
Das ist nicht gebroc hen.

Dat hett en dörchsågt.
Das hat einer durchgesägt.

4

„Rein mit euch!" Johanna scheuchte David und Goliath in den gelb-weißen 70er-Jahre-VW-Bus und schloss die Seitentür. Hinter ihr erklang das Geräusch eines gequälten Motors. Lächelnd drehte sie sich um. Frau Weber würde nie lernen, rechtzeitig hochzuschalten.

Das schmiedeeiserne Tor öffnete sich geräuschlos, der rote Kleinwagen tauchte zwischen den steinernen Löwen auf, kroch die weiß gepflasterte Auffahrt herauf und steuerte auf den in Kugelform geschnittenen Buchsbaum zu. Johanna legte in banger Erwartung die Hände vors Gesicht. Sie mochte die in Form gezwungenen Bäume nicht sonderlich (die zusammen mit den gruselig kitschigen Steinlöwen der ganze Stolz ihres Onkels waren), aber von Frau Weber umgefahren zu werden, hatten sie trotzdem nicht verdient. Wie immer schaffte Frau Weber es, gerade noch rechtzeitig anzuhalten. Elegant wie gewohnt stieg sie aus ihrem Kleinwagen und griff sich eine Schachtel vom Beifahrersitz. Mit der anderen Hand ordnete sie ihre trotz der über fünfzig Jahre immer noch strahlend blonde (wenn auch nicht mehr naturblonde) Frisur.

„Hier, Hannilein, ich habe dir was gebacken. Für unterwegs." Sie drückte Johanna die Schachtel in die Hand.

„Dein legendärer Rhabarberkuchen?"

„Na ja, ich dachte, da du doch so weit weg fährst, ob du so etwas da drüben auch bekommst?"

Johanna legte die Schachtel auf den Beifahrersitz im Bus. Dann umarmte sie Frau Weber. „Ach, Tante Weber! Wie lieb! Aber bis nach Mecklenburg-Vorpommern sind es nur dreihundertfünfzig Kilometer, es steht nicht zu befürchten, dass die Grenze zu Niedersachsen wieder geschlossen wird und, doch, ich glaube, in der DDR hat es auch Rhabarber gegeben. Und wenn nicht, haben sie ihn in den dreißig Jahren seit der Wende bestimmt eingeführt."

Frau Weber befreite sich aus der Umarmung und gab Johanna einen Knuff. „Nimm mich nicht auf den Arm. Es ist weit weg und du bist ganz allein da. Und du willst für immer da bleiben!"

„Naja, ‚für immer' ist ganz schön lang, aber die nächsten Jahre bestimmt." Mit fast fünfunddreißig fand Johanna es an der Zeit, endlich aus der elterlichen Villa auszuziehen. Auch wenn sie dort eine separate Wohnung besaß. Die Chance, in der Musing-Dotenower Filiale der kleinen, aber feinen Familienbank eine Stelle antreten zu können, kam ihr deshalb sehr gelegen.

„Wenn du Hilfe brauchst, Hannilein, rufst du einfach an, ja? Wobei ..." Frau Weber kramte in ihrer Handtasche und zog einen Zettel hervor. „Wenn du in Moordevitz bist, kannst du dich vielleicht nach diesem Herrn Burmester erkundigen? Er hat in der hiesigen Filiale einen Kredit bewilligt bekommen, obwohl seine Auskünfte zu seinen finanziellen Umständen nicht befriedigend sind. Ganz und gar nicht befriedigend."

„Echt? Unsere kleine, aber feine Familien-Bank hat einen Kunden in Moordevitz? In dem Dörfchen gibt es also immerhin Unternehmen."

„Das ist es ja. Es scheint ein Privatkunde zu sein, die wir nur in absoluten Ausnahmefällen betreuen. In Ausnahmefällen mit entsprechendem Vermögen. Und dieser Herr Burmester hat nicht nur kein entsprechendes Vermögen, sondern auch äußerst unzureichende Sicherheiten. Ich konnte bislang aber auch nicht herausbekommen, wer den

Kredit eigentlich genehmigt hat. Das ist alles sehr seltsam.“

Ein älterer Mann in anthrazitfarbenem Jackett und Kaschmirpullover tauchte von der Seite in Johannas Blickfeld auf. Mit den Worten „Ja, Frau Growe, wir werden zeitnah ein Meeting ansetzen. Wenn Sie schon mal die Teilnehmer briefen würden. Auf Wiederhören“ beendete er ein Telefonat und wandte sich Frau Weber zu. „Aber meine liebe Frau Weber, Sie werden doch Johanna nicht mit geschäftlichen Dingen belasten. Sie soll in Moordevitz und Musing-Dotenow Fuß fassen und das Vertrauen der Menschen gewinnen. Das kann sie doch nicht, wenn sie gleich mit Erkundigungen über die Leute anfängt. Nein, das lassen wir mal schön bleiben!“ Er hob die Hand, als wollte er den Zettel an sich nehmen, aber Johanna hatte ihn schon in die Hosentasche geschoben. Das Handy des Herrn klingelte wieder. Er warf Johanna einen entschuldigenden Blick zu, den diese lächelnd erwiderte. Ihr Onkel Horst war als Geschäftsführer der Familienbank ein vielbeschäftigter Mann. Gemeinsame Abendessen ohne störenden Anruf kamen praktisch nicht vor.

„Ja, da bin ich ganz bei Ihnen, wenn wir im Vorfeld unsere Corporate Social Responsibility kommunizieren, dass es hier um Nachhaltigkeit ... Nein, ich möchte nicht, dass Sie ...“ Onkel Horsts Brauen zogen sich zusammen. Er wandte sich ab und entfernte sich ein paar Schritte. „Herrgott, dann sagen Sie einfach gar nichts, wenn Sie nicht wissen, was Sie sagen sollen, Herr Klein... Wie? Auf gar keinen Fall! Sie tun, was ich anordne. Noch habe ich hier das Sagen.“

Johanna verdrehte innerlich die Augen. Auch wenn sie selbst in Onkel Horst immer einen liebevollen Vormund gehabt hatte, mit seinen Mitarbeitern könnte er mitunter etwas netter umspringen. Kritik vertrug er manchmal erstaunlich schlecht. Horst steckte sein Handy in die Jackentasche und kam zurück zu Johanna und Frau Weber.

Frau Weber sah Horst missbilligend an. „Sie wissen, Herr von Musing-Dotenow, was ich von Ihrer Idee halte, das Kind so weit weg zu schicken. Und gleich mit so viel Verantwortung!"

„Meine liebe Frau Weber, ich schätze Ihre Arbeit als Assistentin außerordentlich. Aber geschäftliche Entscheidungen überlassen Sie bitte mir. Die Filiale in Musing-Dotenow ist bestens geeignet, um sich auf eine Führungsposition vorzubereiten. Wozu unsere Johanna im Übrigen hervorragend qualifiziert ist. Ihre Performance war bislang exzellent – am Standort Moordevitz wird dies nicht anders sein."

Frau Weber sah aus, als könne sie nur mit Mühe ein zorniges Schnauben unterdrücken.

„Das schaffe ich schon, Tante Weber!", schaltete Johanna sich ein, um Horst zu hindern, in seinem Monolog fortzufahren. Sie hatten das alles mehrfach diskutiert. Immerhin würde ihr in wenigen Wochen die Familienbank gehören, da wurde es Zeit, dass sie mehr Verantwortung übernahm.

„Außerdem kann ich Onkel Horst jederzeit fragen, wenn ich nicht weiter weiß."

„Natürlich kannst du das. Und nun musst du dich langsam mal auf den Weg machen." Onkel Horst zog Johanna in seine Arme. „Fahr vorsichtig! Deine Großmutter hat dich da wirklich auf eine verrückte Idee gebracht. Aber wenn du Erfolg hast, ist das für uns alle nur positiv. Und wie gesagt – wenn es irgendwo Probleme gibt, ich bin immer für dich da!"

„Das weiß ich doch, Onkel Horst. Aber alles nacheinander. Erst mal sehe ich mir das Schloss an. Und prüfe, ob man das überhaupt wieder in Schuss bringen kann. Es wird schon seine Gründe haben, dass die Besitzerin es für den berühmten Appel und das Ei loswerden will. Und dann arbeite ich mich in der Musinger-Dotenower Filiale ein. Aber jetzt geht es erst mal los!"

Johanna band die schulterlangen dunkelbraunen Haare zu einem Pferdeschwanz zusammen, dann umarmte sie Frau Weber und ihren Onkel noch einmal.

Dabei fiel ihr Blick auf die Villa, die im Sonnenlicht weiß strahlte, wie frisch geputzt. Für fast dreieinhalb Jahrzehnte war sie ihr Zuhause gewesen. An den Rändern des Gebäudes hatte irgendein Vorbesitzer je einen Turm anbringen lassen. Der linke überragte das Hauptgebäude um ein Stockwerk, während dem rechten Turm dieses oberste Geschoss fehlte. Stattdessen saß dort ein Ziegeldach, das nicht ganz die gleichen Ziegel trug wie die anderen Dächer.

Beim Anblick des Turmdaches verloren Johannas Mundwinkel das Lächeln. Sie zwang sie wieder nach oben.

„Ja, es geht los. Weg von ... hinein ins Abenteuer!"

5

Gelb. Ein unglaubliches Gelb erstreckte sich beidseits der Straße, wölbte sich über Hügel und Senken, hier und da unterbrochen durch Baumreihen oder Hecken. Auf der rechten Seite erhob sich eine Schar Windräder in den perfekt blauen Himmel. Natürlich kannte Johanna Rapsfelder aus ihrer niedersächsischen Heimat, aber dort waren die Schläge kleiner. Hier in Mecklenburg-Vorpommern erstreckten sich die einzelnen Felder gefühlt bis an den Horizont. Die Luft war klar, es musste gestern geregnet haben, einige letzte Pfützen standen auf der Straße. Sie hatte das Fenster auf der Beifahrerseite halb offen, der Fahrtwind trug den Duft nach Raps und frisch gemähtem Gras ins Wageninnere und vervollständigte so den Eindruck einer absoluten Postkarten-Idylle.

Sie ließ die Schultern kreisen – langsam merkte sie die Stunden am Steuer. Der geerbte Kleinbus hatte mit seinen aufgeklebten Hippie-Blumen einen gewissen Charme, aber mehr als neunzig Kilometer pro Stunde schaffte er nicht mehr. Jetzt noch eine Pause zu machen, lohnte sich aber auch nicht. Die Landstraße tauchte in den Wald der Graadewitzer Heide ein und nach einigen Kilometern erreichte Johanna Musing-Dotenow. Sie durchquerte die Kleinstadt und verließ sie durch das östliche Stadttor wieder. Eine lockere Reihe weiß- und rosa blühender Weißdornbüsche säumte die schmale Straße auf beiden Seiten. Zwischen ihnen war der Blick frei über Wiesen und

Weiden. Links sah Johanna in der Ferne das Wasser des Boddens, rechts erhoben sich hinter den Wiesen die Ausläufer des Waldes.

Ihre Navi-App behauptete, das Ziel sei nur noch fünf Kilometer entfernt. Am Anfang war Johanna etwas nervös gewesen, weil praktisch kein Platz zum Ausweichen bei Gegenverkehr vorhanden war – aber es gab keinen Gegenverkehr. Es gab überhaupt keinen Verkehr.

Vor ihr tauchte in einigen hundert Metern Entfernung rechts der Straße eine Ansammlung großer Bäume auf. Die Kronen der Buchen, Platanen, Eichen, Kastanien und Ahornbäume schimmerten in den unterschiedlichsten Grüntönen und in dunklem Rot. Das sah eher nach einem Park als einem Wald aus. Und, richtig, bald fuhr sie an einem hölzernen Wegweiser vorbei, von dem noch der Teil erhalten war, auf dem „Schloss Moord" stand.

Johanna bremste und setzte zurück, bis sie den Wegweiser-Stummel im Blick hatte. Zweifelnd musterte sie den nach rechts führenden Feldweg, der aussah, als wäre hier ein Wettbewerb im Buddeln von Schlaglöchern ausgetragen worden. In etlichen stand noch Regenwasser. Auf dem Boden neben dem Pfosten lag der andere Teil des Schildes, auf dem „evitz" zu lesen war. Die Dächer des Dorfes sah sie wenige Kilometer entfernt vor sich, die Straße führte direkt darauf zu. Aber ihr Ziel war das Schloss, also bog Johanna ab und holperte den Weg entlang. Das Geruckel weckte ihre beiden Mitfahrer. Goliath bellte, David gab ein kurzes Wuff von sich.

Der Weg vereinigte sich mit einer von links kommenden Eichenallee. Johanna bog nach rechts in die Allee ein, die sie zu einem steinernen Torbogen führte. Die Bäume gehörten tatsächlich zum alten Schlosspark. Ihre Kronen wölbten sich linker Hand vom Tor über eine Ziegelmauer, an der hier und da graubraune Reste des Putzes hafteten. Als Johanna unter dem gemauerten Bogen hindurchfuhr, erhaschte sie einen Blick auf ein in den Stein gemeißeltes

Wappen. Trotz der Verwitterung erkannte sie es sofort – diagonal von oben rechts nach unten links verlief ein leicht gewelltes Band, gekreuzt dazu eine brennende Fackel. Über beiden war ein Totenkopf zu sehen, während darunter eine Maus saß.

Hinter dem Torbogen öffnete sich der Schlosshof mit zwei blühenden Kastanien. Rund um den Platz entlang der Mauer standen wild ineinander wuchernde Büsche. Zwischen den Haselsträuchern erkannte sie die weißen Dolden des Weißdorns, die kleinen Blätter der Schlehenbüsche und die gezackten des Feldahorns. Aber hier und da brach sich das überschäumende Lila und Weiß der Fliederbüsche Bahn, zwischen deren üppigen Blüten kaum Grün zu sehen war.

Johanna fuhr den Bus nach links an den Rand des Platzes und parkte unter einem ausladenden Haselstrauch. Sie stellte den Fahrersitz zurück – mit ihren nur einen Meter fünfzig musste sie ihn immer weit nach vorn rücken, um an Pedale und Lenkrad zu kommen – und kletterte aus dem Bus. Sie reckte ihre steifen Glieder und befreite ihre beiden Hunde, die sich sofort daran machten, Platz und Hecke zu untersuchen.

Aus der Tasche ihrer Jeans zog Johanna ein Papier. Sie faltete die Kopie der alten Schwarz-Weiß-Aufnahme auseinander, die bei ihrer Großmutter über dem Ohrensessel hing. Johanna warf prüfend einen Blick auf die echte Ansicht. Dann ging sie ein paar Schritte zurück zum Torbogen und sah direkt auf die beiden Kastanien. Ja, jetzt stimmte der Blickwinkel und sie hatte die Bäume genau so vor sich, wie vor hundert Jahren der Fotograf. Ansonsten stimmte nicht mehr viel mit dem Foto überein.

Die Kastanien waren damals bestenfalls fünf Meter hoch gewesen. Zwischen ihnen hatte ein Kiesweg hindurchgeführt, der sich hinter den Bäumen verzweigte. Die beiden Arme liefen rechts und links um ein Rondell aus niedrigen Buchsbaumhecken herum, um sich dahinter wieder zu einem Weg zu vereinen. Der Buchsbaum umfasste damals Blumenbeete in verschnörkelten Mustern.

Hinter dem Buchsbaumbeet lag das zweigeschossige Schlossgebäude mit der dreigeteilten Fassade. Der mittlere Gebäudetrakt sprang hervor und man sah auf den Giebel, in den eine Uhr eingefasst war. Eine Treppe führte hinauf zur Tür. Der Eingang war ins Gebäude zurückgesetzt, sodass ein überdachter, zum Hof offener Vorraum entstanden war. Die zueinander symmetrischen Gebäudeflügel, die rechts und links an den Mitteltrakt angrenzten, zeigten die Traufseite mit ihren hohen Fenstern.

Von alledem konnte Johanna jedoch jetzt nichts sehen – die Kastanien hatten das letzte Jahrhundert nicht ungenutzt verstreichen lassen und waren inzwischen über zwanzig Meter hoch. Ihre mehr als zehn Meter breiten Kronen verdeckten das Gebäude fast vollständig.

Johanna rief ihre Hunde. Schuldbewusst verzog sie das Gesicht. Sie hatte nicht darauf geachtet, ob und wo die Tiere ihr Geschäft erledigt hatten. Aber jetzt wollte sie erst einmal ihre Neugier befriedigen, marschierte auf die Bäume zu und zwischen ihnen hindurch.

Und blieb entsetzt stehen.

Sie hatte gewiss kein Gebäude in tadellosem Zustand erwartet. Schließlich wollte die Gemeinde Moordevitz nur einen symbolischen (einen höchst symbolischen) Preis dafür haben, weil der Gemeindehaushalt mit Instandsetzung und Unterhalt völlig überfordert wäre. Die letzte Besitzerin hatte die Renovierung aufgegeben, weil ihr die Kosten über den Kopf wuchsen.

Aber das, was jetzt vor Johanna sichtbar wurde, war nicht nur in keinem tadellosen Zustand.

Es war nicht weit davon entfernt, eine Ruine zu sein. Dabei hatten hier mindestens bis zur Wende noch Menschen gewohnt. Im Erdgeschoss sollten ein Kindergarten und ein Konsum gewesen sein, in den Obergeschossen Wohnungen.

Die Fensterscheiben im linken Seitentrakt waren allesamt zerbrochen, im Erdgeschoss notdürftig durch Bretter ersetzt. Aus einem Fenster im Obergeschoss flog eine Taube. Die Fassade war schmutzig graubraun, wo der Putz noch vorhanden war, und rotbraun, wo die nackten Ziegel zu sehen waren. Im Dach klafften etliche Löcher und an mehreren Stellen waren die Dachbalken nur von Planen geschützt. In der Regenrinne kämpften zwei kleine Birken mit Grasbüscheln um die Vorherrschaft. Kiesweg und Rondell waren vor längerer Zeit durch Asphalt ersetzt worden, der mit Löchern gesprenkelt war. Aus zweien sprossen Haselbüsche, die mindestens zehn Jahre alt sein mussten, so groß, wie sie waren.

Johanna stand mit hängenden Armen vor dem Gemäuer. Das war nicht zu schaffen. Das war unmöglich. Sie musste sich nur überlegen, was sie ihrer Großmutter erzählen würde. Die Wahrheit über den maroden Zustand des Familienschlosses konnte sie der alten Dame nicht mehr zumuten. Zu sehr hatte Oma sich gefreut bei der Aussicht, die Enkelin könnte den Familiensitz erwerben und wieder herrichten. Wenige Jahre nach der Wende, als die Filiale Musing-Dotenow eröffnet wurde, hatte Oma Adelheid das Schloss aufgesucht. Zwar war es nicht ihr Familiensitz, sondern der von Opa Gustav, dennoch war sie als Kind häufig hier gewesen und hatte nach dem Mauerfall davon geträumt, es zurückkaufen zu können. Es war bei dem Traum geblieben, denn zum einen hatte Johannas Vater nichts davon gehalten, Geld in ein altes Gemäuer zu stecken, und es ihr ausgeredet, zum anderen stand das Schloss damals gar nicht zum Verkauf.

Und wenn sie doch ... Immerhin schienen die Fenster im Erdgeschoss des rechten Seitentrakts intakt zu sein, sogar Gardinen gab es dort. Vorhänge, die nicht so aussahen, als hätten sich Mäuse oder Spatzen daran bedient, um ihre Nester auszupolstern. Sauber, weiß und ordentlich hingen sie hinter den Fenstern, deren Scheiben nicht nur nicht zerbrochen, sondern augenscheinlich auch frisch geputzt waren. Wohnte dort noch jemand? Davon hatte ihr niemand etwas erzählt. Das könnte bedeuten, dass es doch Hoffnung für das Gebäude gab. Johanna rief die Hunde bei Fuß und ging auf den Eingang zu. Vorsichtig stieg sie die Stufen hinauf, bis auf den abblätternden Putz waren sie jedoch in Ordnung. Johanna suchte die Wand um die Tür ab, aber eine Klingel gab es nicht. Sacht klopfte sie an die schwere, aber schmucklose Holztür. Nichts rührte sich.

Nun ja, in dem großen Gebäude würde der Bewohner das Klopfen nur hören, wenn er in der Nähe war. Sie klopfte energischer. Aber auch diesmal hörte sie nichts.

Ein Blick auf ihr Handy zeigte ihr, dass es erst viertel nach drei war, der Bewohner ging vermutlich seiner Arbeit nach. Sie würde warten, bis er nach Hause kam. Aus erster Hand erfahren zu können, in welchem Zustand sich das Gebäude befand, war viel wert. Vielleicht ließ er sie sogar hinein, wenigstens in die unbewohnten Teile. Johanna wandte sich nach rechts und wanderte um das Gebäude herum.

Rechts hinter dem Schloss befand sich ein Wirtschaftsgebäude, ein Ziegelbau mit zwei großen Toren an der Längsseite. Nach den Erzählungen von Johannas Großmutter war das früher zur Hälfte der Pferdestall und zur Hälfte die Remise gewesen. Vor dem Gebäude hatte es einen Hof gegeben, vielmehr, es gab ihn immer noch, unter einem wuchernden Wirrwarr aus Nachtkerzen, Gräsern und Beifuß.

Auf der Rückseite des Schlosses – nach Südwesten – lag eine erhöhte Terrasse umgeben von einer steinernen Balustrade. Eine Treppe führte hinunter in das, was mal der Garten gewesen sein musste, von dem Oma immer wieder geschwärmt hatte. Direkt an die Terrasse schloss sich ein Streifen an, auf dem sich Pfingstrosen gegen das Unkraut durchgesetzt hatten mit ihren prachtvollen Blüten in weiß, rosa und rot.

Der Garten grenzte rechts an eine Reihe Linden, hinter denen der Hof und die Remise lagen. Die Baumreihe an der linken Seite hatte sich gelichtet, dahinter lag der Park mit seinen Baumriesen. Die Obstbäume im unteren Teil des Gartens gab es noch, knorrige Gewächse, die vermutlich vor einem halben Jahrhundert schon aufgehört hatten zu tragen. Immerhin deuteten die dicken Flechten auf ihren Ästen auf saubere Luft hin. Und Obst konnte man ja im Supermarkt kaufen. Sofern es hier einen Supermarkt gab. Am rückwärtigen Ende der Obstwiese erhob sich direkt hinter der Schlossmauer der Wald der Graadewitzer Heide.

Johanna riss sich zusammen, sie durfte sich auf keinen Fall irgendwelchen Träumen hingeben, bevor sie den Zustand des Hauptgebäudes kannte. Sie stieg die Treppe zur Terrasse hinauf, trat in ein Loch im Boden und stürzte. Sie fing sich mit den Händen ab, wobei sie mit der rechten Hand in einer Wasserlache landete. Sie wollte sich wieder aufrichten, als sie in der Ritze zwischen zwei zerbrochenen Platten etwas stecken sah.

Ein Schulterstück. Sie zupfte es heraus und musterte es. Ein paar Erdkrümel hafteten daran, aber es war trocken und schien nicht im gestrigen Regenguss gelitten zu haben. Silberne Schnüre auf dunkelroten Grund. Freiwillige Feuerwehr? Ja, klar, die hatte es in der DDR immer gegeben, genau wie in der BRD. Johanna war in ihrem niedersächsischen Heimatdorf selbst seit Jahren in der freiwilligen Feuerwehr. Dieses Abzeichen sah etwas anders aus als die, die sie von zu Hause kannte. Aber es hatte keine Sterne, ganz ähnliche waren ihr als Brandmeister-Abzeichen geläufig. Der Chef der örtlichen Feuerwehr hatte demnach sein Schulterstück auf der ruinösen Terrasse des Schlosses verloren. War er am Ende der Bewohner? Dann hatte sie zumindest einen unverfänglichen Aufhänger für ein Gespräch.

Johanna steckte das Abzeichen ein, stand auf und wandte sich wieder dem Schloss zu. Die rückwärtige Fassade war der vorderen ähnlich, sie hatte ebenfalls einen vorspringenden Mitteltrakt. In diesem befand sich eine zweiflügelige Terrassentür und rechts und links davon je ein bodentiefes Fenster. Auch hier waren etliche Scheiben gesprungen. Dahinter musste der Wintergarten liegen, von dem Oma erzählt hatte. Bei den Sommerfesten hatten die Türflügel offen gestanden, damit die Gäste ungehindert im Garten flanieren konnten.

Johanna trat an die Tür, um ins Gebäudeinnere zu sehen. Ein Spalt klaffte zwischen den Türflügeln. Vorsichtig zog Johanna am rechten Flügel. Der gab sofort nach, die Tür öffnete sich ein Stück. Hineingehen kam nicht infrage, aber einen Blick riskieren konnte sie, die Tür war ja quasi von allein aufgegangen.

Goliath sah das anders. Wie der Blitz war der Rauhaardackel durch den Spalt gewuselt und im Schloss verschwunden. David machte Anstalten, ihm zu folgen. Schon hatte der Riesenschnauzer-Neufundländer-Mischling die Tür weiter aufgedrückt. Johanna konnte ihn gerade noch davon abhalten.

„Goliath! Hierher! Komm sofort zurück!" Goliath dachte nicht im Traum an Derartiges und Johanna verfluchte mal wieder den sprichwörtlichen Eigensinn von Dackeln. Ohrenbetäubend hallte sein Gebell aus dem Gebäude. Sie schloss entnervt die Augen. Es blieb ihr nichts anderes übrig, sie musste ihn suchen, bevor er irgendwas anstellte. Wenigstens hörte sie keine zornigen oder hysterischen Menschenstimmen. Sie fasste David am Halsband und betrat den Saal hinter der Terrassentür.

„Hallo?", rief sie, um sich nicht wie eine Einbrecherin fühlen zu müssen. Außer dem wilden Gebell war nichts zu hören. Hoffentlich stand nicht jemand mit Hundephobie panisch an die Wand gedrückt vor Goliath und bangte um sein Leben.

Johanna wandte sich nach rechts, das Bellen kam aus dem leer stehenden Seitentrakt des Schlosses. Durch eine

Türöffnung ohne Tür gelangte sie von der Halle in einen dämmrigen Raum, dessen Fenster vernagelt waren. Nur durch einen Schlitz am unteren Rand eines Fensters drang ein schmaler Streifen Licht und beleuchtete einen umgeworfenen Stuhl in der Mitte des Fußbodens. Davor saß Goliath und kläffte aus voller Kehle. Der Raum war ebenfalls eher ein Saal. Staub bedeckte den Boden, dem man ansah, dass er kürzlich verwischt wurde. Als hätte jemand etwas über den Boden geschleift oder einen halbherzigen Versuch zu fegen unternommen. Hier und da waren allerdings auch deutliche Abdrücke von Hundepfoten. Johannas Schritte wirbelten die Staubkörner auf und ließen sie im Sonnenlicht tanzen.

Nun fing auch David an zu bellen, mit ganzer Stimmgewalt. Das tat er extrem selten, aber wenn, dann richtig. In dem verfallenden Gebäude hallte das Gebell der beiden wie das einer Hundertschaft von Höllenhunden. Irgendetwas stimmte hier nicht, die Hunde bellten nicht ohne Grund. Johanna versuchte, die Geräuschkulisse auszublenden, und sah sich um.

Ihre Augen hatten sich endlich an das Dämmerlicht gewöhnt, sie erkannte einen weiteren Stuhl an der Wand, auf dem ein Blatt Papier lag. Dann fiel ihr auf, dass die Hunde nach oben sahen und ließ ihren Blick Richtung Decke schweifen.

Sie sah Füße.

Zwei Füße an zwei Beinen an einem Körper, der von der Decke baumelte.

Schloss Klein Kussewitz, heute ein Hotel

6

oin!" Strahlend nickte eine junge Polizistin Johanna zu,
der blonde Pferdeschwanz wippte, als sie an ihr vor-
beiging und vor einem Fenster stehen blieb. Sie schirmte
mit den Händen ihr Gesicht ab, um in das Gebäude sehen
zu können. „Wow! Eine echte Leiche! Wo ist die denn – ich
seh sie gar nicht."

„Nebenan. Im Raum rechts daneben." Johanna hatte die
Hunde in ihren Bulli gesperrt, damit sie nicht noch mehr
Spuren vernichten konnten, als sie vermutlich ohnehin
schon ruiniert hatten.

Die Polizistin ging drei Fenster weiter nach rechts und
versuchte, Ritzen zwischen den Brettern zu finden, durch
die sie hindurchsehen konnte. Dann drehte sie sich um
und trat zu Johanna, die an der Brüstung lehnte. „Und Sie
haben die gefunden? Sörensen, mein Name, Polizeimeisterin Levke Sörensen. Darf ich Sie dazu was fragen? Ich soll
Sie sowieso im Auge behalten, sagt die Chefin. Sie ist noch
nicht da und Kollege Schwaiger sieht sich im Schloss um."

Johanna konnte die Begeisterung über den Leichenfund
nicht so ganz teilen. Sie hatte den Anblick des Erhängten
noch nicht verdaut, nickte aber. Ein Kollege von Polizeimeisterin Levke Sörensen erschien groß und breit in der
offenen Terrassentür. Er war vor ihr angekommen und
hatte sich bereits umgesehen. Jetzt wies er mit dem Kopf
auf die Treppe, auf der ein mittelalter Herr in Anzug,
Weste, blütenweißem Hemd und dezent gemusterter Kra-

watte heraufstieg. Levke verzog bei seinem Anblick enttäuscht den Mund und der Herr erklärte prompt: „Nein, Kollegin Sörensen, das dürfen Sie sicher nicht. Wenn Sie erlauben, werde ich die Zeugin befragen."

Levke Sörensen trat einen winzigen Schritt zurück.

„Hat denn einer von Ihnen die Kolleg*innen von der Spurensicherung benachrichtigt? Wenn nicht, erledigen Sie das bitte umgehend." Der Herr zog die Brauen hoch.

„Klar, hat Finn doch längst gemacht. Obwohl er dazu sicher mehr als zwei Sätze reden musste." Levke Sörensen unterdrückte ein Kichern.

Ihr Kollege Finn Schwaiger sah sie ausdruckslos an und erklärte: „Morsezeichen."

Polizeimeisterin Sörensen prustete los.

Der adrette Herr schloss entnervt einen Moment die Augen. Dann holte er einen Block aus seiner Jackentasche, einen Bleistift aus einer Innentasche, hielt den Stift prüfend vor die Augen, entnahm einen Anspitzer einer weiteren Jackentasche, spitzte den Bleistift, ließ den Spitzer wieder in der Jackentasche verschwinden, leckte sich die Fingerspitze, schlug in seinem Block ein paar Seiten um. Schließlich wandte er sich mit präpariertem Bleistift und Block an Johanna, die versuchte, ihre wachsende Belustigung aus ihrer Mimik herauszuhalten.

„Darf ich mich vorstellen – Oberkommissar Pannicke. Wenn Sie mir zunächst Ihren Namen nennen würden? Vollständig, bitte."

Vollständig. Gut, wenn er das so wollte.

„Johanna Henriette Adelheid Charlotte Elisabeth Friederike Augusta Freifrau von Musing-Dotenow zu Moordevitz. Und noch zwei Doktortitel. Da weiß ich immer nicht, ob die zum Namen gehören oder nicht. In Volkswirtschaftslehre und Biologie."

Oberkommissar Pannicke stand mit offenem Mund da. Dann runzelte er die Stirn auf eine Weise, dass Johanna sich beeilte hinzuzufügen: „Nein, ich will Sie nicht veräppeln. Ich heiße wirklich so." Sie kramte ihren Ausweis aus dem Portemonnaie und reichte ihn hinüber.

Am Fuß der Treppe erschien eine große, schlanke, eigentlich schon hagere Frau mit dicker roter Lockenmähne und in Zivilkleidung. Sie telefonierte und ihre Stimme schallte aufgebracht herüber. „Nein, verdammt noch mal! Was denken Sie sich eigentlich – ich bin seit Wochen ohne Wohnung und ziehe von einem Bekannten zum nächsten, ganz zu schweigen davon, dass meine sämtlichen Möbel ... und ob das Ihr Problem ist! Es ist Ihr Haus, also sorgen Sie gefälligst endlich ..." Die Rothaarige verstummte und starrte ihr Handy an. „Aufgelegt! Der Mistkerl hat einfach aufgelegt!"

„Wow, das können Sie sich alles merken?" Polizeimeisterin Sörensen reckte derweil den Kopf an Oberkommissar Pannicke vorbei und erhaschte einen Blick auf Johannas Ausweis. „Freifrau? Noch nie gehört. Ist das mehr oder weniger als Herzogin?"

Johanna zuckte die Schultern. „Ist weniger. Deutlich weniger."

Oberkommissar Pannicke musterte sie streng. „Aus dem Geschlecht derer von Musing-Dotenow zu Moordevitz? Welche seit 1763 die Geschicke unseres Dorfes leiten?"

„Äh, ja, aber seit 1945 nicht mehr", erwiderte Johanna. „Abgeschafft wurde der Adel sogar schon 1919."

„Ist sie dann falsch?" Gespannt sah Levke Sörensen Johanna an. „Sind Sie eine gefälschte Freifrau?"

„Nee, lass man, Levke, die ist echt." Die hagere Frau kam die Treppe herauf, mit ihren langen Beinen immer zwei Stufen auf einmal nehmend.

„Polizeimeisterin Sörensen, würden Sie bitte die Angaben auf dem Ausweis der Zeugin notieren?" Pannicke reichte Levke den Ausweis.

„Notieren? Willkommen im 21. Jahrhundert." Polizeimeisterin Sörensen nahm ihr Handy und fotografierte den Ausweis ab. Dann wandte sie sich an die Rothaarige.

„Seit wann kennst du dich mit Adel aus, Katti?"

„Seit eine von denen darauf aus ist, sich wieder hier einzunisten." Die Rothaarige baute sich vor Johanna auf. Sie überragte Johanna locker um eineinhalb Köpfe. „Katharina Lütten. Ohne von und zu und Doktor. Aber mit ‚Hauptkommissarin' davor und ‚von der Mordkommission' dahinter." Dann drehte sie sich zu Pannicke um. „Sie befragen die Zeugin, Pannicke? Dann seh ich mich mal drinnen am Fundort um." Sprach's und verschwand durch die Terrassentür im Schloss.

Pannicke seufzte. „Das würde ich ja gerne tun, die Zeugin befragen. Wenn man mich denn endlich ließe. – Nun, Frau Freifrau von Musing-Dotenow zu Moordevitz, wann sind Sie hier angekommen? Beschreiben Sie den Ablauf bis jetzt bitte möglichst präzise."

Johanna zwang sich, sich auf Oberkommissar Pannicke zu konzentrieren. Sie hatte die Abneigung der Hauptkommissarin noch nicht verdaut. Langsam, um nichts zu vergessen oder zu verwechseln, berichtete sie, wie sie die Leiche gefunden hatte. Pannicke machte sich ununterbrochen Notizen.

Hauptkommissarin Lütten erschien wieder in der Terrassentür, eine durchsichtige Plastiktüte in der Hand, in der ein Blatt Papier steckte. „Kommen Sie mal, Pannicke!"

„Wie heißt das Zauberwort?", murmelte er seufzend, hatte aber anscheinend die Hoffnung aufgegeben, die Kollegin zur Beachtung mitteleuropäischer Höflichkeitsregeln erziehen zu können, denn er schüttelte den Kopf und ging hinüber. Beide betrachteten die Tüte, oder eher das Blatt darin, und unterhielten sich leise.

Dann trat Katharina Lütten wieder auf Johanna zu und musterte sie finster. In Johanna stieg langsam Zorn auf. Was hatte sie dieser Bohnenstange denn getan?

„Das Schloss wollen Sie kaufen, ja?"

Johanna schob die Hände in die Hosentaschen, richtete sich auf und sah der Hauptkommissarin ins Gesicht.

„Ja. Und? Die Gemeinde kann es sich ja offenbar nicht leisten."

Die Augen der Lütten wurden schmal. „Und was gedenken Sie damit zu tun?"

„Dach reparieren? Damit fängt man im Allgemeinen an."

Frau Lüttens Wangen spannten sich an, als die Hauptkommissarin die Zähne zusammenbiss. „Und dann? Irgend so einen Nobel-High-Society-Kram aufziehen? Ein Edel-Golfhotel zum Beispiel? Da stört ein Mieter vermutlich gewaltig, oder? Und es ist doch superpraktisch, wenn man den Mieter ganz plötzlich los ist."

Johanna spürte, wie ihr die Gesichtszüge entgleisten, wie es immer so schön hieß. Sie war eine Verdächtige? Während sie nach einer Antwort suchte, schleuderte ihr die Kommissarin ins Gesicht: „Sie verlassen den Ort bis auf Weiteres nicht. Das Schloss ist allerdings gesperrt, bis die Spurensicherung ihren Job gemacht hat, Sie werden woanders unterkommen müssen. Ich kann aber nicht garantieren, dass es hier eine für Ihresgleichen angemessene Unterkunft gibt." Sie drehte sich um und marschierte davon.

„Oh Mann, die Chefin ist ja heute mies drauf." Entschuldigend hob Levke Sörensen die Hände. „Sonst ist sie eigentlich ganz friedlich."

Ihr schweigsamer Kollege sagte nur: „Kevin Hansen."

Levke sah ihn entsetzt an. „Kevin ... Der Tote ist Kevin Hansen?"

Polizeihauptmeister Finn Schwaiger nickte nur. Johanna sah forschend zwischen den beiden hin und her. Wenn der Tote ein Freund der Hauptkommissarin war, war ihre Reaktion verständlich.

Levke bemerkte Johannas Blick und erklärte: „Das war ein Schulkamerad von der Hauptkommissarin. Geht ihr wohl ziemlich nah. Hm." Sie betrachtete wieder das Gebäude und kaute auf der Unterlippe. „Ich war mal in seiner Wohnung." Sie deutete auf den linken Gebäudeteil.

„Da gibt es viel leichtere Möglichkeiten, sich zu erhängen. Und er hat da allein gewohnt. Der musste keine Rücksicht auf niemanden nehmen. Also warum geht der zum Erhängen erst in den leeren Teil vom Schloss?"

7

Flammen. Brüllende, fauchende Flammen. Und mitten in ihnen eine schreiende Gestalt. Blitze fuhren auf das Feuer nieder, die Gestalt im Feuer schrie und schrie. Eine zweite Gestalt tauchte aus den Flammen auf, sie rannte. Rannte auf Johanna zu, kam näher und näher, gleich würde sie ihr Gesicht sehen, sie erkennen. Wieder die entsetzlichen Schreie aus den Flammen ...

Johanna fuhr hoch und begriff, dass sie geschrien hatte. Sie ließ sich zurückfallen und versuchte, ihren Atem zu beruhigen. Sie brauchte einen Moment, bis sie sich erinnerte, wo sie war – in ihrem VW-Bus. Sie hatte wenig Lust gehabt, sich eine Unterkunft zu suchen, und da zwar das Schlossgebäude als Fundort versiegelt war, aber niemand sie aufgefordert hatte, das Gelände zu verlassen, war sie dort geblieben und hatte im Bus übernachtet. Ihre Mutter hatte ihn bereits damals zu einem Campingbus umgebaut.

Es raschelte neben ihr und sie drehte sich um. Ihre Hunde saßen aufmerksam vor ihrem Bett. Die beiden wussten aus Erfahrung, dass nach einem solchen Alptraum meistens ein kurzer Spaziergang folgte. Johanna stemmte sich hoch, suchte ihre Korkfußbett-Pantoletten und zog die Schiebetür auf. Der Vollmond stand im Osten und war ungewöhnlich hell. Er schien auf das Schloss und verwandelte das ruinöse Gemäuer in ein schimmerndes Geheimnis. Andächtig ließ Johanna sich in der offenen Tür auf dem Boden des Busses nieder und ließ sich vom Duft des

Flieders umwehen. Goliath und David zwängten sich an ihr vorbei und bezogen erwartungsvoll Stellung vor ihr.

Johanna war nicht abergläubisch und die Leiche längst in der Rechtsmedizin. Aber nachts um ein leerstehendes Schloss wandern, in dem sich gerade jemand erhängt hatte, danach stand ihr nicht der Sinn. Nach einer Weile sahen die beiden Hunde ein, dass es heute keinen Spaziergang mehr geben würde, und ließen sich nieder. Davids Schnarchen störte die romantische Stimmung ein bisschen. Nun ja, ein ziemlich großes Bisschen.

Sie hatte diese Träume seit dem Brand in der elterlichen Villa. An den Brand selbst konnte sie sich dagegen überhaupt nicht erinnern. Eine Weile war sie nach dem Tod ihrer Eltern bei einer Psychologin in Behandlung, bis Onkel Horst das unterbunden hatte. Er hatte Angst gehabt, die Rückkehr ihrer Erinnerungen könnten zu viel für sie sein, wenn schon die Träume sie so belasteten.

Johanna zog die Knie an und schlang die Arme darum. Dieses Schloss hatte keinen Turm, der in Flammen aufgehen konnte. Aber sollte sie sich darauf einlassen, das alte Gemäuer zu kaufen und zu renovieren?

Ob die Kommissarin in Moordevitz wohnte? Auf der Karte hatte es ausgesehen, als gäbe es nur etwa einhundert Gebäude in dem Dorf. Sie würde der Lütten in dem Fall recht häufig über den Weg laufen und darauf konnte sie gern verzichten. Glaubte die Frau wirklich, Johanna hätte diesen Kevin in den Selbstmord getrieben? Sie hatte doch gar nicht gewusst, dass der im Schloss wohnte! Wie hätte sie das aus der Ferne überhaupt anstellen sollen? Ihn mit bösen Briefen traktieren? Tote Mäuse per Post schicken? Und letztlich – das Gebäude war groß genug für mindestens vier Wohnungen.

Allerdings – Johanna musste kichern – dürfte sie ihrer Großmutter nichts davon erzählen, wenn sie das Familienerbe in ein schnödes Mietshaus verwandeln würde. Großmutter Adelheid. Johanna seufzte. Der dürfte sie noch nicht einmal erzählen, wenn sie das Schloss aufgeben und sich stattdessen eine Wohnung in Musing-Dotenow suchen würde. Denn wohnen würde sie hier müssen, schließlich wollte sie in der Familienbank arbeiten. Sie hatte den Vertrag unterschrieben. Familie hin oder her – für Geschäftliches gab es Verträge und an die musste man sich halten. Auch und gerade, wenn man den Namen der ehemaligen Freiherrn von Musing-Dotenow zu Moordevitz trug.

Onkel Horst durfte sie ebenfalls auf keinen Fall enttäuschen. Johanna schüttelte grinsend den Kopf. Da bereitete er vor, dass sie mittelfristig in Musing-Dotenow die Filialleitung übernahm. Dann vergaß er aber, dass sie erwachsen war mit abgeschlossenem Studium und Berufserfahrung, und wollte sie nicht mit Dingen wie den merkwürdigen Krediten des Herrn – wie hieß er noch? Burmester? – belasten.

Sie war seit dem Brand vor dreißig Jahren Waise, aber Horst schaffte das Bemuttern und Bevatern locker allein. Wenn ihn Oma Adelheid auch unterstützt hatte. Horst war ein Cousin von Johannas verstorbenem Vater und wohnte seit einunddreißig Jahren in der Villa der Familie. Nur als der Brand den Turm zerstörte, war er verreist gewesen, weswegen auch er Johanna nie viel dazu erzählen konnte. Johanna konnte sich an keine Zeit ohne Horst erinnern, aber er gehörte zu einem Familienzweig, der nach dem Krieg in Moordevitz geblieben war, und war erst nach der Maueröffnung zu Johannas Familie gestoßen. Anlässlich der Wiedereröffnung – wenn man nach fünfzig Jahren von „Wieder"-Eröffnung reden konnte – der Musing-Dotenower Filiale waren er und Johannas Eltern sich erstmals begegnet. Auch seinetwegen würde sie den Job in Musing-Dotenow antreten.

Das bedeutete aber, dass sie in jedem Fall mit den Leuten hier klarkommen musste. Dann konnte sie genauso gut das Schloss kaufen. Sofern eine Renovierung sie (und vor allem Oma Adelheid) nicht in den finanziellen Ruin trieb.

Zumindest ihre Großmutter wäre überglücklich, wenn ihr alter Traum vom Rückkauf des Schlosses doch noch Wirklichkeit würde. Wenn eine von Musing-Dotenow tatsächlich wieder eine echte zu Moordevitz würde.

8

Die Tasse Tee in der Morgensonne, die das Schloss wortwörtlich in günstigeres Licht tauchte, verschaffte Johanna eine kleine Atempause. Aber dann hatte sie keine Ausrede mehr, sie musste sich auf den Weg zur Bürgermeistersprechstunde machen. Oder sich endgültig entscheiden, den Kauf abzusagen und zurückzufahren.

Zwar war eine Hertha Böhmer derzeit die Eigentümerin des Schlosses, aber die Gemeinde hatte sich beim Verkauf an Frau Böhmer ausbedungen, dass diese das Schloss nicht einfach beliebig wieder verkaufen konnte, sondern sie es für denselben höchst symbolischen Preis an die Gemeinde zurückgeben müsste, den sie selbst bezahlt hatte. Eine Nebenbedingung, die auch für Johanna gelten würde. Sie konnte durchaus nachvollziehen, dass eine kleine Gemeinde wie Moordevitz beeinflussen wollte, wer sich in ihrem Schloss niederließ und was er damit anstellte. Johannas Kaufabsichten mussten daher zunächst Gnade vor den Augen des Bürgermeisters finden.

Sie stellte die Tasse neben die Spüle und verabschiedete sich mit vielen Entschuldigungen von ihren Hunden (nicht, dass sie glaubte, die würden auch nur ein Wort verstehen, aber sie fühlte sich besser). Sie kurbelte zwei Fenster zur Belüftung halb herunter, schloss den Bus ab und die Hunde damit ein, kontrollierte noch mal, dass der Bus die ganze Zeit im Schatten stehen würde, und machte sich zu Fuß auf den Weg ins Dorf Moordevitz. Sie hätte den einen Kilometer mit dem Auto fahren können, aber nach der gestrigen langen Autofahrt und der unruhigen Nacht würde ihr Bewegung gut tun.

Hinter dem Torbogen folgte sie der alten Eichenallee. Der asphaltierte Feldweg ließ erahnen, dass er früher eine herrschaftliche Zufahrt zum Schloss gewesen war, auch wenn inzwischen einige Lücken in den Reihen der Eichen klafften. Hier und da war unter dem schadhaften Asphalt das Kopfsteinpflaster wieder zum Vorschein gekommen. Die Allee führte schnurgerade ins Dorf und endete auf einem kleinen Platz, an dessen Rändern Linden und Kastanien standen. Gegenüber erhob sich eine Backsteinkirche etwas zurückgesetzt innerhalb eines Friedhofs. Die Landstraße querte den Platz. Links führte sie nach Musing-Dotenow, dort befand sich die Schulbushaltestelle. Rechts ging es weiter nach Spökenitz – einer Stadt, die groß genug für eine Universität war. Halb links bog eine schmale Straße mit Kopfsteinpflaster ab. Geradeaus, rechts am Friedhof vorbei, führte eine weitere schmale Straße in ein Neubaugebiet mit etwa einem Dutzend Häuser. Mitten auf dem Platz stand ein etwa zehn Meter hoher Baum, dessen Art Johanna nicht auf den ersten Blick erkannte. Sie ging hinüber und stellte überrascht fest, dass es eine Eibe war. Die ausladende Krone lichtete sich bereits. Deshalb und wegen ihrer Größe schätzte Johanna, dass der Baum etliche hundert, vielleicht sogar tausend Jahre alt war. Bewundernd sah sie eine Weile in die Krone hinauf, bevor sie sich wieder ihrem Vorhaben, das Gemeindehaus zu finden, zuwandte.

Ratlos sah sie sich um. Um den Platz standen rechts und links neben dem Friedhof zwei Fachwerkhäuser, eines davon mit Reetdach, und fünf aus Ziegeln gemauerte Wohnhäuser. Dreien sah man an, dass sie in einem früheren Leben Stallgebäude oder Scheunen gewesen waren. Aber wo war hier die Bürgermeistersprechstunde? Dann entdeckte Johanna ein Stück die Kopfsteinstraße hinunter einen Schaukasten, wie sie für Mitteilungen der Gemeinde verwendet wurden. Daneben stand ein gelber Postkasten.

Sie wandte sich nach links und ging die Straße entlang. Und richtig – als sie sich dem Schaukasten näherte, entdeckte sie hinter einem Ziegelhaus etwas zurückgesetzt einen flachen, schmucklosen Bau, an dessen Briefkasten sie entziffern konnte: „Gemeindebüro". Auf dem Parkplatz davor standen ein Fahrrad und der Transporter einer Dachdeckerei. Ein Stück weiter lag ein kleiner Ziegelbau, der an seinem großen roten Tor in der Giebelseite unschwer als Feuerwehrgerätehaus zu erkennen war. An das alte Gerätehaus schloss sich links ein weiterer Flachbau an. Eine Hinweistafel erläuterte, dass das Spritzenhaus 1905 errichtet worden war für die damals neu angeschaffte Feuerspritze. Der Flachbau wurde 1972 im Rahmen der Volkswirtschaftlichen Masseninitiative (was immer das war, sie würde das gelegentlich recherchieren müssen) von den Kameraden der Feuerwehr und den Moordevitzer Bürgern angebaut. In ihm befanden sich Waschräume und der Versammlungsraum der Feuerwehr.

„Gut. Dann wollen wir mal zur Schlossbesitzerin werden." Sie drückte die Tür des Gemeindehauses auf, ging durch den Flur und klopfte links an die Tür zum Büro des Bürgermeisters.

Ein „Herein" erklang von drinnen und sie betrat den Raum. Hinter einem Schreibtisch mit dem Rücken zum Fenster saß ein Mann von Mitte vierzig, gut sitzender Anzug, Krawatte und kurzes blondes Haar über einer modischen Brille. An der rechten kurzen Tischseite saß ein älterer Mann um die sechzig, leicht untersetzt, kräftig, mit großen Händen, denen man die handwerkliche Arbeit ansah. Seine grauen Haare waren schütter, was ein dicker Schnauzer mehr als ausglich.

„Ah, Frau von Musing-Dotenow, wie schön, dass Sie es einrichten konnten!" Der Jüngere der beiden stand auf und

Johanna ergriff die über den Tisch gestreckte Hand. Sie war sich mit ihrem Namen schon häufiger blöd vorgekommen, aber noch nie so blöd wie hier, wo der Ort Musing-Dotenow in Sichtweite lag.

„Carsten Brandt, ich bin der Bürgermeister von Moordevitz. Nehmen Sie doch bitte Platz." Herr Brandt deutete auf den Besucherstuhl vor dem Schreibtisch und dann auf den älteren Herrn rechts von ihm. „Darf ich Ihnen Jens Haller vorstellen, unseren stellvertretenden Bürgermeister."

Herr Haller ergriff Johannas angebotene Hand nur zögernd, hatte aber einen festen Händedruck.

„Eine Tasse Kaffee? Oder lieber ein Wasser?" Der Bürgermeister persönlich schenkte Johanna den Kaffee ein, während sein Stellvertreter schweigend dasaß, die Unterarme auf den Tisch gestützt.

„Und Sie wollen in unser schönes Moordevitz ziehen?" Carsten Brandt wollte noch etwas hinzufügen, aber Haller fiel ihm ins Wort. „Und was wollen Sie hier?"

Na super. War der mit Katharina Lütten verwandt? „Keine Ahnung. Was kann man denn hier so wollen?" Sie sah Haller direkt in die Augen. Der runzelte die Stirn, aber bevor er eine Antwort fand, übernahm Brandt wieder das Wort.

„Die Gemeinde freut sich natürlich außerordentlich, dass Leben in unser wundervolles Schloss einziehen soll. Wir unterstützen Sie selbst..."

„Wobei denn? Unterstützung reicht da nicht, Carsten." Haller schlug mit der flachen Hand auf den Tisch. „Sieh dir die Bruchbude doch an! Wie soll sie daraus denn was machen? Was genau wollen Sie denn machen, junge Frau?"

„Aber Jens, das kann man doch so nicht ...", versuchte der Bürgermeister zu beschwichtigen.

Haller ließ sich nicht unterbrechen. „So einen schicken Kulturtreffpunkt für die feinen Leute aus der Großstadt?

Oder am Ende so ein dämliches Golfhotel? Hier kommt keiner her. Und das ist auch gut so."

„Da sind wir vollkommen einer Meinung", erwiderte Johanna.

„Das funktioniert schon in Drögenhagen nicht! Alles nur vom Feinsten haben die ... Was? Wie – einer Meinung?"

„Ich will auch keine feinen Leute im Schloss. Ich will da wohnen. Das Letzte, was ich gebrauchen kann, ist ein Haufen wichtiger Leute, die im Vorgarten herumschlendern und schlaue Reden halten. Und am Ende noch erwarten, dass ich auch schlaue Dinge von mir gebe. Und Golf liegt mir überhaupt nicht."

Haller verschränkte die Arme und lehnte sich zurück. „Aha."

„Oh, ich bin sicher, Sie haben ein ganz hervorragendes Konzept für die Zukunft des geschichtsträchtigen Gebäudes." Bürgermeister Brandt gab sich sichtlich Mühe, die Stimmung nicht aggressiv werden zu lassen. „Seit Jahrhunderten bestimmt es das Bild unseres Dorfes und die Gemeinde freut sich ganz außerordentlich ..."

Ein Schnauben von Haller brachte Brandt kurz aus dem Konzept.

„Das sind höchstens zwei Jahrhunderte, Carsten. So geschichtsträchtig ist das alte Ding wirklich nicht."

„Einhundertachtundsiebzig Jahre sind es", warf Johanna ein. „Der Ururgroßvater meiner Urgroßmutter hat es bauen lassen, weil ihm das frühere Gebäude zu lütt war."

„Ach, und Sie glauben, weil das ihr Urururgroßvater gebaut hat, können Sie den alten Kasten mal eben so wieder übernehmen?" Haller hatte sich aufgerichtet und starrte sie finster an.

„Nö. Ich glaube, weil die Gemeinde Moordevitz das Gebäude für einen äußerst moderaten Preis verkaufen will, kann ich es mir leisten, es zu kaufen und nach und nach zu renovieren." Johanna lehnte sich betont entspannt zurück und erwiderte Hallers Starren mit einem Lächeln. „Und über den Grund für den moderaten Preis brauchen wir ja wohl nicht zu diskutieren. Wenn die Gemeinde natürlich ihre Meinung geändert hat ..."

„Nein, selbstverständlich nicht", versicherte Brandt eilig und verlor für einen Moment die Beherrschung. „Verdammt, Jens, wir müssen den Schrottkasten loswerden, der frisst den Gemeindehaushalt auf, wenn er wieder an uns zurückfällt. Je schneller, desto besser. Es ist ein Gemeindebeschluss, das Ding zu verkaufen, den setzen wir um, egal, ob dir das passt oder nicht! Und, ähm ..." Verlegen fuhr Brandt sich durch die perfekte Frisur, die danach nicht mehr ganz so perfekt aussah. „Ja, also, wie ich sagen wollte, die Gemeinde unterstützt Sie selbstverständlich bei allen Ihren Vorhaben."

„Die Gemeinde! Wir können da wenig machen, eine gute Bank braucht sie! Wenn die Bank die Böhmersche nicht hängen lassen hätte, wäre der Schrottkasten längst wieder in Schuss", grantelte Haller weiter.

Johanna horchte auf. Die Bank hatte Frau Böhmer einen Strich durch die Rechnung gemacht? Die Bank ihrer Familie? Das würde es nicht gerade erleichtern, mit Frau Böhmer ins Gespräch zu kommen. Sie hatte sich von ihr Tipps zum Projekt Schlossrenovierung versprochen.

„Frau Böhmer wollte vier Drei-Raum-Wohnungen in dem Schloss einrichten und vermieten. Eine hatte sie ja schon fertig. Da hätten die Einwohner was von gehabt. Und nicht so 'n Golfkram, den keiner braucht." Jens Haller hielt offenbar nicht viel von Golf.

„Jens, bitte, natürlich brauchen die Menschen im Ort auch Freizeitmögl..." Der Bürgermeister dagegen schien auch Golf dulden zu wollen, wenn die Gemeinde nur das Schloss los wäre.

„Wir machen unsere eigene Freizeit, nicht so 'n ..."

Johanna begann, sich zu amüsieren, das war das eigenwilligste Verkaufsgespräch, das sie je geführt hatte. „Stopp, stopp, stopp", unterbrach sie die beiden Bürgermeister. „Ich mach keinen Golfkram, versprochen. In erster Linie habe ich vor, eine Wohnung für mich selbst auszubauen. Das muss sein, ich muss da einziehen, sonst kriege ich von meiner Großmutter kein Geld für die Renovierung und dann kann ich es mir nicht leisten. Sie müssten also damit leben, dass ich hier in Moordevitz wohne. Für mich allein ist der ‚Schrottkasten‘ aber zu groß. Ganz abgesehen davon, dass der Gebäudeunterhalt von irgendwas bezahlt werden muss. Weitere Drei-Zimmer-Wohnungen auszubauen wäre durchaus eine Option. Die derzeit wahrscheinlichste Option, wenn ich ehrlich bin.“

Die Mönchhäger Eibe

9

Zwei Stunden später war Johanna wieder an ihrem Bus und unternahm zur Entspannung für sich und zur Entschädigung für die Hunde erst einmal einen ausgedehnten Spaziergang mit David und Goliath. Der Vorvertrag war unter Dach und Fach, ein Notartermin vereinbart. Ihre Sicherheiten waren ausreichend und andere Kaufinteressenten gab es nicht.

Den Rest des Tages verbrachte Johanna mit Telefonieren. Es gab in Moordevitz selbst und in Musing-Dotenow erstaunlich viele Handwerksfirmen und sie hielt es für eine gute Idee, die Aufträge möglichst im Ort zu vergeben. Aber das Handwerk hatte viel zu tun und das Einzige, was sie erreichte, war, dass der Tischler vorbeikommen und sich die Fenster und Türen ansehen wollte. Alle anderen – vom Elektriker über den Heizungsbauer bis hin zu Dachdecker Haller – sagten ab, weil sie volle Auftragsbücher und vor Jahresende überhaupt und absolut keine Zeit hatten. Entmutigt ließ Johanna das Handy sinken. Ihr Plan ging nicht auf, sie würde doch Firmen von außerhalb beauftragen müssen. Eine Firma gab es noch, sie startete einen letzten Versuch bei „Fa. Burmester – unsere Mauern halten!".

„Firma Burmester, schönen guten Tag, Inka Burmester am Apparat, was kann ich für Sie tun?"

„Guten Tag, mein Name ist Johanna von Musing-Dot..."

„Oh. Warten Sie bitte. Ich hol den Chef. Mein Vater möchte selbst mit Ihnen sprechen."

Johanna betrachtete verwirrt ihr Handydisplay, bis sie wieder eine Stimme aus dem Lautsprecher hörte. „Herr Burmester? Ich bin ...", begann sie.

„Ich weiß, wer Sie sind! Besser als alle hier! Und ich weiß auch, dass Sie hier herumtelefonieren, weil Sie sich hier einnisten wollen! Aber daraus wird nichts. Niemand wird für Sie arbeiten! Für Sie nicht und für Ihre Familie schon gar nicht! Verschwinden Sie von hier! Aber sehen Sie zu, dass Sie nicht wieder irgendwas Wichtiges am Bahnhof vergessen!"

Was um alles in der Welt sollte das denn bedeuten? Okay, der Teil mit dem „Niemand wird für Sie arbeiten" war eindeutig, aber das mit dem Bahnhof klang eher, als sollte Herr Burmester in Betracht ziehen, einen Nachfolger zu suchen und sich selbst aufs Altenteil zurückzuziehen.

Als sie mit dem Deckel des Würstchenglases kämpfte, bis er sich endlich mit einem Knacken öffnete, begriff sie erst, dass „Niemand wird für Sie arbeiten" nicht bedeutete „niemand von der Firma Burmester", sondern „niemand". Jedenfalls niemand in Moordevitz.

10

„Frau Rüpke? Sind Sie hier irgendwo?" Katharina steckte den Kopf in das Büro der leitenden Gerichtsmedizinerin Dr. Jaqueline Rüpke, gemeinhin Jack the Rüpper genannt. Auf ihrem Schreibtisch duftete ein gedeckter Apfelkuchen vor sich hin, der Katharina quälend ihren leeren Magen in Erinnerung rief. Die Kaffeemaschine gluckerte. Die beiden Palmen umrahmten stumm den Ficus und auch der Wein, der eifrig dabei war, das Fenster zuzuwuchern, verriet nichts über die Herrin dieses Zimmerurwalds.

Katharina schloss die Tür und betrat einen Raum auf der anderen Seite des Flurs. Größer hätte der Kontrast nicht sein können. Metallene Tische standen auf einem glänzenden, weiß gefliesten Boden. Schränke und Regale aus Metall verdeckten die Wände, wo nicht Milchglasscheiben etwas Tageslicht hereinließen.

„Ach, Frau Lütten, da sind Sie ja." Frau Dr. Rüpke schob die Glastür auf, bis ihre mollige Gestalt hindurchpasste, steckte ihr Handy in die Tasche ihres weißen, gestärkten Kittels und trat auf den hinteren der Metalltische zu. Sie zog das Tuch von der Leiche.

„Wissen Sie, ich musste dringend mit meiner Tochter sprechen. Sie will mir nicht verraten, ob es ein Junge oder ein Mädchen wird. Aber woher soll ich dann wissen, ob ich ein blaues Polizeiauto oder ein rotes Feuerwehrauto auf das Jäckchen sticken soll?"

„Nehmen Sie doch ein Auto vom Roten Kreuz. Die sind weiß, das ist neutral."

Frau Rüpke runzelte die Stirn unter den krausen grauen Haaren, die sich aus dem Knoten gelöst hatten und ihr Gesicht umrankten. Dann lachte sie. „Hätte ich mir denken können, dass Sie nicht die Richtige für solche Art Probleme sind. Ich nehme einfach ein Segelschiff. Weiße Segel und grünen Rumpf. Das ist gut." Zufrieden betrachtete sie die Leiche.

Katharina räusperte sich. „Ähm, ja. Sie sagten, Sie hätten Neuigkeiten für mich?"

„Hm? Oh, aber ja." Frau Rüpke sah auf und stutzte. „Haben Sie da Heu im Haar? Und Sie sehen auch recht müde aus – war es wenigstens romantisch?"

Katharina fuhr sich rasch durch die rote Mähne. Tatsächlich, da waren immer noch Halme. „Romantisch? Das ewige Knuspern und Rascheln der Mäuse? Ich hoffe jedenfalls, dass es nur Mäuse waren, an was anderes will ich gar nicht denken. Und dann dieses Riesenvieh von Spinne, heute Morgen in meinem Schuh! Ich musste heute Nacht beim langen Meier übernachten und da ist für Gäste nur auf dem Dachboden Platz, neben dem Heu für seine Karnickel. Kein Auge hab ich zugemacht. Lassen Sie uns weitermachen, bevor ich einschlafe."

„Sie Ärmste. Dann gleich zum Todeszeitpunkt – der Tod trat am Abend ein, also an dem Abend, bevor der Tote gefunden wurde. Und nun zum Wichtigsten. Der Blutstau im Kopf zeigt, dass Kevin noch lebte, als er aufgehängt wurde. Aber ..." Frau Dr. Rüpke drehte den Kopf des Toten auf die Seite. „Sehen Sie das hier? Da hat ihn jemand kurz vor seinem Tod auf den Hinterkopf geschlagen. Sehr kurz vor seinem Tod. Und wenn Kevin nicht besonders widerstandsfähig war, dürfte er nach diesem Schlag bewusstlos gewesen sein. Wenn Sie mich fragen, Hansen hat sich nicht erhängt. Der war bewusstlos, als er aufgehängt wurde. Darauf deutet auch das hier hin."

Sie hielt Katharina das Seil hin, das um Kevins Hals geknüpft gewesen war. Die nahm es und sah es etwas ratlos an.

„Sehen Sie? Das ist das Ende, das um den Hals des armen Kevin lag. Und hier hat es um den Balken gelegen."

Jetzt begriff Katharina. „Stimmt. Wenn er sich erhängt hätte, wäre das Seil mit ihm am Balken heruntergerutscht, die Fasern hätten sich nach oben ausgerichtet. Haben sie aber nicht, sie weisen nach unten. Dazu muss ihn jemand am Seil nach oben gezogen haben. Also keine Selbsttötung."

„Unwahrscheinlich."

„Er wurde also bewusstlos geschlagen und dann aufgehängt. Können Sie was über die Tatwaffe sagen? Jetzt bitte nicht der berühmte stumpfe Gegenstand, davon gibt es selbst in Moordevitz Millionen."

Frau Rüpke schüttelte den Kopf. „So stumpf war der Gegenstand nicht. Er hatte eine Kante. Sehen Sie." Sie zeigte Katharina die Wunde. „Keine ganz scharfe Kante."

„Wie jetzt – nicht stumpf und nicht scharf?"

„Na ja, sehen Sie, so etwa fingerbreit. Wie Ihre Finger, meine ich. Bei mir ist es eher halbfingerbreit. Eine fingerbreite Metallstange oder so etwas. Aber nicht mit rundem Querschnitt, eher rechteckig."

„In Moordevitz läuft also ein Mörder herum. Ich hätte schon in Musing-Dotenow nichts Schlimmeres als Prügeleien erwartet, aber in Moordevitz? Am Abend, sagten Sie? Also nach dem Platzregen."

„Ja, auf jeden Fall. Der Regen kam gegen vierzehn Uhr, Kevin Hansen starb nicht vor achtzehn Uhr. Der Mörder könnte ja auch durchaus aus Musing-Dotenow kommen. Oder sogar von hier, aus Spökenitz."

„Oder ganz woanders her. Aus Niedersachsen zum Beispiel."

Frau Rüpke warf ihr einen Blick zu. „Das glauben Sie nicht wirklich, oder? Die junge Frau Musing-Dotenow hätte wohl kaum die Kraft, Kevin Hansen an den Deckenbalken zu hängen. Und man muss Mieter nicht umbringen, wenn man sie loswerden will."

Katharina brummte nur. „Wie man Mieter loswerden kann, weiß ich, dazu braucht man bloß eine Menge Wasser. Naja, nein. Dass die das war, glaub ich natürlich nicht wirklich. Aber ich will die bei uns nicht haben. Wenn ich die mit 'nem Mordverdacht vergraulen kann, soll mir das recht sein. Sobald sie weg ist, entschuldige ich mich auch gern lang und breit bei ihr. Haben Sie noch was?"

„Allerdings. Was reichlich Merkwürdiges. Sehen Sie das hier?" Frau Rüpke deutete auf eine Stelle am Ohr des Toten.

Katharina beugte sich über das Ohr. Sie zuckte mit den Schultern. „Ich seh nichts, was soll denn da ... Moment mal. Ist das Make-up?"

Die Gerichtsmedizinerin nickte. „Genau. Reste von Make-up."

„Bei Kevin Hansen? Im Leben nicht."

11

Ja, so sieht das aus, Tante Weber. Ich überlege ernsthaft, ob ich den Notartermin überhaupt wahrnehme oder doch lieber gleich zurückkomme." Johanna seufzte in ihr Handy. Sie hockte auf einem Kissen vor dem Bulli.

„Ach, Kind. Du kennst doch die norddeutschen Sturköppe, das ist da an der Ostseeküste auch nicht anders. Außerdem haben Handwerker im Moment wirklich gut zu tun, es ist bestimmt nur Zufall, dass keiner Zeit für dich hat. Und wenn nicht, versuch es in Spökenitz. Du wirst schon welche finden. Die Renovierung eines Schlosses als Referenz aufweisen zu können, ist schließlich was. Firmen, die was taugen, werden das erkennen. Nur Mut, Hannilein!"

Johanna sah eine Weile zum Schloss, dessen Fassade mit der sinkenden Sonne immer fahler wurde. Die Luft wurde feuchter, der Fliederduft wehte schwer herüber.

„Hannilein?", unterbrach Frau Weber das Schweigen.

„Ja, Tante Weber, du hast natürlich recht. Es ist noch viel zu früh zum Aufgeben." Von der Leiche im Schloss hatte sie Tante Weber gar nicht erst erzählt. Die frühere Assistentin ihres Vaters, die jetzt die Assistentin ihres Onkels war, wirkte selbst etwas bedrückt. Und das war extrem selten vorgekommen in all den Jahren, seit Johanna unter Frau Webers Schreibtisch mit Puppen gespielt, später am Besuchertisch Hausaufgaben erledigt und nach dem Studium zwei Zimmer weiter ein eigenes Büro bezogen hatte.

„Okay, Schluss mit meinen Problemen. Wie geht es dir?"

Das kurze Schweigen am anderen Ende bestätigte Johannas Eindruck, dass auch bei Frau Weber nicht alles zum Besten stand.

„Na ja ... also ... ich ... ich soll in den Vorruhestand", brach es schließlich aus ihr heraus.

„Vor..." Johanna war sprachlos. Frau Weber war erst Mitte fünfzig und ein Jahrzehnt vom Rentenalter entfernt.

„Rente kriege ich natürlich noch nicht, aber eine Abfindung soll mir über die fehlenden Jahre helfen. Und auch den Abschlag von der Rente ausgleichen. Tut sie wohl auch, soweit ich das überblicke. Aber es geht doch nicht ums Geld! Oder jedenfalls nicht nur."

Johanna hörte einen halb unterdrückten Schluchzer. Was sollte das denn? Es gab niemanden in der ganzen Bank, der loyaler und zuverlässiger war als Tante Weber. Und mit Sicherheit auch niemanden, der länger dabei war als sie. „Aber warum denn?"

„Weil ich mit der modernen IT überfordert bin." Jetzt schluchzte Frau Weber richtig.

„Mit der modernen IT?" Das war endgültig lächerlich. Frau Weber hatte gegenüber Computern, Programmen, Internet und allem, was da ständig neu dazukam, nie Berührungsängste gehabt. Wo nötig, hatte sie Fortbildungen absolviert oder die jungen Praktikanten ausgefragt und nicht selten hatte sie sich allein eingearbeitet.

„Aber wie ... wie kommt Horst denn auf so was?"

„Ach, der ist das glaube ich gar nicht. Diese Neue, die jetzt deine Stelle hat, diese Frau Growe ..."

Johanna verschluckte sich an ihrer eigenen Spucke. „Was?", stieß sie hervor, als der Husten ihr die nötige Luft ließ. „Meine Stelle ist schon wieder vergeben? So ein Einstellungsverfahren dauert doch sonst Wochen oder Monate."

Dass ihre Position bald neu besetzt werden würde, war klar gewesen, damit der Geschäftsbetrieb störungsfrei weiterlaufen konnte. Aber so schnell? „Da muss Onkel Horst ja quasi die Erstbeste genommen haben!"

„Na ja." Tante Weber schniefte noch ein bisschen, fasste sich jedoch wieder. „Das Vorstellungsgespräch fand schon statt, als du noch auf der Autobahn warst. Und ich hatte den Eindruck, dass Horst und die Growe sich schon vorher kannten. Dass sie sich sogar sehr gut kennen. Sie duzen sich, wenn keiner dabei ist. Und ich glaube, von deinen Ideen zur ökologischen Ausrichtung der Bank hält sie nicht so viel."

Johanna sparte sich die Frage, woher Frau Weber Dinge wusste, die passierten, wenn keiner dabei war. Wenn sie einen Fehler hatte, dann war es ihre Neugier. Aber sie hatte nie, wirklich niemals Interna ausgeplaudert.

„Hm. Na ja, das würde erklären, warum das so schnell gehen konnte. Bloß warum er mir das nicht erzählt hat, verstehe ich nicht. Ich hätte die Neue doch noch einarbeiten können. Aber es sollte doch nicht mehr um mich gehen. Was wirst du denn jetzt tun, Tante Weber?"

„Ich weiß es nicht, Kind. Was bleibt mir denn letztlich übrig? Ich bleibe doch nicht hier, wenn ich weiß, dass man mich nicht mehr will."

Als Johanna und Frau Weber ihr Gespräch beendeten, war die Dämmerung fast in die Nacht übergegangen. Der Mond war noch nicht aufgegangen und Johanna starrte auf eine schwarze Fassade, die sich vor dem dunkelblauen Himmel abzeichnete. Ein Käuzchen schrie wildromantisch, David schnarchte höchst unromantisch, Goliath kämpfte gegen sein letztes heiles Stofftier und schien zu gewinnen, die ersten Wattefetzen aus dem Innenleben des Stoffelefanten flogen schon bleich über den Schlosshof.

Johanna lehnte sich zurück gegen die Wand des Bullis und beobachtete den Dackel, ohne ihn wirklich zu sehen. Sie schob die Hände in die Taschen. Ihre linke Hand ertastete etwas Steifes aus Stoff. Sie zog es heraus und hielt das Schulterstück in der Hand. Das Schulterstück eines

Brandmeisters oder wie immer der Chef einer Feuerwehr in Mecklenburg-Vorpommern hieß.

Nachdenklich drehte sie es hin und her.

Seit dem furchtbaren Brand, der ihre Eltern das Leben gekostet hatte, litt sie unter panischer Angst vor Feuer. Sie fürchtete sich noch als Jugendliche davor, Streichhölzer anzuzünden, und konnte es nicht ertragen, wenn im Wohnzimmer das Kaminfeuer brannte. Das wurde zum ernsthaften Problem, als Jan in ihre Klasse kam. Vom ersten Tag an war er der Schwarm aller Schülerinnen. Er konnte Gitarre spielen und singen und auf der Klassenfahrt am Lagerfeuer hingen alle Mädchen an seinen Lippen. Alle, bis auf Johanna. Sie brachte es nicht über sich, sich dem Lagerfeuer zu nähern.

Beim nächsten Zahnarztbesuch stieß sie in einer Zeitschrift auf einen Artikel zum Thema „Ängste überwinden“. Man sollte sich so lange mit den Objekten der Angst konfrontieren, bis man sich daran gewöhnte. Und als der Zahnarzt fertig war, hatte Johanna den Entschluss gefasst, in die Jugendfeuerwehr einzutreten.

Nun hatte die Jugendfeuerwehr wenig mit Feuer zu tun, weil deren Mitglieder nicht zu Einsätzen mitkamen. Sie wechselte mit achtzehn dann auch in die Erwachsenenwehr und bei ihrem ersten echten Einsatz war ihr so schlecht, dass der Einsatzleiter sie gleich wieder ins Fahrzeug schickte. Aber sie biss sich durch und irgendwann wurde es tatsächlich besser. Abgesehen davon, dass ein Großteil der Einsätze mit Verkehrsunfällen und Sturmschäden zu tun hatte, schaffte sie es, die aufkommende Panik bei brennenden Autos und Flächenbränden zu beherrschen. Anders sah es bei Gebäudebränden aus. Beim bloßen Gedanken an das Betreten brennender Gebäude wurde ihr eiskalt und alle Kraft verließ Arme und Beine.

Aber sie entdeckte ein Schlupfloch, das ein Außenstehender nicht als solches erkannte. Sie machte regelrecht

Karriere und absolvierte alle Lehrgänge, die sie kriegen konnte. Einfach weil die Einsatzleiter nicht mehr mit Strahlrohr und Atemschutz in die brennenden Häuser gingen. Lage erkunden, unter Zeitdruck Einsatzpläne aufstellen, Entscheidungen treffen – das konnte sie. Und als ihr erster Einsatzleiter die Altersgrenze erreichte und in die Ehrenabteilung wechselte, erinnerte sich bei den Aktiven niemand mehr an Johannas Panikattacken.

Johanna selbst erinnerte sich hingegen sehr genau.

Dennoch. Entschlossen steckte sie das Schulterstück wieder ein. Sie hatte mehr als einmal erlebt, dass Zugezogene rasch Anschluss fanden, wenn sie in die Feuerwehr eintraten. Das konnte auch hier funktionieren.

Sie würde morgen einen formlosen Antrag in den Briefkasten am Gerätehaus werfen.

12

„Kein Selbstmord?" Levke, die halb auf Katharinas Schreibtisch hockte, schielte zu Pannicke hinüber, der auch unweigerlich darauf ansprang: „Selbsttötung, werte Kollegin. Ein Mord geschieht ..."

„Ja, schon gut, Pannicke, ich bin sicher, die Kollegin hat sich nur versprochen." Katharina warf Levke, deren Augen jetzt vor unterdrücktem Lachen blitzten, einen Blick zu, der strafend sein sollte, hatte aber selbst Mühe, das Lachen zu unterdrücken.

In Levkes Gesicht kämpften einen Augenblick die Mimiken, dann siegte der Ernst. Sie deutete auf die Klarsichthülle, die den Abschiedsbrief enthielt. „Dann ist der gefälscht?"

„Gefälscht. Und wir haben einen Mordfall aufzuklären", stellte Katharina fest, lehnte sich in ihrem Schreibtischstuhl zurück, und rieb sich mit den Händen über das Gesicht. „Das passt auch zu den Spuren, vielmehr zu den nicht vorhandenen Spuren. Am Fundort waren keine verwertbaren Fußabdrücke, bis auf die der Hunde und der Freifrau. Stattdessen sah es aus, als hätte jemand etwas über den Boden geschleift. Aber warum sollte Kevin so etwas vor seinem Suizid tun? Den Schleifspuren zufolge hätte das Geschleifte auch irgendwo im Raum sein müssen. Da war aber nichts außer den Stühlen. Außerdem waren keine Trittspuren von Kevin vorhanden. Was kein Wunder ist, wenn er gar nicht mehr gehen konnte, sondern durch den Raum geschleift wurde. Womit die Freifrau als Täterin ausscheidet. Auch wenn ich das gern anders hätte, aber die hätte Kevin nicht schleifen können."

„Wenn ich noch einmal sehen dürfte?" Oberkommissar Pannicke nahm den Brief und studierte ihn ausführlich. Als ob sie das Schreiben nicht alle auswendig kennen würden.

Katharina seufzte. Sie hatte keine Ahnung, wo sie ansetzen sollten. In dem Abschiedsbrief, der auf dem Stuhl am Fundort der Leiche gelegen hatte, warf Kevin Golfotel und der Bank in Musing-Dotenow vor, ihn um seine Wohnung zu bringen, ihn dem Elend der Obdachlosigkeit auszuliefern und überhaupt seine gesamte Zukunft zu ruinieren.

Katharina holte Luft und setzte sich gerade hin. Sie brauchte erst einmal etwas Gehirnnahrung. „Kommst du an meinen Rucksack ran? Da sind noch Kekse drin."

Levke bückte sich nach dem Rucksack und knetete ihn stirnrunzelnd. Er klapperte leise und gab dann ein Geräusch von sich, was irgendwo zwischen Brummen und Quieken anzusiedeln war. „Fühlt sich nicht nach Keksen an. Was immer da drin war, ist in harte Brocken zerfallen." Sie reichte einer mehr als erstaunten Katharina den Rucksack hinüber.

Die griff hastig danach, sie hatte einen fürchterlichen Verdacht. Rasch öffnete sie den Rucksack, sah hinein und ließ ihn mit einem Stoßseufzer der Verzweiflung sinken. „Ich wusste, dass diese Bande was im Schilde führt!"

„Wie?" Levke nahm den Rucksack, packte ihn aus und verteilte den Inhalt auf Katharinas Schreibtisch. Zwei Plastikdinosaurier (der eine quiekbrummte, als sie draufdrückte), ein rosa Plüschpferd, eine Handvoll Legosteine (das waren die harten Brocken gewesen) und ein Polizeiauto aus Metall.

„Hübsch", stellte sie fest. „Aber keine Kekse."

„Echt jetzt? Dann hat die Bande die aufgefuttert. Lonas Fünferbande. Nicht nur, dass in meinem Bett drei Bauklötze versteckt waren, die blauen Flecke werde ich nächste Woche noch spüren, dann standen sie mitten in der Nacht auch noch alle fünf um mein Bett herum und wollten gruselige Geschichten hören. Als Polizistin müsste ich so was kennen, meinten sie. Kenne ich ja auch, aber bestimmt nicht für maximal Achtjährige. Irgendwann bin ich sie losgeworden. Und dann war mein Rucksack weg. Ich hab ihn im Hundekorb wiedergefunden, die Katze lag drauf. Und einer von denen – Kinder, Hunde oder Katzen – hat die Kekse vernichtet. Wenn ich nicht bald eine neue Wohnung finde, lasse ich mich in die Nervenheilanstalt einweisen oder wandere aus nach Nepal. Das ist nicht lustig."

Katharina warf das Plüschpferd nach Levke, die aber unbeeindruckt weiter kicherte, kurz aus dem Raum verschwand und mit einer Rolle Doppelkekse wiederkam.

„Her damit! Wenn ich meine Zuckersucht stillen kann, darfst du lachen, so viel du willst!" Katharina verspeiste genüsslich zwei Kekse und fühlte sich in der Lage, gedanklich zur Arbeit zurückzukehren. „Zurück zum Fall. Wo fangen wir an? Wie üblich mit dem, was wir wissen. Wir haben eine Leiche, die erschlagen wurde. Einen vorgetäuschten Selbstmord und einen offensichtlich gefälschten Abschiedsbrief. Ist noch nicht viel, wie?"

„Wenn ich auch Sie darauf hinweisen dürfte, Frau Kollegin, dass es kein Selbstmord sein kann. Ein Mord setzt die Tötung durch eine andere Person voraus. Wir müssen hier von einer Selbsttötung sprechen. Auch wenn es sich nicht um eine solche handelt, sondern um einen Mord", dozierte Pannicke.

„Aha", machte Levke und runzelte übertrieben ernsthaft die Stirn. „Gibt es denn dann überhaupt ..."

„Nein, lass es, Levke, bitte, ich will heute noch irgendwann nach Hause", raunte Katharina ihr hastig zu, und zu Pannicke gewandt: „Sie wollten was zu dem Abschiedsbrief sagen?"

„Ich nehme an, Frau Kollegin, der Abschiedsbrief ist kriminaltechnisch untersucht worden?" Pannicke sah Katharina mit hochgezogenen Brauen an.

Die nickte. „Sie nehmen richtig an, Pannicke. Keine Fingerabdrücke, keine Fasern, keine Haare, kein gar nichts. Spricht auch gegen eine Selbsttötung." Katharina schüttelte den Kopf. „Ein Selbsttöter hätte keinen Grund, vorsichtig zu sein, und hätte mit Sicherheit irgendwelche Fingerabdrücke hinterlassen." Es gelang ihr, bei dem Wort „Selbsttöter" todernst zu bleiben, was durch Pannickes leidvolle Miene nicht erleichtert wurde. „Levke, geh mal zu Frau Hansen, die hat doch bestimmt irgendwelche Schriftstücke von ihrem Sohn. Damit wir die Handschriften vergleichen können."

„Mach ich. Aber brauchen wir das? Wenn wir schon wissen, dass der Brief nicht von ihm ist?" Levke hatte ihre Uniformjacke schon in der Hand.

„Er könnte ihn auch unter Zwang geschrieben haben. Wenn wir sicher sein können, dass nicht Kevin ihn geschrieben hat, war es höchstwahrscheinlich sein Mörder."

„Okay, bin schon weg." Levke griff sich ihre Polizeimütze und verschwand.

„Inhaltlich weist dieser Abschiedsbrief nicht unerhebliche logische Schwächen in der Argumentation auf." Pannicke war wieder in den Text vertieft.

„Mensch, Pannicke, das war Kevin! Bei dem war nie irgendwas log... Moment. Es war ja eben nicht Kevin. Jedenfalls nicht inhaltlich. Zeigen Sie mal." Katharina zog ihm den Brief aus der Hand, woraufhin Pannicke in stummer Entrüstung kurz die Augen schloss, was Katharina wie üblich vollständig ignorierte.

„Also – ja, er wirft Bank und Golfotel in einen Topf. Klar, die Bank hat Hertha den Kredit nicht bewilligt. Aber hinter dem Land ist Golfotel her, nicht die Bank."

„Es ist sicher nicht ganz unwahrscheinlich, dass Frau Böhmer sich mit der Renovierung des Schlosses übernommen hat und dass dem Finanzinstitut keine andere Wahl blieb, als ihr den Kredit zu versagen."

„Sehe ich genauso, Pannicke. Dennoch bekommt Golfotel damit die Chance, sich Schloss und Grundstück billig unter den Nagel zu reißen."

„Sie übersehen dabei, Frau Kollegin, dass Frau Hertha Böhmer des Öfteren betonte, niemals an Golfotel zu verkaufen."

„An wen denn sonst? Wer kauft sonst ein rottes Schloss in einer verlassenen ... genau. Die Freifrau hat es getan. Und die Bank gehört ihrer Familie."

„Das ist in der Tat eine bemerkenswerte Koinzidenz. Ich bin geneigt, einen Zusammenhang zu vermuten."

Katharina teilte Pannickes Neigung ausnahmsweise uneingeschränkt. „Allerdings. Solche Zufälle gibt es nicht."

Pannicke runzelte die Stirn. „Da muss ich Ihnen widersprechen, Frau Kollegin. Es gibt durchaus Zufälle und zwar auch ..."

Den Rest hörte Katharina nicht mehr, da sie bereits die Tür von außen schloss.

Feuerwehrgerätehaus von 1905

13

Zu den Einsätzen im letzten Monat – wer von euch war bei dem Wasserschaden in der Barkenstraße dabei? Bei Katharina? Lona? Erzähl mal." Wehrführer Jens Haller saß am Kopfende des Tisches im Versammlungsraum der Freiwilligen Feuerwehr Moordevitz. Er sah seine Maschinistin auffordernd an.

Lona zuckte mit den Schultern. „Ausgerechnet ganz oben ist die Leitung geplatzt. Das Wasser ist einmal komplett durch das ganze Haus gelaufen. Wir konnten da auch nicht viel machen, außer das Wasser aus dem Keller abzupumpen. Wo ist denn eigentlich dein Stellvertreter?"

„Andreas Burmester ist auf irgendeiner Dienstreise", warf Truppmann Olli ein. „Unsere Hauptkommissarin hat es richtig übel erwischt, sie schläft jetzt alle paar Nächte bei jemand anderem. Alle ihre Möbel sind hin. Sie sagt, ihr Vermieter hat das absicht..."

„Keine Spekulationen hier!", unterbrach Jens ihn. „Das aufzuklären, ist nicht unser Job. Also gut, Kameraden ..." Auf Lonas Räuspern verbesserte der Wehrführer sich: „Na gut, Kameraden und Kameradin, andere Einsätze gab es nicht, kommen wir zu den Lehrgängen. Dann geht also Olli zur Funkausbildung, mehr Plätze haben wir nicht gekriegt. Was zieht das hier eigentlich so? Ist ja lausekalt hier." Umständlich zog sich Jens seinen Pullover über, unter den wachsamen Blicken von Lona und Olli.

„Sag ich doch, er merkt's nicht", flüsterte Lona Olli zu.

„Wat?", mischte sich der lange Meier ein, seines Zeichens Chefmaschinist. „Dat verschwunnene Schulterstück? Hett hei schon markt."

Lona und Olli schüttelten einvernehmlich die Köpfe. „Nee, darum geht's nicht." Lona kicherte, bis der Wehrführer sie mit strengem Blick zur Ruhe rief.

„Und dann haben wir hier noch einen Antrag." Jens Haller schob das Blatt Papier vor ihm weg von sich, so weit, wie auf dem Tisch nur möglich. Gespannt sahen ihn zwölf Feuerwehrmänner und eine Feuerwehrfrau an.

„Ähm – ein Aufnahmeantrag?", hakte Maschinistin Lona nach, als sie sah, dass die ersten wegen des langen Schweigens schon das Ende der offiziellen Versammlung witterten und nach dem Bier schielten, das den inoffiziellen Teil einläuten würde.

Kamerad Haller grunzte unwillig.

Lona interpretierte das Grunzen als ein Ja. „Und das Problem dabei ist?"

„Der Antrag ist von Johanna von Musing-Dotenow zu Moordevitz."

Das vielstimmige Echo in der gesamten anwesenden Wehr hätte in keinem größeren Gegensatz zum vorherigen Schweigen des Wehrführers stehen können.

„Echt jetzt? Die Gräfin? 'ne Gräfin hier bei uns? Dann musste aber mal Staub wischen auf den Pokalen", wieherte Truppführer Ben und hieb auf den Tisch, dass zwei der Pokale hinter ihm scheppernd umfielen.

„Die sind so alt, die sollten wir besser verstecken", warf Lona ein. „Wir haben doch seit Jahren keinen Wettkampf mehr gewonnen. Damit beeindrucken wir niemanden und bestimmt keine Gräfin."

„Dei is kein Gräfin nich. Dei is man blots Freifrau", stellte der lange Meier richtig.

„Was du alles weißt", blaffte Wehrführer Haller ihn an. „Ich will keine Freifrau hier haben, egal ob Gräfin oder nicht!"

Gruppenführer Tobias verdrehte entnervt die Augen. „Der wievielte Antrag ist das in den letzten zwei Jahren? Genau – es ist der erste seit Olli! Mann, Leute, wir können uns die Mitglieder nicht backen. Zeig mal her, den Wisch!" Er schnappte sich den Antrag und überflog ihn. „Das ist nicht dein Ernst! Den willst du ablehnen? Wir müssen sowieso schon jeden nehmen, den wir kriegen können – und die ist bis zum Zugführer ausgebildet! Zugführer gibt's im ganzen Amtsbereich nur vier!"

Der Wehrführer grunzte wieder und hieb auf den Tisch. Das Foto der Pionierlöschgruppe von 1962 verrutschte in seinem Rahmen. „Zugführer! Mann, ich hab die gesehen, die ist höchstens anderthalb Meter groß, die schleppt noch nicht mal ein C-Rohr! Und das letzte, was wir hier brauchen, ist so 'ne Baronin, die uns Befehle erteilt!"

„Freifrau", insistierte der lange Meier. Und bemerkte dann: „Wenn sei Zugführerin is, sünd ehr Orders ja villicht sogor bäder as dien inne letzte Woch."

Sein Sitznachbar, der kurze Meier, sprang auf – wodurch er aber nicht wesentlich größer wurde – und krähte: „Ich lass mir nix von 'ner Baronin sagen, die kein C-Rohr heben kann!"

Der lange Meier schnappte ihn am Kapuzensweatshirt und zog ihn wieder auf seinen Stuhl.

„Überhaupt fehlt da eins auf dem Löschfahrzeug. Ein C-Rohr", versuchte Truppmann Olli, zu Wort zu kommen, während Lona entnervt den Kopf schüttelte: „Können wir sie nicht einfach für das Probejahr aufnehmen und ihr mal ein C-Rohr in die Hand drücken?"

Dat verschwunnene Schulterstück? Hett hei schon markt.
Das verschwundene Schulterstück? Hat er schon gemerkt.

Dei is kein Gräfin nich. Dei is man blots Freifrau.
Die ist keine Gräfin, die ist bloß Freifrau.

Wenn sei Zugführerin is, sünd ehr Orders ja villicht sogor bäder as dien inne letzte Woch.
Wenn sie Zugführerin ist, sind ihre Befehle ja vielleicht sogar besser als deine letzte Woche.

14

Als Johanna am nächsten Morgen in ihrem VW-Bus am Tisch saß und den letzten Bissen ihres Brötchens in den Mund stecken wollte, hämmerte es gegen die Tür. Vor Schreck ließ sie das Brötchen fallen, Goliath und David kläfften beziehungsweise bellten um die Wette.

„Johanna von Musing-Dotenow zu Moordevitz! Aufmachen!", dröhnte es.

Johanna erstarrte. Da draußen stand die Polizei. Das SEK. Die GSG9. Sie erwartete hereinstürmende Vermummte und bereitete sich darauf vor, zu Boden gerissen zu werden. Als nichts passierte, stand sie mit weichen Knien auf und zog vorsichtig die Tür einen Spalt auf. Vor ihrer Tür sah sie jedoch nur den stellvertretenden Bürgermeister Jens Haller. Okay, sie würde nicht verhaftet und in Isolationshaft stundenlangen Verhören unterzogen werden. Schlimmstenfalls hatte die Gemeinde es sich doch anders überlegt und würde das Schloss nicht verkaufen.

„Sie sind aufgenommen. Zehn Ja-Stimmen, zwei Nein-Stimmen. Und damit das gleich klar ist, ich war dagegen. Ich bin dagegen. Heute, achtzehn dreißig ist Ausbildung. Und dann alle zwei Wochen. Sei pünktlich, sonst ist das Probejahr für dich gelaufen." Sprach's, drehte sich um und verschwand.

Johanna ließ sich in der offenen Schiebetür auf den Boden ihres Bullis sinken und versuchte, irgendeinen Sinn in das zu bringen, was Haller ihr da eben an den Kopf geknallt hatte. Aufgenommen. Das klang ja erst mal gut. Zumindest hörte es sich nicht an, als sollte sie das Schloss nicht kaufen können. Aber worein denn bitte aufgenommen?

Dann kam sie auf die Idee, die Internetseite der Freiwilligen Feuerwehr zu öffnen. Tatsächlich. Der stellvertretende Bürgermeister war gleichzeitig der Wehrführer der Freiwilligen Feuerwehr Moordevitz. Je kleiner die Dörfer, desto eher kam es zu solchen Ämterhäufungen, weil es zu wenige Engagierte gab.

Sie war demnach aufgenommen in die Feuerwehr. So richtig ermutigend war der Auftritt des Wehrführers zwar nicht, aber immerhin bedeutete das vermutlich, dass sie das Schloss wie geplant würde kaufen können. Sonst hätte die Feuerwehr ihre Aufnahme gleich abgelehnt, denn deren Mitglieder sollten im Ort wohnen.

Gut. Aber was könnte sie heute konkret anfangen? Mit den Hunden die Umgebung auskundschaften? Mit dem Fahrrad nach Musing-Dotenow fahren und sich die Kleinstadt und ihre Möglichkeiten ansehen? In der Bank wurde sie nicht vor übermorgen erwartet, doch sie würde über kurz oder lang einkaufen müssen. Und zu wissen, wo der nächste Zahnarzt war, konnte auch nicht schaden.

Sie grübelte noch, als ein Umzugswagen auf den Hof rollte, gefolgt von einem großen, schwarzen Kombi. Ein Leichenwagen? Der Tote war doch schon in die Gerichtsmedizin transportiert worden. Der Lkw hielt an, drei Männer in Arbeitsklamotten stiegen aus. Alle drei zündeten sich Zigaretten an, zwei betrachteten das Schloss, der dritte kam auf Johanna zu. Derweil stieg aus dem Leichenwagen eine ältere Frau mit kurzen, grauen Haaren. Johanna schätzte sie auf Mitte sechzig. Sie trug graue Jeans und eine altrosafarbene Bluse. Nach Bestatterin sah sie nicht aus.

„Moin. Kannst du mal aufschließen? Wir sollen den Kram abholen und einlagern."

Johanna blinzelte ein paarmal, aber der Mann aus dem Lkw machte nach wie vor den Eindruck, als würde er mit ihr sprechen.

„Äh – aufschließen? Was denn? Und welchen Kram?"

„Mensch, Mädchen, die Tür! Da, zum Schloss!"

„Die Tür. Aber ich hab doch noch gar keinen Schlüssel."

„Aber ich. Und machen Sie die Zigarette aus, junger Mann, im Schloss wird nicht geraucht." Die Frau aus dem Leichenwagen war herangekommen und setzte sich jetzt in Richtung Schlosstreppe in Bewegung. Nach zwei Schritten drehte sie sich wieder um. „Wenn es geht, heute noch, junger Mann. Die Wohnung muss heute Abend leer sein. Oder soll ich im Garten zelten?"

Der Möbelpacker trat seine Zigarette aus und wandte sich um, um ihr gehorsam folgen.

„Heben Sie gefälligst den Stummel auf! Für so etwas gibt es Mülleimer."

Die anderen beiden Männer hatten sprachlos die Szene beobachtet und beeilten sich jetzt, ihre Kippen in eine leere Konservendose zu stopfen, die sie aus dem Fußraum ihres Lkw geklaubt hatten. Alle drei marschierten der Frau hinterher. Johanna lief ebenfalls zum Schloss hinüber. Ihre Überraschung war der Neugier gewichen. Das musste eine Verwandte des Toten sein, die sich um seine Hinterlassenschaften kümmern wollte.

Die Frau hatte inzwischen ein Handy am Ohr, sie stand vor der Schlosstür und musterte mit zusammengezogenen Brauen das polizeiliche Siegel. „Frau Lütten? Hertha Böhmer hier. Wie lange gedenken Sie, das Schloss noch versiegelt zu lassen? Die Spurensicherung ist abgeschlossen. Nein, versuchen Sie gar nicht erst, sich rauszureden, ich habe mit Finn gesprochen, ich weiß, dass die Untersuchung abgeschl... – Nun, ich werde Ihnen sagen, wie lange das Schloss noch versiegelt sein muss – nämlich genau zehn Minuten. Länger brauchen Sie in Ihrem Trabbi nicht hierher."

Und tatsächlich, nach zwölf Minuten – die Zeit hatte gerade so gereicht, um zu erfahren, dass die Frau Hertha Böhmer war und in der Tat die Wohnung des Toten ausräumen lassen wollte – knatterte ein hellblauer Trabbi auf den Hof und die baumlange Kommissarin faltete sich heraus. Grußlos ging sie an Johanna und den Möbelpackern vorbei, stieg die Treppe hinauf und riss das Siegel herunter. Genauso wortlos drehte sie sich wieder um und ging zurück zu ihrem Auto.

Hertha Böhmer holte einen Schlüsselbund aus ihrer Hosentasche, wie er eines Schlosses angemessen war. Eine Handvoll Schlüssel baumelte an einem Eisenring und einen davon mit gigantischen Ausmaßen drehte Frau Böhmer jetzt im Türschloss. Die alte Holztür öffnete sich mit einem Knarren, das jedes Filmklischee erblassen ließ.

Johanna erhaschte einen Blick auf den gefliesten Boden. Zum großen Teil war das Muster aus hellen und dunklen ziegelroten Fliesen erhalten, lediglich direkt hinter dem Eingang war es teilweise durch hellgrüne Kacheln ersetzt, die außerdem kleiner waren. Irgendwann würde sie den Bodenbelag wieder in den früheren Zustand versetzen lassen, den sie aus Omas Erzählungen kannte. Beim Blick an die Decke wurde ihr jedoch klar, dass die Bodenfliesen nicht die dringlichste Aufgabe darstellten.

Hertha Böhmer schloss die Tür zur Wohnung des Toten auf – mit einem kleineren, aber immer noch beeindruckenden Schlüssel – und scheuchte die Möbelpacker hinein. Dann wandte sie sich an Johanna. „So. Nun zu uns beiden.“

Johanna konnte gerade noch verhindern, dass sie Haltung annahm.

„Frau Hansen war einverstanden, Kevins Sachen so schnell wie möglich auszuräumen. Die Wohnung ist renoviert, Strom, Wasser und Heizung funktionieren. Wir sollten also fürs Erste klarkommen. Sie ist als Drei-Raum-Wohnung auch groß genug für uns beide. Vorübergehend jedenfalls.“

„Für uns beide", wiederholte Johanna verständnislos.

„Selbstverständlich für uns beide. Abgesehen davon, dass es in die Dachkammern hineinregnen dürfte, bin ich nicht bereit, mir mit einem anderen Dienstmädchen eine Dachkammer zu teilen, wie meine Großtante das für angemessen gehalten hat, als sie zu ihrer Zeit hier Dienst tat. Im einundzwanzigsten Jahrhundert ist eine eigene Wohnung für Ihre Haushälterin das mindeste."

Johanna gewann etwas Zeit, um diese Rede zu verdauen, weil zwei der Männer mit einem Schrank vorbeiächzten und sie die Treppe frei machen musste.

„Haushälterin, sagten Sie?" Hatte sich da jemand einen Scherz erlaubt? Irgendjemand musste per Anzeige eine Haushälterin für sie gesucht haben.

„Ja, natürlich. Was dachten Sie – Pferdeknecht?"

„Äh – aber ich kann – ich brauche nicht ..."

„Nun kommen Sie endlich, wir müssen die Wohnung inspizieren. So wie ich Kevin kenne – kannte –, muss erst einmal gründlich saubergemacht werden. Seine Mutter hat sich um vieles gekümmert, hatte aber auch nicht für alles Zeit. Wann kommen Ihre Möbel?"

Hilflos deutete Johanna auf ihren Bulli. „Ich hab keine, ich wohne im Moment da."

Hertha Böhmer betrachtete den VW-Bus mit hochgezogenen Brauen. „Nun ja, wenn Sie das für ausreichend halten, meinetwegen. Aber dass Sie mir nicht immer Erde und Dreck ins Schloss tragen, wenn Sie zum Essen hereinkommen oder das Bad benutzen. Also, als Erstes gute, waschbare Fußmatten besorgen." Letzteres sagte sie mehr zu sich selbst.

Dann fiel ihr Blick auf David und Goliath, die durch die Büsche tobten. „Und das gilt auch für die Hunde. Als Zweites das Tor in Ordnung bringen, damit die Tiere nicht dauernd auf die Straße rennen. Und erinnern Sie mich morgen noch mal an den Sessel Ihres Urgroßvaters, ich weiß, wer ihn hat, und er würde ihn auch verkaufen."

Frau Böhmer zückte ein Notizbuch, schlug es auf und schrieb etwas hinein. Vermutlich den Beginn einer langen Liste von Dingen, die im Schloss erledigt werden mussten. Dann sah sie wieder auf. „Also, können wir zur Besichtigung übergehen?"

Johanna breitete die Arme aus. „Habe ich eine Wahl?"

Hertha Böhmer warf ihr einen Blick zu, bevor sie sich der Halle zuwandte. „Im Grunde nicht. Also kommen Sie. Da das Schloss derzeit nur ein Bad hat, müssen wir uns vorübergehend damit arrangieren. So sehe ich auch, ob ich mit Ihnen fertig werde."

Johanna hatte nicht den Eindruck, als gäbe es irgendetwas unter der Sonne, mit dem Hertha Böhmer nicht fertig wurde.

15

Hi, Tante Katti, Lust auf eine Streuselschnecke?" Die strahlend blauen Augen unter den braunen, wirren Haaren sahen Katharina treuherzig an.

„Erstens – klopf an, wenn du in mein Büro hereinschneist. Zweitens – nenn mich nicht Tante, ich bin bloß acht Jahre älter als du. Drittens – diesmal zahlst du aber."

Der Sohn von Katharinas wesentlich älterer Schwester lümmelte sich auf dem karierten Polster des Metallstuhls, auf dem schon die Kollegen der Volkspolizei gesessen hatten und der bei Katharina als Besucherstuhl herhalten musste. Pannicke, mit dem sie sich das Büro teilte, legte vorsorglich die Ohrstöpsel bereit. Die hatte er immer dabei, weil Jörn seine Tante öfter besuchte.

Jörn zog zwei Streuselschnecken aus der Papiertüte. Er kannte ihre Kuchenschwäche einfach zu gut. „Aber liebste Tante, du tust ja so, als würde ich mich ständig durchschnorren."

Katharina schüttelte langsam und übertrieben deutlich den Kopf. „Nein, du würdest natürlich nie im Leben schnorren. Also, was ist los?" Dann griff sie nach einer Streuselschnecke und biss genüsslich hinein.

„Wie meinst du das denn? Ich will doch nur meiner Lieblingstante den Arbeitstag versüßen."
Jörn hatte bereits eine halbe Schnecke verschlungen.

„Du bringst mir doch nicht ohne Hintergedanken Kuchen ins Büro. Was willst du diesmal von mir?"

„Tante Katti, das betrübt mich tief. Aber wenn du schon so charmant und direkt fragst – was ist denn jetzt mit dem Schloss? Zieht sie da ein? Weil, ich brauch 'n Job. Also – eigentlich brauch ich Geld.“

„Im Schloss?“

„Für die Böhmer hab ich so allerlei da gemacht und die hat richtig gut gezahlt. Bei der Gräfin mäht sich ja auch nix von allein. Und der Megahaufen von Steinen, den wir da unter den Apfelbäumen zusammengesammelt haben, damit die Böhmer besser mähen kann, also der liegt da noch. Vielleicht sollen wir den ja noch wegräumen. Also, du hast nicht zufällig Infos über die Neue? Außerdem sieht die verdammt gut aus.“

Katharina schloss kurz kopfschüttelnd die Augen. Jörn hatte ihr damals stolzgeschwellt ein halbes Dutzend Bilder geschickt von dem Megasteinhaufen, weil das vermutlich das erste Mal in seinem Leben gewesen war, dass er richtig arbeiten musste. Was sie nicht gehindert hatte, die Fotos beim nächsten Aufräumen des Speichers zu löschen. Offenbar standen ihr nun weitere Steinhaufenbilder bevor. Dass Katharina die Freifrau lieber heute als morgen los wäre, hieß ja nicht, dass die nicht noch vorher einen Teil ihres Reichtums bei Jörn lassen konnte. Andererseits durfte man auch dem nicht zu schnell nachgeben.

„Sieht gut aus? Die könnte deine Tante sein.“ Auf Jörns erstaunte Miene fuhr sie fort: „Die ist etwa so alt wie ich.“

„Für 'ne Tante bist du ja auch noch ganz passabel. Also, hast du Infos? Am besten eine Handynummer von ihr?“

„Nee, hab ich nicht. Jörn, du bist Physikstudent, also benimm dich bitte so nerdig, wie man das erwartet, und guck nicht irgendwelchen Adligen hinterher. Und schon gar nicht einer, die mich um Haus und Hof bringt.“

„Du hast 'ne Mietwohnung.“

„Und um genau die bringt mich diese verdammte Bank!“

„Hä? Die Bank hat doch nicht das Wasserrohr platzen lassen.“

Katharina seufzte. „Ich hab mir das Ding angesehen, das ist nicht von allein geplatzt. Da hat jemand nachgeholfen. Jemand, der ein leerstehendes Haus und vor allem das Grundstück dazu mit sehr viel Gewinn verkaufen kann."

„Aber ich denk, das ist diese Golfhotel-Bande, die hier überall Land aufkaufen will?"

„Aber die Bank steckt mit drin. Die Bank hat der Böhmer den Geldhahn zugedreht, weshalb sie das Schloss ja überhaupt nur verkaufen musste. Das Grundstück vom Schloss liegt nämlich mitten drin in deren Golfrasen."

„Ja, aber das Schloss hat Golfotel doch gar nicht gekauft."

„Nee, das hat die herzallerliebste Bankerbin gleich selber gekauft und kann jetzt mit Golfotel gemeinsame Sache machen."

„Hast du dafür Beweise?"

Katharina sah ihn missmutig an. Beweise hatte sie nicht. Und was noch schlimmer war, die würden ihr gar nichts nützen. Ihr Haus zu kaufen und abzureißen, war kein Verbrechen. Bei dem Schloss würde vielleicht noch der Denkmalschutz greifen, aber eine Wohnung hätte sie dadurch auch nicht.

„Was soll sie denn aber bitte sonst mit dem rotten Kasten wollen? Und ich zieh von einem zum anderen, damit ich keinem lange zur Last falle. Hast du schon mal beim kurzen Meier übernachtet? Zwischen fünf Jack-Russell-Terriern, von denen einer in deinem Bett stolze Sechslings-Mutter wird?"

„Umso wichtiger, dass ich mit dem mir eigenen Charme …"

„Du hast einen an der Waffel." Katharina musste lachen, knüllte die Kuchentüte zusammen und warf sie nach Jörn. „Klingel doch einfach am Schloss und frag nach deinem Steinhaufen."

Jörn riss die Hände hoch, um das Knäuel aufzufangen. Dabei glitt seine Sweatjacke vorn auseinander.

Sprachlos starrte Katharina auf das, was sie offenlegte.

Jörn verharrte mit in die Luft gereckten Armen, das Papierknäuel flog zwischen beiden durch und landete bei Pannicke auf dem Schreibtisch. Was der mit einem abgrundtiefen Seufzer quittierte. Er griff das Papier mit spitzen Fingern, erhob sich und beförderte es sorgsam in den Papierkorb.

Endlich begriff Jörn den Grund für Katharinas Blick und grinste. „Cool, was?" Während Katharina nach einer angemessenen Antwort suchte, fuhr er fort: „Mann, Katti, die ist nicht echt! Ist 'ne Wasserpistole. Aber echt cool, oder?"

„Her damit! Eine so echt aussehende Wasserpistole ist alles, aber bestimmt nicht cool! Keine Widerrede, die lässt du hier!" Fordernd streckte sie die Hand aus.

„Boah, du kannst echt genauso eine Spaßbremse sein wie deine Schwester." Jörn sah seine Tante missmutig an.

„Zwing mich nicht, meine eigene Waffe zu ziehen!"

Pannicke ließ vor Schreck seinen Bleistift fallen, schloss dann kurz mit einem Stoßseufzer die Augen und holte zwei Ohrstöpsel aus der Packung.

„Du kannst deine Waffe nicht ziehen, die liegt verschlossen in deinem Schreibtisch. Bis du die in der Hand hast ..."

„Jörn!"

Jörn gab auf. „Mann, bist du neuerdings humorbefreit. Wird Zeit, dass dein Wohnungsproblem gelöst wird. Okay, da hast du sie. Aber pass auf, die ist geladen." Er prustete los über seinen Scherz, überreichte die Wasserpistole aber folgsam seiner Tante.

Katharina nahm die Spielzeugpistole entgegen, unterdrückte heldenhaft ihren eigenen Lachanfall (den sie für pädagogisch nicht zielführend gehalten hätte), schloss ihre oberste Schreibtischschublade auf und legte die Pistole zur sicheren Verwahrung neben ihre echte Waffe.

16

Sie hatten sich auf der Auffahrt vor dem Gerätehaus der Freiwilligen Feuerwehr Moordevitz versammelt, Johanna gegenüber stand der kurze Meier mit einem Strahlrohr in der Hand. Sämtliche aktiven Mitglieder umstanden sie beide, vermutlich wollte sich niemand entgehen lassen, wie die Freifrau sich bei ihrem ersten Übungsabend anstellte.

In letzter Sekunde kam der stellvertretende Wehrführer angefahren, sprang aus dem Auto, kaum dass er den Motor abgestellt hatte, und lief zum offenen Tor der Fahrzeughalle. Jens rief ihn zurück. „Wir haben schon angefangen, wenn du also bitte auch herkommen würdest!"

Der stellvertretende Wehrführer verzog missmutig das Gesicht, gesellte sich aber zu den anderen.

Hinter Johanna hatte der lange Meier den Barkas geparkt, nachdem er ihn in millimetergenauer Maßarbeit kratzerfrei durch das Tor, das kaum breiter war als das Löschfahrzeug, nach draußen gefahren hatte. Der Barkas war ein Kleinbus, der in der ehemaligen DDR häufig als Kleinlöschfahrzeug genutzt worden war. An seiner vorderen Tür prangte ein Aufkleber der DDR mit Hammer, Zirkel und Ährenkranz unter einem Feuerwehrhelm mit gekreuztem Strahlrohr und Axt. In einem Kreis darum herum war zu lesen: „Vorbildliche Freiwillige Feuerwehr". Johanna hatte die Internetseite der Feuerwehr Moordevitz studiert und wusste, dass das Fahrzeug aus den 1970er

Jahre stammte und dass die Freiwillige Feuerwehr Moordevitz diesen Ehrentitel aus DDR-Zeiten 1986 erhalten hatte.

„So. Nun kannste mal zeigen, ob du 'n C-Rohr halten kannst!" Der kurze Meier hielt Johanna ein Strahlrohr hin.

Die Feuerwehrfrau neben Johanna verdrehte kurz die Augen. Der lange Meier schüttelte langsam den Kopf, trat vor und streckte die Hand nach dem Strahlrohr aus. Der Wehrführer hielt ihn zurück mit den Worten: „Lass sie mal."

Johanna war einen Moment lang verwirrt, dann glaubte sie, die Situation verstanden zu haben. Sie hatte gedacht, sie sollte auf die Probe gestellt werden, als der kurze Meier ihr statt des C-Rohrs ein B-Rohr entgegenhielt. Tatsächlich schien es aber, als hätte der kleine glatzköpfige Feuerwehrmann, der so breit war wie hoch, die Strahlrohre selbst verwechselt.

Sie nahm das Strahlrohr langsam, wog es in der Hand und überlegte, wie sie da herauskam, ohne den kurzen Meier zu blamieren. „Guter Witz, Leute. Aber ein C-Rohr von einem B-Rohr zu unterscheiden, lernt bei uns schon die Jugendfeuerwehr. Und das Ding hier kann ich im Einsatz definitiv nicht mehr halten, das fegt mich von den Füßen."

Für ein B-Rohr brauchte man vier Einsatzkräfte, während für die Bedienung eines C-Rohrs im Regelfall zwei Feuerwehrleute eingesetzt wurden.

„Sag ich doch!", krähte der kurze Meier triumphierend. „Sie kann kein ..."

Johanna unterbrach ihn rasch: „Nein, ein B-Rohr kann ich bestimmt nicht halten, selbst ein C-Rohr kann ich im Einsatz nicht allein halten. Aber wollten wir nicht noch was Praktisches üben?"

Der Wehrführer nahm ihr das B-Rohr aus der Hand und nickte. „Aufsitzen. Wir fahren zur Moordenitz, ich will sehen, was du sonst noch kannst."

„Aber dann bitte mit C-Rohr“, raunte Johanna ihm zu. Jens Haller sah sie einen Augenblick an und Johanna meinte, die Spur eines Lächelns in seinen Augen zu sehen, bevor er auf den Beifahrersitz des Barkas rutschte. Fünf der Feuerwehrleute passten in den Barkas, der Rest folgte im Kleinbus der Gemeinde.

„Der Kurze konnte die Größen noch nie auseinanderhalten. Danke, dass du ihn nicht blamiert hast. Ich bin Lona.“ Die Feuerwehrfrau streckte ihr die Hand hin und kletterte nach dem Händedruck in den Barkas. Johanna setzte sich neben sie auf die Rückbank.

Der lange Meier wandte sich kurz nach ihr um, bevor er sich auf dem Fahrersitz niederließ. „Åwer hollen kann hei dat alleen. Dat C-Rohr. Jümmer.“

Nach einigen Minuten erreichten sie das Ufer der Moordenitz, die sich am Ostrand von Moordevitz durch die Wiesen schlängelte. Ein Platz mit Feuerstelle und Einsetzstelle für Kanus bot die Möglichkeit, Löschübungen abzuhalten. Nachdem Johanna eine Stunde lang den kleinen Fluss gelöscht hatte, auf verschiedenen Positionen innerhalb der Gruppe vom Truppmann bis zum Einsatzleiter, war der Wehrführer zufrieden und beendete die Ausbildungsstunde.

Johanna ließ sich erschöpft auf einen der Rücksitze des Barkas fallen. Müde war sie weniger wegen der körperlichen Anstrengung, obwohl auch die sich bemerkbar machte. Vielmehr weil sie das Gefühl hatte, eine mehrstündige Prüfung hinter sich zu haben. Was ja irgendwie auch so war.

Der Barkas hoppelte den Feldweg vom Bach entlang und nach einer Weile wandte Johanna sich an den jungen Truppmann neben sich. „Olli, oder? Sag mal, werden bei euch alle Neulinge so in die Mangel genommen?“

Der nickte. Und schüttelte dann den Kopf. „Nee, normalerweise geht es mit Neuen eher langsam an. Aber bei dir ist das was anderes.“

„Wegen des Schlosses?", hakte Johanna nach.

Olli druckste herum. „Ja. Nee. Doch. Blödes Thema. Lass dir das von 'nem anderen erklären."

„Aha. Na gut."

Der Rest der kurzen Fahrt verging schweigend, bis der Barkas auf die Stellfläche vor dem Gerätehaus rollte. Während der lange Meier das Löschfahrzeug in das alte Spritzenhaus fuhr, half Johanna beim Aufbauen einiger Bänke hinter dem Feuerwehrgebäude. Eine Rasenfläche erstreckte sich dort bis ans Boddenufer. Bei dem Wetter konnte man das Nach-Ausbildungs-Bier um diese Uhrzeit gut im Freien genießen.

„Getränke findste dahinten." Der Wehrführer wies mit dem Kopf vage in Richtung Flachbau. Johanna ging hinüber. Der stellvertretende Wehrführer Andreas folgte ihr eilig, verharrte aber an der Tür zum Lagerraum.

„Was habt ihr denn hier so für Bier?" Johanna inspizierte die Kästen. Sie zog eine Flasche Spökenitzer Pils und eine Flasche Musinger Dunkelmunkel aus dem Kasten und entschied sich für das Musinger. Als sie sich bückte, um das Spökenitzer zurückzustellen, sah sie etwas Metallisches unter dem Schrank hinter den Getränkekisten. Sie stieg über den Limokasten, reckte den Arm unter den Schrank und hangelte das Metallische hervor. Ein C-Rohr.

Der stellvertretende Wehrführer zuckte zusammen und wollte nach dem Rohr greifen, aber Lona kam ihm zuvor.

„Hey, super! Du hast das verschwundene Strahlrohr gefunden!"

Sie hieb Johanna auf die Schulter. Die konnte gerade noch verhindern, dass ihr das Strahlrohr gleich wieder hinunterfiel. Lona nahm es ihr ab. „Du lieber Himmel, wie sieht das denn aus!"

Dunkle Flecken waren an der Anschlussstelle für den Schlauch. Johanna nickte. „War wohl im Schlamm. Gib her, ich mach es sauber und pack es wieder aufs Fahrzeug."

Als Johanna mit dem sauber gewischten Strahlrohr vor dem Barkas stand, bemerkte sie den stellvertretenden Wehrführer Andreas neben sich.

„Ach, du hast das saubergemacht. Sehr gut", lobte er sie.

Johanna sah ihn überrascht an. Sie hatte die Säuberung übernommen, um gleich klarzumachen, dass auch Freifrauen mit dem Putzlappen umgehen konnten. Aber ein so überschwängliches Lob fand sie denn doch etwas übertrieben.

Andreas nahm ihr das Strahlrohr ab und betrachtete es von allen Seiten. „Wirklich restlos sauber. Ich zeig dir, wo es hinkommt. Solche Autos habt ihr im Westen nicht, wie?"

„Nee. Keinen Barkas. Aber Feuerwehren mit uralten Fahrzeugen gibt es bei uns auch."

„So alt jetzt auch wieder nicht. Passt dir was nicht am Barkas?" Andreas' Begeisterung schien abrupt verschwunden zu sein.

„Mann, Andi, du bist der einzige hier, dem nicht was nicht am Barkas passt!", stöhnte Olli. „Alle anderen hätten lieber ein modernes LF. Wir sind die letzten im Amtsbereich, die kein Wasser auf dem Fahrzeug haben."

„Fährt aber noch super", knurrte Andreas.

Johanna nutzte die Gelegenheit, Andreas' Aufmerksamkeit entronnen zu sein, und setzte sich.

„Ja, weil Jens und der lange Meier ständig daran herumschrauben. Aber was machen wir, wenn die mal ausfallen? Kann doch sonst kaum noch jemand", murrte Lona. „Es gibt ja auch immer weniger, die das Ding noch fahren können, ohne extra angelernt zu werden."

„Die Gemeinde hat kein Geld für ein neues LF, wie?", schlussfolgerte Johanna.

Bei einem Streit war es immer gut, die Schuld auf eine höhere Macht schieben zu können. Zu spät fiel ihr ein, dass der Wehrführer der stellvertretende Bürgermeister war. Aber der verzog nur das Gesicht.

Lona zuckte die Schultern. „Ja, ist so. Und solange es in der Gemeindevertretung keine Mehrheit für das neue LF gibt, brauchen wir darüber nicht weiter zu diskutieren, sondern pflegen den Barkas einfach weiter und hoffen, dass er durchhält. Also Themawechsel. Was machen wir beim Dorffest – den Grill, wie immer?“

Johanna hörte nur mit einem halben Ohr zu, denn jetzt ließ sich Andreas ihr gegenüber nieder. Ihr war nicht ganz wohl dabei – sein plötzlicher Stimmungswechsel hatte sie nervös gemacht. Es gab hier noch zu viele Fettnäpfchen, die sie nicht kannte.

„Tut mir leid, dass ich dich so angefahren habe. Aber wir müssen uns von den anderen Wehren schon ständig blöde Witze anhören. Dabei fährt der Barkas wirklich noch gut.“

„Schon gut. Ein neues LF anzuschaffen, müsste ja auch nicht bedeuten, den Barkas abzuschaffen.“

Andreas lachte auf. „Zwei Feuerwehrfahrzeuge unterhält die Gemeinde bestimmt nicht.“

„Vielleicht kann man Fördermittel bekommen. Für das alte oder vielleicht sogar besser für das neue. Für das Schloss habe ich auch einen Antrag beim Land gestellt für irgendein Programm zur Förderung denkmalgeschützter Gebäude. Man muss sich mal schlau machen, wo es was für Traditionsfahrzeuge geben könnte.“

„Du kennst dich mit Fördermitteln aus? Ist vielleicht gar nicht so schlecht, dich dabei zu haben. Prost!“ Andreas hob die Bierflasche. Johanna prostete zurück.

„Wurde der Antrag denn auch genehmigt? Anträge stellen kann jeder“, brummte Jens dazwischen.

„So schnell geht das nicht. Aber nach dem, was ich gehört habe, stehen die Chancen gut, dass er genehmigt wird.“ Sie nickte. „Nützt mir aber, wie es aussieht, nichts.“

„Weil die Auszahlung bis zum Ende der Welt dauert?“

„Nee, weil ich keine Handwerker finde, die überhaupt was machen wollen. Mit ’ner Zahl auf dem Kontoauszug kann ich keine Fenster reparieren.“

Andreas sah Johanna nachdenklich an. „Naja. Mal sehen, was sich da machen lässt." Er leerte den Rest seines Bieres in einem Zug, stand auf und ging in den Umkleideraum, um die leere Flasche wegzubringen.

Verständnislos sah Johanna ihm nach, bis ihr jemand auf die Schulter tippte. Sie wandte sich um, es war Lona. „Wir brauchen noch jemanden zum Kassieren am Grillstand. Kriegst du das hin?"

„Die hat 'nen Doktor in Wirtschaft und arbeitet in 'ner Bank, die wird wohl Wechselgeld zählen können", warf Jens ein.

„Echt? Wir haben jetzt einen Doktortitel in der Feuerwehr?" Lona prustete los. „Ich glaub, das gleicht den Barkas aus!"

„Glaub ich eher nicht. Aber Geld zählen kann ich." Johanna grüßte zurück, als Andreas an der Gruppe vorbei nach draußen ging und zum Abschied winkte.

„Eh, Burmester, du hast deine Jacke hier noch!" Olli warf Andreas die liegengebliebene Jacke zu.

„Burmester?", fragte Johanna. „Hat er was mit der Baufirma zu tun?"

Lona nickte. „Ist der Sohn vom alten Burmester. Vom Firmenchef, meine ich."

Ein Hoffnungsschimmer für ihr Schloss tat sich auf. Dann konnte Andreas vielleicht tatsächlich etwas erreichen.

Åwer hollen kann hei dat alleen. Dat C-Rohr. Jümmer.
Aber halten kann er das allein. Das C-Rohr. Immer.

Hafen von Dierhagen, Fischland

17

Nach einer morgendlichen Runde mit den Hunden durch die Ausläufer der Graadewitzer Heide schnappte Johanna sich Badetuch und Kulturbeutel und machte sich auf den Weg ins Schloss, um zu duschen. Sie hatte keinen eigenen Schlüssel – streng genommen war sie ja auch gar nicht Eigentümerin, die Formalitäten würden noch einige Zeit dauern –, aber seit die Bauarbeiten gestern endlich in Gang gekommen waren, stand die Tür ohnehin offen oder war wenigstens unverschlossen. Zwei Tage war es jetzt her, dass Andreas Burmester ihr versprochen hatte, mit einigen Handwerkern zu sprechen, und er hatte erreicht, dass Burmester – unsere Mauern halten! sowie ein Dachdecker und ein Klempner sich bereit erklärt hatten, am Schloss zu arbeiten.

Johanna drückte die Messingklinke herunter und wie erwartet schwang die große Tür nach innen – mittlerweile ohne das filmreife Knarren, sondern mit einem leisen Ächzen. Johanna betrat die Eingangshalle, an deren hinterem Ende rechts und links die Treppen ins Obergeschoss führten, verbunden durch eine Galerie mit einem Holzgeländer, das schon bessere Tage gesehen hatte. Aber trotz der abblätternden Farbe und der teilweise durch schmucklose Balken ersetzten Teile sah man noch, wie kunstvoll Stützen und Handlauf geschnitzt waren. Unter der rechten Treppe befand sich die Tür zur Wohnung des Toten – oder vielmehr in Herthas Wohnung. Unter der linken Treppe gab es spiegelbildlich nur noch die Öffnung, in der früher die Tür gewesen war. Hier versperrte rot-weißes Absperrband mit der Aufschrift „Polizeiabsperrung" den Zutritt.

Oben an der Galerie führten rechts und links weitere Türöffnungen in zwei Wohnungen im ersten Stock – oder sie hatten dorthin geführt, bis die Bewohner ausgezogen waren und das Obergeschoss zu verfallen begann. Genau gegenüber der Eingangstür sah man auf eine doppelflügelige Tür mit abblätterndem Anstrich, der vermutlich mal hellblau gewesen war. Dahinter lag der große Wintergarten mit den Glastüren, die auf die Terrasse führten.

Johanna durchquerte die Halle. Kurz bevor sie unter die Galerie trat, hörte sie oben ein Schaben. Sie sah hoch zur Brüstung, ein Schatten verschwand dahinter nach rechts – und sie konnte gerade noch zur Seite springen. Direkt neben ihr krachte ein Ziegelstein auf den Boden. Ein gezackter Riss schoss durch die getroffene Fliese. Johanna starrte den Ziegel an. Um ein Haar hätte sie diesen Riss im Kopf gehabt. Einen Riss, der sich nicht einfach durch Austausch beseitigen ließe wie bei der Kachel. Sie schauderte. Dann trat sie zwei Schritte zurück und sah wieder hoch. Burmester blickte sie über die Brüstung der Galerie an. Bildete sie sich das ein oder war er etwas blass um die Nase?

„Woher kam denn der jetzt?", rief sie hinauf. „Haben Sie da oben genügend abgesichert?"

„Erklären Sie mir nicht, wie ich meinen Job zu machen habe! Hier ist alles sicher! Wir mauern gerade überhaupt nicht, wir reißen die alten Fenster raus! Was weiß ich, warum hier Ziegelsteine herunterfallen! Wenn Sie so was nicht wollen, kaufen Sie ein neues Haus, nicht so 'nen Schrottkasten!"

Johanna stemmte die Hände in die Seiten und blies sich eine Haarsträhne aus dem Gesicht. „Was haben Sie eigentlich gegen mich? Was habe ich Ihnen getan?"
Finster starrte er von oben zurück. „Sie – Sie selbst vielleicht nichts. Aber Ihre feine Familie ..."

„Meine Familie? Die sind vor einem dreiviertel Jahrhundert hier weg. Was immer die getan haben, ist lange vor meiner Zeit passiert – was habe ich damit zu tun? Ich will doch kein Königreich aufbauen mit Leibeigenen, sondern bloß ein altes Gemäuer renovieren und hier wohnen!"

„Was die getan haben? Herzloses Pack, das sind doch keine Menschen! Man lässt Kinder nicht im Stich, auch wenn das ganze Land brennt! Aber soll ich hier jetzt Fenster neu machen oder rumquatschen?"

Burmester verschwand aus Johannas Blickfeld und ließ sie sprachlos zurück. Kinder im Stich lassen? Was um alles in der Welt meinte er denn damit?

Aus der rechten Tür im ersten Stock trat jetzt Andreas in Arbeitskleidung an die Brüstung der Galerie. „Tut mir leid! Mein Vater hat irgendein uraltes Problem mit eurer Familie. Frag mich nicht, hat mich nie interessiert, diese alte Geschichte. Aber unsere Firma ist die beste hier in der Gegend. Und schlechte Arbeit abliefern, das kommt bei ihm nicht vor. Auch nicht hier, dafür lege ich meine Hand ins Feuer."

Johanna nickte. „Dann sehe ich einfach zu, dass ich ihm aus dem Weg gehe. Dann gibt es keinen Streit und das Schloss wird fertig."

Als Johanna in Herthas Wohnung – sie hatte sich schon angewöhnt, die Wohnung als Herthas Wohnung zu betrachten – an der Küche vorbei zum Bad ging, sah sie Hertha durch die offene Küchentür. Sie stand am Fenster, neben einem Umzugskarton, aus dessen offenem Deckel Geschirrtücher hervorquollen. Sie telefonierte.

„Aber ja, Adelheid, natürlich. Es lief alles wie besprochen, der Kaufvertrag ist wie abgemacht unterschrieben. Es – Wie bitte? Eine zweite Kaufinteressentin? Nein, davon weiß ich nichts. Die käme jetzt auch zu spät. Wie heißt die Dame? Frau Gro... – Oh, guten Morgen, Johanna. Das Bad ist frei, gehen Sie nur. Frühstück wie immer?"

Als Johanna die Badezimmertür schloss, hörte sie, wie Hertha mit der Küchentür dasselbe tat. Ihre Stimme war nur noch gedämpft zu hören. Der Name von Herthas Telefonpartnerin erinnerte Johanna daran, dass sie endlich mal Großmutter Adelheid anrufen müsste. Bislang hatten die Dinge so schlecht gestanden, dass sie das der alten Dame nicht erzählen mochte. Aber seit Andreas sich eingeschaltet hatte, und vor allem, seit Hertha das Regiment über die Bauarbeiten führte, passierte endlich was. Ohrenbetäubendes Hämmern drang vom Dachstuhl herunter, wo die Dachdecker gegen das rotte Dach kämpften.

Nach der Dusche schlüpfte Johanna in ihre Lieblingsjeans und ein Sweatshirt und tappte auf Wollsocken in die Küche, wo der Tee in ihrer Tasse dampfte. Sie dachte schon länger darüber nach, Frau Böhmer als Haushälterin zu behalten. Dann müssten sie demnächst über einen Vertrag sprechen. Bislang hatte Johanna sich nach dem eigenmächtigen Einnisten von Frau Böhmer nicht in der Pflicht gesehen. Aber entweder warf sie Frau Böhmer bald hinaus oder sie gaben dem Arrangement Brief und Siegel.

Hertha Böhmer goss sich Kaffee ein, schob Johanna den Brötchenkorb hin und setzte sich ihr gegenüber. Sie selbst hatte sicher wie gestern schon kurz nach Sonnenaufgang gefrühstückt und seitdem Kartons ausgepackt und Regale zusammengeschraubt.

Johanna schmierte Butter und Erdbeermarmelade auf ihr Brötchen. „Oh Mann, ist die lecker! Haben Sie die gemacht?" Auf Herthas Nicken hin fuhr Johanna fort: „Was genau wollen Sie eigentlich hier im Schloss? Entschuldigung, ich meine nur, warum wollen Sie unbedingt hier arbeiten? So richtig wohnlich ist es ja nun wirklich nicht."

Hertha zog einen Moment die Brauen zusammen. „Meine Familie hat schon immer hier gewohnt und gearbeitet. Meine Großmutter und meine Großtante waren als Mädchen hier tätig, mein Großvater war für die Kutschen zuständig. Für die großen Kutschen, vierspännig konnte er fahren!" Einen winzigen Moment gestattete Hertha sich einen verträumten Blick. „Aber da sah der Pferdestall auch noch anders aus. Und bevor wir daran denken, ob wir die Wirtschaftsgebäude wieder in Ordnung bringen, müssen wir das Schloss vor dem Verfall retten."

„Ja, aber, Moment mal. Selbst wenn Ihre Vorfahren hier immer gearbeitet haben – wir leben im einundzwanzigsten Jahrhundert! Der Adel wurde schon nach dem ersten Weltkrieg abgeschafft und hier im Kommunismus … äh, ich meine …"

„Was ich hier will, das können Sie getrost mir überlassen, Frau von Musing-Dotenow. Trauen Sie es sich zu, das Schloss allein wieder auf Vordermann zu bringen?" Kampflustig beugte Hertha sich vor.

Johanna hörte das Klopfen im ersten Stock, einen Bohrer aus der Halle und Stimmen aus dem Garten, die über Gesimse und Pilaster sprachen. Irgendwo fluchte jemand, der seinen Bolzenschneider vermisste. Sie musste zugeben, dass sie das nicht allein schaffen würde.

Hertha nickte befriedigt. „Sehen Sie. Ich dagegen kenne hier inzwischen jeden Winkel. Und was noch wichtiger ist, ich kenne jeden Menschen in der Gegend. Wenn also nichts Wichtiges mehr ist, würden Sie mich bitte entschuldigen, ich muss sehen, dass die Dachdecker ihren Job machen. Lassen Sie nach dem Frühstück einfach alles stehen. Räumen Sie bloß nichts selbst auf, sonst finde ich hinterher nichts wieder. Und Sie könnten sich gelegentlich überlegen, in welchen Teil des Schlosses Sie gedenken einzuziehen. Dann können wir die Bauabschnitte weiter planen, sobald die Außenhaut wieder dicht ist."

Hertha rauschte aus der Küche und Johanna aß nachdenklich ihr Brötchen mit der himmlischen Erdbeermarmelade. Letztlich war das Schloss für Frau Böhmer genauso ein Familiensitz wie für Johanna. Wenn Herthas Familie schon so lange mit den von Musing-Dotenows verbunden war, wusste sie vielleicht, was hinter den seltsamen Andeutungen von Burmester steckte. Johanna wollte aber zunächst ihre Großmutter danach fragen, bevor sie sich an Außenstehende wandte. Womit sie wieder bei dem dringend anstehenden Anruf war. Jetzt rief allerdings die Arbeit. Sie hatte heute ihren ersten Tag in der Bank in Musing-Dotenow.

Folgsam ließ Johanna alles stehen, sie traute sich lediglich, den Aufschnitt in den Kühlschrank zu stellen, damit der nicht verdarb. In der Halle verharrte sie und sah sich um. Sie suchte die Wände ab, prüfte die Decke mit Blicken. Vergeblich. Nirgendwo sah sie ein Loch oder irgendetwas anderes, das darauf hindeutete, dort könnte ein Stein heraus- und heruntergefallen sein.

Kopfschüttelnd ging sie hinüber zum Bus, um sich umzuziehen. Davor wandte sie sich noch einmal zum Schloss und sah sich um. Die ersten Frühlingsrosen blühten. Hertha hatte die Rosenbüsche entlang der Vorderfront zurückgeschnitten und das Unkraut beseitigt, damit die Gerüstbauer ihr Gerüst aufstellen konnten. Wenn Johanna das Gebäude weiß streichen lassen würde, kämen die Rosen, die in allen Schattierungen von Rot leuchteten, wunderbar zur Geltung.

Es versprach mal wieder, ein sonniger Tag zu werden, die Wollsocken waren bereits zu warm. Nein, sie würde sich nicht umziehen, sondern das schöne Wetter nutzen, um mit dem Fahrrad nach Musing-Dotenow zu radeln, und das Arbeitskostüm mitnehmen.

18

Der erste Arbeitstag in der Musing-Dotenower Bank war endlich ein Tag, an dem alles gut lief. Die Kolleginnen und Kollegen waren nett und hilfsbereit, Johannas Büro bot einen wunderbaren Blick nach Norden über den Bodden und der Schreibtischstuhl war der Traum eines jeden Ergotherapeuten. Der einzige Wermutstropfen war Frau Frahms, ihre jetzige Assistentin. Sie ging in zwei Wochen in Rente und Johanna würde sich eine neue suchen müssen, statt auf Frau Frahms' Erfahrung bauen zu können. Aber das war wenigstens kein zwischenmenschliches Problem, denn abgelehnt wie bisher in Moordevitz fühlte sich Johanna ganz und gar nicht, als Frau Frahms ihr mit ungeheurer Begeisterung den Ausblick aus den verschiedenen Fenstern der Bank erklärte.

„Sehen Sie, dahinten, die Graadewitzer Heide – da müssen Sie unbedingt mal wandern. Ins Graadenmoor oder zum Graadewitzer Steintanz. Die Hexenbuchen sind wundervoll! Kommen Sie, wir gehen zu Herrn Müller, von dessen Fenstern sehen wir über die Wiesen und dahinter bis zur offenen See."

Bereitwillig ließ Herr Müller sie ein und beteiligte sich an Frau Frahms Schwärmereien. „Sehen Sie doch mal, die Moordenitzwiesen, dieses Idyll!"

Johanna musste zugeben, dass diese unspektakuläre wellige Landschaft aus grasgrünen und hahnenfußgelben Wiesen, Weiden und dem Flusslauf der Graadenitz eine

Ruhe verströmte, die sie die unerfreulichen Tage einen Moment vergessen ließ.

„Hier wachsen sogar Orchideen! Knabenkraut, und das gleich in mehreren Sorten. Es wäre doch ein echter Frevel, wenn man das alles mit zehnstöckigen Hotelkomplexen zubauen würde."

Da stimmte Johanna den beiden spontan zu. Wer käme auf so eine Idee?

Sie kam am ersten Tag nicht zum wirklichen Arbeiten, auch um die Frage von Frau Weber zum Kredit von Herrn Burmester konnte sie sich nicht kümmern. Gleich zu Beginn kritische Nachfragen zu stellen, schien ihr ungeschickt zu sein.

Die Assistentin von Geschäftsführer Dr. Kleinschmidt bat sie in dessen Namen um ein Gespräch. Es ging um Pläne der niedersächsischen Filiale für Musing-Dotenow, die dringend zu besprechen wären, hier sähe er noch Optimierungsbedarf. Leider hätte Herr Dr. Kleinschmidt aber vor einigen Tagen überraschend einen längeren Urlaub nehmen müssen, wegen eines familiären Notfalls. Er wäre aber am 22. Juni zurück und bäte dann zeitnah um einen Termin. Johanna sagte zu, Dr. Kleinschmidt zur Verfügung zu stehen, sobald er von seiner Familie zurückkam. Sie hatte keine Ahnung, um welche Pläne es da gehen könnte – wenn etwas Optimierungsbedarf hatte, hieß das im Business-Kauderwelsch aber im Allgemeinen, dass es sich um totalen Mumpitz handelte.

Der Tag klang mit einem Begrüßungstrunk aus, bei dem Johanna mehr Leute kennenlernte, als sie sich an einem Abend merken konnte. Die Belegschaft der Bank schien aus überdurchschnittlich naturliebenden Menschen zu bestehen. Fast jeder betonte die Schönheit der Landschaft und wies Johanna auf einen Nistplatz von Störchen oder Kranichen hin oder lobte die Vielfalt der Fauna und Flora in und entlang von Moordenitz und Graadenitz. Man empfahl ihr diverse Rad-, Wander- und Paddeltouren – wenn sie die alle absolvieren würde, wäre sie trainiert für einen Marathon. Anfangs fand Johanna das sympathisch, aber im Laufe des Abends fragte sie sich dann doch, wo diese Naturbegeisterung herkam. Sie würde sich gelegentlich vorsichtig danach erkundigen.

Auf der Trebel

Nach der Arbeit radelte Johanna durch das abendliche Musing-Dotenow. Es war spät geworden und außer ihr war niemand mehr unterwegs. Da machte das Radeln auf den engen Straßen vorbei an Fachwerkhäusern, restaurierten Jugendstilfassaden und dem ein oder anderen Neubau Spaß. Als sie das Stadttor aus der Backsteingotik passiert hatte, griff die abendliche Stille der Wiesen und Rapsfelder auf Johannas Gedanken über.

Kurz hinter der Brücke über die Graadenitz traf sie doch auf ein Auto, das aber friedlich am Straßenrand parkte. Es trug eine Aufschrift von einem Architekturbüro Growe. Drei Männer standen daneben und diskutierten. Johanna erkannte Andreas Burmester und den Bürgermeister und winkte ihnen zu. Carsten Brandt hatte eine Karte oder einen Plan in den Händen, während der dritte, ihr unbekannte Mann mit ausladenden Gesten irgendetwas in der Landschaft zu erklären schien. Wenigstens Andreas winkte zurück. Johanna wunderte sich kurz, was die drei hier draußen bei Musing-Dotenow wollten. Aber dann fiel ihr ein, dass die Graadenitz die westliche Grenze des Gemeindegebietes von Moordevitz war. Offenbar diskutierten die drei irgendeine bauliche Maßnahme.

Die Sonne war noch nicht ganz untergegangen, aber vor Johanna war der östliche Himmel schon von einem dunklen Blau, das von der nahenden Nacht kündete. Feuchtigkeit stieg aus den Graadenitz-Wiesen auf und schwebte als dünne Nebelschicht über dem Gras. In der Hecke zwischen zwei Äckern sang eine Nachtigall und von einem Moordevitzer Dachfirst besang eine Amsel den Abend. Bald würde es ganz dunkel sein. Johanna beschloss daher, nicht den schlaglöchrigen Feldweg zu nehmen, sondern den Umweg über Moordevitz und die Eichenallee.

In Gedanken versunken bog Johanna in die Allee ein und radelte zwischen den Eichen entlang. Inzwischen war es dunkel. Die feuchte Abendluft verstärkte den Duft des Rapses und Johanna fühlte sich wie berauscht. Bis laute trompetende Schreie die Stille zerrissen. Sie hielt an, stieg ab, fischte ihr Handy aus der Tasche und brachte die Kraniche zum Schweigen, indem sie das grüne Hörersymbol zur Seite wischte.

„Oma, ich grüße dich! Schön, dass du zurückrufst."

Johanna hatte in einer Pause vergeblich versucht, Großmutter Adelheid anzurufen. Jetzt erzählte die alte Dame vergnügt, dass sie nicht hatte telefonieren können, weil die Kosmetikerin da gewesen wäre. Am Sonntag wäre Tanztee in der Seniorenresidenz. Oma Adelheid lebte erst seit wenigen Monaten dort, schien sich aber gut eingelebt zu haben, denn sie hatte ständig was vor. Überschwänglich bedankte sie sich für die Fotos von Schloss und Dorf, die Johanna ihr auf ihr Handy geschickt hatte.

Johanna ging weiter, während sie telefonierte, in der linken Hand ihr Fahrrad möglichst geradeaus schiebend. Da ihr Dynamo bei Schritttempo nicht mehr genügend Spannung lieferte, musste sie langsam gehen, um im Dunkeln nicht zu stolpern. Sie erzählte von den begonnenen Renovierungsarbeiten, schwärmte von Schloss und Garten und machte den Zustand von allem etwas besser, als er in Wirklichkeit war. Vielleicht auch mehr als nur etwas besser. Sie hoffte, dass ihre Großmutter nicht auf die Idee kam, anzureisen, solange die Renovierung nicht abgeschlossen war. Wer mit fast neunzig noch zur Kosmetikerin ging, im Rollstuhl zum Tanztee wollte und ohne Probleme Fotos per Messenger auf dem Smartphone empfangen konnte, kam auch auf die Idee zu reisen.

„Ich bin so glücklich, dass mit dem Kauf alles geklappt hat, mein Kind! Nicht auszudenken, wenn im letzten Augenblick noch ein anderer Käufer aufgetaucht wäre!"

„Ein anderer Käufer? Woher – ich weiß von keinem."

„Horst und diese Frau Growe sprachen neulich von einem Schloss, das sie erwerben wollten, aber wahrscheinlich ging es da um ein ganz anderes Gebäude. Ach vergiss es, mein Kind, ich alte Frau hatte nach der großen Freude über den Wiedererwerb einfach furchtbare Angst, der Traum könnte doch noch zerplatzen."

„Du, sag mal, Oma, du hast die Frau Böhmer doch kennengelernt?"

„Frau Böhmer? Ja, natürlich – die Großnichte der Böhmers, die bei meinen Schwiegereltern in Diensten standen. Sie war Dienstmädchen, er Kutscher. So weit ich mich erinnere, ich war ja noch ein kleines Mädchen. Hast du sie getroffen?"

„Na ja, diese Frau Böhmer hat sich bei mir als Haushälterin eingestellt. Aber ich weiß gar nicht, ob ich ..."

„Aber warum denn nicht? Hertha Böhmer ist eine äußerst zuverlässige Person. Also, ich meine, gewesen." Oma Adelheid lachte. „Also was ich meine, ist, die Großtante und die Großmutter von deiner Frau Böhmer, die beiden galten als sehr zuverlässige Menschen. Die Großtante hieß auch Hertha, deshalb meine Verwirrung. Die alte und die junge Hertha Böhmer sehen sich sogar ähnlich, und die jetzige hat auf mich einen sehr guten Eindruck gemacht. Und, Kind, wir wissen beide, wie du zum Staub Wischen stehst. Den Nießanfall in deiner Studentenwohnung werde ich mein Lebtag nicht vergessen."

„Haha, sehr witzig, Oma. So staubig ist es bei mir jetzt auch nicht gewesen. Na gut, okay, ich probiere es mit ihr."

„Tu das, mein Kind. Oh, es klingelt. Das ist Hildegard, zum Canasta-Abend. Mach es gut und schlaf schön!"

„Ja, werde ich, und dir viel Spaß, Oma!"

Johanna tippte auf das rote Hörersymbol. Sie sah noch auf das Handydisplay, weil eine weitere Nachricht eintrudelte, als ihr Kopf gegen etwas stieß. Etwas Dünnes, Festes, elastisch Schwingendes. Sie wich zurück und rieb sich den Scheitel. Was war das denn? Äste hingen nicht in dieser Höhe quer über dem Weg, das wäre ihr auf dem Hinweg aufgefallen. Als sie es erkannte, entfuhr ihr ein kurzes Keuchen. Ein Seil? Sie stellte ihr Fahrrad ab und betastete das Seil. Ein Stahlseil! Jemand hatte ein Stahlseil quer über den Weg gespannt. Wenn sie mit dem Rad da hineingefahren wäre, hätte das übel ausgehen können. Das Seil war in etwa auf der Höhe, auf der beim Radfahren ihr Hals war. Was sollte sie jetzt tun? Das Seil entfernen, damit nicht jemand im Dunkeln hineinfuhr? Oder als Beweisstück hängen lassen und die Polizei benachrichtigen? Das hier war kein bloßer Scherz mehr, im schlimmsten Fall konnte es tödlich enden.

Aus Richtung Schloss tauchte ein helles Licht auf, das sich rasch näherte. Als sie begriff, dass sie das Frontlicht eines Fahrrades sah, stellte sie sich mitten auf den Weg und brüllte dem Radfahrer entgegen: „Stoooooopp!"

In einer Wolke aus Staub und Sand kam der Radler quer zum Weg vor Johanna zum Stehen.

„Was ist? Brauchen Sie Hilfe?" Atemlos kamen die Worte unter dem Helm hervor. „Was ... ach du Scheiße!" Die Radfahrerin ließ ihr Rad fallen und trat an das Seil heran. Ihr Fahrrad hatte offenbar Lampen mit Akkus oder Standlicht, denn sie leuchteten weiter, sodass das Seil zu sehen war. „Wer macht denn so was? Bei Ihnen alles gut?"

Johanna nickte. „Ja, ich war zum Glück kurz vorher abgestiegen und zu Fuß unterwegs. Ich wollte gerade die Polizei rufen, als ich Ihr Licht gesehen habe."

„Nee, lassen Sie mal. Ich bin die Polizei." Die Radfahrerin begann zu kichern. „Wissen Sie, wie lange ich schon auf eine Gelegenheit warte, den Spruch mal anzubringen?"

„Sie ... stimmt, jetzt erkenne ich Sie. Frau Sörensen, nicht wahr?"

Levke Sörensens Kichern brach ab. „Äh, ja. Aber woher wissen Sie das?"

„Johanna von Musing-Dotenow. Wir haben uns neulich kennengelernt. Unter ähnlich unangenehmen Umständen wie diesen hier. Wie es scheint, habe ich ein gewisses Talent, in Tatorte zu stolpern."

„Hm." Levke Sörensen zupfte grübelnd an dem Seil, das daraufhin anfing zu sirren. „Sie sind jetzt auf dem Rück-

weg zum Schloss? Wann sind Sie denn von dort wegge-
fahren?"

„Heute Morgen, so gegen viertel nach neun. Da hing das
noch nicht hier."

„Ich bin mittags hier durch, da war auch noch nichts."

Johanna hob den Finger. „Die Handwerker!"

„Wie?"

„Na, die Handwerker im Schloss. Die machen gegen
siebzehn Uhr Schluss. Die Transporter passen nicht
drunter durch, die hätten ein Seil also bemerken müssen."

Frau Sörensen nickte. „Stimmt. Die müssen zur Sicherheit befragt werden, aber ich denke, die hätten sich bei
uns gemeldet. Sonst haben Sie niemanden gesehen? Also
niemand Verdächtigen?"

Johanna schüttelte den Kopf. „Ich habe seit Musing-
Dotenow überhaupt niemanden gesehen. Bis auf den Bürgermeister. Der stand mit Andreas Burmester und irgendeinem Architekten an der Straße nach Moordevitz, kurz
hinter der Graadenitzbrücke. Aber die werden wohl kaum
Seile über Wege spannen."

Levkes Gesicht verfinsterte sich merklich. „Was die
vorhaben, ist aber auch nichts Gutes. Aber, nee, Sie haben
natürlich recht, Anschläge auf Radfahrer verüben die
nicht." Sie stemmte die Hände in die Seiten und betrachtete das Drahtseil kopfschüttelnd. „Wo ist der Sinn in dem
Ganzen? Warum spannt hier einer ein Seil? Hier kommt
doch nie jemand lang! Außer Ihnen und alle paar Wochen
mal mir. Ist für jemanden, der auf Krawall aus ist, also eine
denkbar ineffektive Gegend."

„Waren Sie im Schloss? Oder geht der Weg noch
weiter?"

„Ja, er geht weiter, ist aber ziemlich zugewachsen. Man
kann sich durchkämpfen und kommt dann auf einen
Waldweg nach Düwelshagen. Da wohnt eine Freundin von
mir. Ich ruf meinen Kollegen an, dann können wir das
vernünftig fotografieren, bevor wir das Seil abnehmen."

Unschlüssig stand Johanna neben Frau Sörensen, während die telefonierte. Konnte sie verschwinden? So langsam war ihr nach einem Tee und ihrem Bett.

Die Polizistin steckte ihr Handy wieder ein, schob die Hände in die Hosentaschen und starrte vor sich hin. „Ist komisch, oder? Sie kommen hier an und stoßen gleich auf eine Leiche. Und jetzt das hier. Ein Seil über einem Weg, auf dem außer Ihnen praktisch niemand Rad fährt."

„Ich hab das heute zum ersten Mal gemacht." Johanna gefiel nicht, was Levke Sörensens Worte bedeuten konnten. „Es konnte eigentlich niemand wissen, dass ich hier heute Abend lang radeln würde."

„Stimmt. Und so übel ist es bei der Feuerwehr ja auch nicht gelaufen, oder? Lona hat ganz nett von Ihrer ersten Ausbildung gesprochen und Jens hat nicht geschimpft. Das bedeutet, er war zufrieden."

Johanna war nur wenig überrascht, dass Levke Sörensen über den Ausbildungsabend genauestens informiert war. In einem Dorf wie Moordevitz kannte jeder jeden.

„Es ist eigentlich nur Katharina, die Sie wieder loswerden will, und Burmester hat irgendwas gegen Sie. Aber zumindest Katharina kriegt sich wieder ein, die ist eigentlich ein echter Kumpel, aber sie hat es gerade nicht leicht. Und der kurze Meier hat rumgeblökt, dass er sich nichts von Ihnen sagen lassen will, wenn Sie kein C-Rohr halten können." Frau Sörensen prustete los. „Er hat die wieder verwechselt, stimmt's?"

„Ja, hat er. Macht er immer, hab ich gehört."

„Und nicht nur das. Aber wenn Sie dem im Einsatz sagen, sperr die Straße ab und lass niemanden durch, dann macht der das. Konsequent. Dann lässt der auch die Polizei nicht mehr durch."

Johanna stimmte in das Lachen ein. „Sagen Sie mal, sind Sie auch bei der Feuerwehr?"

Levke Sörensen nickte, wieder ernst geworden. „Ich konnte letzten Mittwoch aber nicht, ich hatte Dienst. Also, worauf ich hinaus wollte: Weder Katharina noch Burmester oder gar der kurze Meier würden so was Übles tun wie das hier. Dann ist es wohl doch nur Zufall, dass es Sie beinahe getroffen hätte. Oder mich. Aber mich mögen eigentlich alle halbwegs. Denke ich."

Das glaubte Johanna unbesehen. Sie mochte die unkomplizierte, unbefangene Art der jungen Frau auch.

Aus Richtung Moordevitz näherten sich Autoscheinwerfer.

„Da kommt Finn. Ich denke, Sie können sich jetzt auf den Weg machen. Wenn noch was ist, wissen wir ja, wo wir Sie finden. Gute Nacht!"

„Gute Nacht!"

Johanna schob ihr Rad unter dem Seil durch, stieg auf und radelte langsamer, als sie es sonst tun würde, zum Schloss. Ja, es gab einige im Dorf, die sie lieber heute als morgen wieder los wären. Aber das Seil hätte sie umbringen können – so weit würde doch keiner gehen.

Würde jemand so weit gehen?

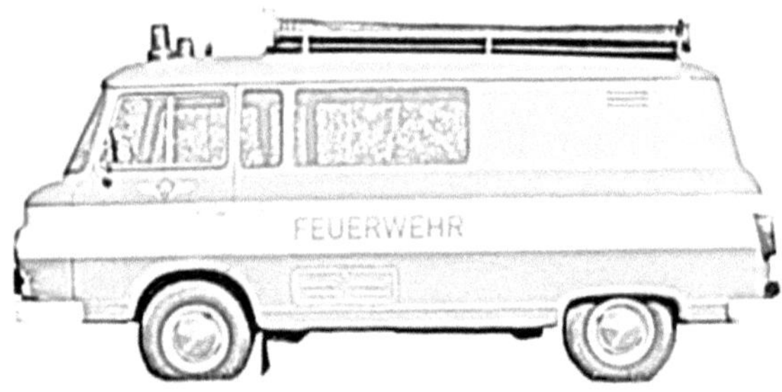

Kleinlöschfahrzeug Barkas B 1000 der FF Mönchhagen

19

Dat geiht ja schon ganz gaut."

Johanna war vorsichtig erleichtert. Wenn der lange Meier fand, dass sie ganz gut mit dem Barkas klarkam, durfte sie das Kleinlöschfahrzeug vielleicht bald allein fahren. Auf den Dörfern wurde tagsüber jedes Feuerwehrmitglied gebraucht und noch mehr jedes, das fahren konnte. Olli war gerade erst achtzehn und arbeitete noch am Führerschein. Der kurze Meier war dreimal durch die Prüfung gefallen, bevor ihm der lange Meier erst mit sanftem, dann mit unsanfterem Druck klargemacht hatte, dass es im Sinne des allgemeinen Bevölkerungsschutzes wäre, wenn er bei seiner Schwalbe bliebe.

Deshalb hatten Lona und der lange Meier durchgesetzt, dass Johanna das Einsatzfahrzeug fahren können sollte, zumal sie häufiger von zu Hause aus arbeiten würde und dann auch tagsüber in Moordevitz wäre und als Fahrerin zur Verfügung stehen würde. Allerdings hatte Jens darauf bestanden, dass sie eine gründliche Einweisung in die Feinheiten der Bedienung des DDR-Reliktes bekam.

Also hoppelte und kneterte der Barkas mit Johanna hinter dem Steuer und dem langen Meier auf dem Beifahrersitz seit zwei Tagen über die örtlichen Feldwege.

„Dann låt uns hüt mål bet Musing-Dotenow führn. Dor kœn'n wi ok glieks tanken. Dor rechts." Der lange Meier wies mit dem Kinn vage vor sich. Aber Johanna wusste längst, wo es nach Musing-Dotenow ging: am Kirchplatz vorbei und dann immer der Straße nach. Kurz vor dem Platz war die Straße leicht abschüssig. Sie wollte nicht zu schnell auf den Abzweig stoßen, dort war die Schulbushaltestelle und es konnte jederzeit eine Horde Kinder aus einem Bus purzeln. Johanna trat auf die Bremse.

Es passierte nichts.

„Büst 'n büschen fix", kommentierte der lange Meier seelenruhig.

Johanna war weniger ruhig, denn sie trat das Pedal inzwischen bis auf den Boden durch. Der Barkas zeigte keine Reaktion. Er wurde sogar schneller mit zunehmendem Gefälle. Ungebremst gerieten sie in Sichtweite des Abzweigs und der Haltestelle. Der Schulbus fuhr gerade ab. Die Horde Schulkinder, die er ausgespuckt hatte, tobte über Straße und Fußweg.

Paula, die zweitälteste von Lona, kabbelte sich mit einer Freundin. Beide versuchten, sich gegenseitig vom Bürgersteig zu drücken. Die Freundin gewann, Paula musste mit einem Fuß auf die Straße treten. Sie stolperte und stürzte der Länge nach auf die Fahrbahn. Noch lachten beide. Dann sah Paula hoch und direkt in Johannas Augen.

Der Barkas fuhr unmittelbar auf das vor Schreck starre Mädchen zu. Johanna hatte keine Wahl – sie riss das Lenkrad herum. Der Barkas krachte in die Eibe.

Dat geiht ja schon ganz gaut.
Das geht ja schon ganz gut.

Dann låt uns hüt mål bet Musing-Dotenow führn. Dor kœn'n wi
ok glieks tanken. Dor rechts.
Dann lass uns heut mal bis Musing-Dotenow fahren. Da
können wir auch gleich tanken. Da rechts.

Büst 'n büschen fix.
Bist ein bisschen schnell.

Beim Heiliggeisthospital in Stralsund

20

Was für eine Scheiße hast du uns da eingebrockt! Jetzt können wir gleich die Feuerwehr auflösen!" Jens hieb auf den Tisch. Das Foto der Jungen Brandschutzhelfer aus dem Jahr 1962 fiel klirrend zu Boden.

Johanna hatte Mühe, sich zu konzentrieren. Sie hatte eine leichte Gehirnerschütterung davongetragen und der Arzt hatte ihr dringend geraten, im Bett zu bleiben. Aber sie wollte sich auf keinen Fall vor dieser außerordentlichen Versammlung der Freiwilligen Feuerwehr Moordevitz drücken.

„Wieso denn gleich die Feuerwehr auflösen?" Sie blinzelte, das helle Licht verstärkte ihr Kopfweh.

„Weil wir kein Fahrzeug mehr haben? Weil wir nicht einsatzbereit sind?" Ein weiterer Fausthieb brachte die Wasserflasche auf dem Tisch zu Fall. Das Foto der Mannschaft von 1929 polterte herunter.

„Ja, aber ..."

„Aber was?"

„He! Das bringt doch so nichts!" Das war Lona, ihre an fünf Kindern trainierte Stimmgewalt brachte alle zum Schweigen. „Der Punkt ist", wandte sie sich an Johanna, um dann gleich zum grummelnden kurzen Meier herumzufahren. „Ruhe! Also der Punkt ist, dass die Gemeinde die Feuerwehr abschaffen will."

„Nicht die Gemeinde, der Bürgermeister", grummelte Jens dazwischen.

„Stimmt, du natürlich nicht und zwei, drei der anderen Gemeindevertreter auch nicht. Aber die Mehrheit fände es ganz praktisch, wenn wir dem Gemeindehaushalt nicht mehr auf der Tasche liegen. Und wenn wir jetzt sowieso nicht mehr einsatzbereit sind, ist das Wasser auf deren Mühlen.“

Johanna war sprachlos. „Die Feuerwehr abschaffen? Aber der Brandschutz ist eine Pflichtaufgabe der Gemeinde! Aus der Nummer kommen die nicht raus!“

„Dei Musing-Dotenower salln dat denn œwernähmen“, erklärte der lange Meier.

Johanna schüttelte den Kopf. „Die sind doch im Leben nicht in den vorgeschriebenen zehn Minuten hier.“

„Das interessiert die doch alle nicht! Die glauben, wir saufen nur und es brennt sowieso nicht! Das war es jetzt mit der Feuerwehr Moordevitz! Und das haben wir dir zu verdanken! Du bist ab sofort ausgeschlossen aus der Wehr!“

„Dat kannst nich måken“, protestierte der lange Meier.

„Du siehst doch, dass ich das kann!“

Der lange Meier schüttelte den Kopf. „Nee, kannst du nich. Œwer een Ausschluss entscheidet dei Mitglieder-versammlung. Wi möten ierst afstimmen. Un dei Ausge-schlossene möt anhürt warden.“

„Na, da bin ich aber mal gespannt, was wir von der noch zu hören kriegen sollen.“ Jens Haller stützte sich auf den Tisch, beugte sich vor und starrte Johanna an.

„Ich hab gebremst. Die Bremsen haben nicht funk-tioniert. Und da musste ich ausweichen, sonst hätte ich die Kinder erwischt. Okay, ja, ihr habt eben auch dreißig Jahre nach der Wende nur das alte Auto, da kann auch mal was kaputt gehen, aber das ist doch nicht meine Schuld!“

„Wir sind hier nicht der reiche Westen, wo alle zwei Jahre ein neues LF gekauft wird!“ Wieder krachten Jens’ Fäuste auf den Tisch. Die Pokale der Wettkämpfe der letzten drei Jahre schepperten aus dem Regal.

Dann redeten, brüllten, schimpften alle gleichzeitig. Johanna erkannte nicht mehr, wer was von sich gab.

„Sie hat ja recht, die Kiste hat noch nicht mal Airbags!"

„Wir fahren seit dreiundfünfzig Jahren mit dem Barkas, die Bremsen haben immer funktioniert!"

„Aber jetzt eben nicht mehr! Selbst die Doodewischer haben ein neues LF! Und wir sollen dicht gemacht werden! Kriegen nicht mal so 'nen Gebrauchten wie Düwelshagen!"

„Wenigstens brauch ich dann das fehlende Schulterstück nicht mehr suchen – ihr könnt das andere auch haben, ich mach nich' mehr!" Der Wehrführer riss sich das Schulterstück vom Pullover und warf es auf den Boden. Er stand auf, stieß den Stuhl dabei um und stürmte Türen knallend aus dem Raum.

Lona hob das Schulterstück auf, runzelte die Stirn, öffnete den Mund, als wollte sie etwas sagen, schloss ihn dann aber kopfschüttelnd wieder.

Der lange Meier hatte die aufgewühlte Runde irgendwann stillschweigend verlassen. Johanna fand endlich die Kraft, aufzustehen und zu gehen. Sie verließ den Flachbau durch die Vordertür, nicht über die Fahrzeughalle. Das war also ihre Mitgliedschaft in der Feuerwehr Moordevitz gewesen. Auch wenn der lange Meier theoretisch recht hatte und ein Mitgliederbeschluss nötig war, um sie auszuschließen, es stand außer Frage, wie diese Abstimmung ausfallen würde. Sie würde nach Hause radeln und dann ihre Kündigung schreiben.

Als sie an der Fahrzeughalle vorbeikam, sah sie durch den halb offen stehenden rechten Torflügel, dass die Beine des langen Meier unter dem zerbeulten Barkas hervorragten. Dann schoben sich die Beine vor, der Rest vom langen Meier erschien und er richtete sich auf. Als er sie vor dem Tor stehen sah, schob er den Torflügel ganz auf und kam nach draußen. In der Hand hielt er sein Handy.

„Wie schlimm ist es denn? Kriegst du das wieder hin? Oder sonst jemand?"

„Nee, ik bün Fischer, dat krich ik nich hen. Åwer dat is mål klor, du büst dor nich an schuld. Kåm!“ Der lange Meier zog sie am Arm hinter sich her in die Fahrzeughalle und auf die Verbindungstür zum Versammlungsraum zu.

Johanna wehrte sich. „Nee, ich bin raus, du hast doch gehört …“

„Mitkåmen.“

Im Versammlungsraum herrschte inzwischen Stille. Eine bedrückte Stille, in der nur ab und zu das Absetzen einer Flasche zu hören war.

„Ik heff seihn, wie sei dat Bremspedål perrt hett. Sei hett würklich bremst. Dei Brems hett nich funktschoniert.“ Der lange Meier reichte Andreas sein Handy.

Der schaute sich das Foto an. „Und was seh ich hier?“

Lona und Olli standen auf und sahen rechts und links über seine Schulter. Es knallte und schäumte, als Lona ihre Bierflasche fallen ließ. Sie brauchte zwei Anläufe, bis ihre Stimme wieder mitspielte. „Was du da siehst, Andreas, ist eine kaputte Bremsleitung.“

Der lange Meier zeigte Johanna das Foto auf seinem Handy. Sie starrte sprachlos auf das Display.

„Åwer dei riet nich eenfach so“, stellte er dann fest. „Ok nich bi een Barkas Baujahr 1976. Un schon gor nich mit so gladden Kanten.“

Dei Musing-Dotenower salln dat denn œwernähmen.
Die Musing-Dotenower sollen das dann übernehmen.

Dat kannst nich måken.
Das kannst du nicht machen.

Œwer een Ausschluss entscheidet dei Mitgliederversammlung. Wi möten ierst afstimmen. Un dei Ausgeschlossene möt anhürt warden.
Über einen Ausschluss entscheidet die Mitgliederversammlung. Wir müssen erst abstimmen. Und die Ausgeschlossene muss angehört werden.

Nee, ik bün Fischer, dat krich ik nich hen. Åwer dat is mål klor, du büst dor nich an schuld. Kåm!
Nee, ich bin Fischer, das kriege ich nicht hin. Aber das ist mal klar, du bist da nicht dran schuld. Komm!

Ik heff seihn, wie sei dat Bremspedål perrt hett. Sei hett würklich bremst. Dei Brems hett nich funktschoniert.
Ich habe gesehen, wie sie das Bremspedal getreten hat. Sie hat wirklich gebremst. Die Bremse hat nicht funktioniert.

Åwer dei riet nich eenfach so.
Aber die reißt nicht einfach so.

Ok nich bi een Barkas Baujahr 1976. Un schon gor nich mit so gladden Kanten.
Auch nicht bei einem Barkas Baujahr 1976. Und schon gar nicht mit so glatten Kanten.

In Wismar

21

Durchgeschnittene Bremsleitungen? Im Ernst? Was glauben Sie, wo Sie hier sind? In einem Provinzkrimi im Fernsehen?" Das hatte Katharina gerade noch gefehlt. Ihr Vermieter weigerte sich weiterhin, ihren Wasserschaden zu beseitigen, sie hatte eine grauenhafte Nacht bei ihrem Bruder hinter sich zwischen Benzinschwaden und Rockmusik, alle bisherigen Ermittlungsansätze zum Mörder von Kevin Hansen hatten sich als Sackgassen erwiesen, obwohl sie inzwischen mit ausnahmslos jedem, der Kevin gekannt hatte, gesprochen hatten. Und nun kam diese Freifrau in ihr Büro gestiefelt und machte sich wichtig mit einem dämlichen Handyfoto. Das allerdings tatsächlich eine durchgeschnittene Bremsleitung zeigte.

„Und jetzt glauben Sie, jemand hat es auf Sie abgesehen?"

Die Frau vor ihr wirkte immerhin angemessen eingeschüchtert, wie sie da klein und schmal auf dem unbequemen Besucherstuhl saß. „Na ja, da waren ja auch noch das Seil und der Ziegel."

„Du lieber Himmel, Frau Musing-Dotenow, Ihr Schloss ist eine Baustelle! Da fallen schon mal Dinge herunter! Und dieses Seil war ein Dumme-Jungen-Streich, sonst nichts!"

Wenn auch ein verdammt übler, den sie recht ernst nahm, das musste Katharina insgeheim zugeben. Sie hatte die Spurensicherung aus Spökenitz geholt, aber die hatten nichts Verwertbares gefunden.

„Jeder weiß doch, dass der Bürgermeister die Feuerwehr dicht machen will. Liegt auf der Hand, dass der Anschlag den Kameraden galt. Und den Kameradinnen. Beziehungsweise galt er wahrscheinlich nur dem Barkas, aber ganz sicher nicht Ihnen.“

Allerdings machte es das nicht besser. Durchgeschnittene Bremsleitungen waren endgültig kein Dumme-Jungen-Streich mehr. Das war ein potenziell tödlicher Anschlag, wem auch immer er gegolten hatte.

Und sie würde dem natürlich nachgehen.

Katharina wollte gerade eine Kopie von dem Foto verlangen, als ihre Besucherin etwas aus der Tasche zog und auf den Tisch legte.

„Das habe ich übrigens auf der Terrasse gefunden, kurz bevor ich den Toten entdeckte.“

„Aha. Und was ist das?“

„Das Schulterstück einer Feuerwehruniform. Der Uniform eines Wehrführers, wie das hier heißt.“

Katharina nahm das Schulterstück und betrachtete es. „Und warum kommen Sie damit erst jetzt? Das könnte ein Beweismittel im Mordfall Hansen sein!“

„Könnte es, ja, deshalb zeige ich es Ihnen ja jetzt. Wie ich schon sagte, wusste ich noch nichts von der Leiche, als ich es fand. Ich habe es eingesteckt, weil ich vorhatte, den Besitzer ausfindig zu machen. Zudem war immer von einem Selbstmord die Rede, bis ich heute morgen die Zeitungen der letzten drei Tage durchgeblättert und gelesen habe, dass Herr Hansen wohl doch ein Mordopfer ist. Deshalb bin ich jetzt hier. “

„Den Besitzer ausfindig machen? Sie kannten doch keinen hier!“

„Na ja, so viele Wehrführer gibt es in Orten wie Moordevitz im Allgemeinen nicht.“

Katharina hatte sich von der Größe der Freifrau täuschen lassen. So eingeschüchtert war die offenbar doch nicht.

„Kannten Sie den Toten? Hatten Sie vorher Kontakt zu ihm?" Katharina lehnte sich in ihrem Schreibtischstuhl zurück, ließ Johanna aber keinen Moment aus den Augen. Kevin hatte nach der Einwohnerversammlung am lautesten gewettert und im Zorn sogar mit Knüppeln gedroht. Was, wenn es doch einen Streit zwischen ihm und der Freifrau gegeben hatte?

Die blinzelte verwirrt. „Das habe ich doch schon gesagt – nein, ich kannte den nicht. Ich wusste noch nicht einmal, dass da einer wohnt."

„Und das soll ich Ihnen glauben?" Katharina beugte sich vor und fixierte Johanna weiterhin.

„Oh, das überlasse ich ganz Ihnen." Nein, eingeschüchtert war die Freifrau ganz und gar nicht. „Wenn Sie mit Ihrer Frage andeuten möchten, dass Sie mich derzeit für mordverdächtig halten, gehe ich davon aus, dass ich nicht mehr verpflichtet bin, selbige ohne anwaltlichen Beistand zu beantworten. Ich komme also gern morgen mit dem Anwalt meiner Familie wieder." Johanna Freifrau von Musing-Dotenow zu Moordevitz erhob sich.

Katharina setzte sich unwillkürlich gerade hin. Es war unglaublich, wie eine so kleine Person plötzlich den Raum so vollkommen beherrschen konnte. Zur Hölle, das durfte ja wohl nicht wahr sein, dass sie sich von so einer einschüchtern ließ. Aber ihr stand das Bild vor Augen, wie der einen Meter achtzig große Kevin mit einem Knüppel vor diesem Persönchen stand und sie konnte sich beim besten Willen nicht vorstellen, dass die Freifrau ihn erschlagen und dann aufgehängt hatte. „Ein Anwalt wird nicht nötig sein", lenkte Katharina zähneknirschend ein. „Ein paar Fragen hätte ich aber schon noch."

„Bitte sehr, fragen Sie."

„Wieso haben Sie das Schloss gekauft? Ich meine, wieso gerade jetzt?"

Die freifraulichen Augenbrauen gingen nach oben. „Nun, wenn die Beweggründe meiner privaten Immobilienkäufe der Wahrheitsfindung dienen ... Frau Böhmer nahm Kontakt zu meiner Großmutter, Freifrau Adelheid von Musing-Dotenow zu Moordevitz, auf. Frau Böhmer selbst standen nicht genügend finanzielle Mittel zur Verfügung, das Schloss zu renovieren. Das brachte sie auf den Gedanken, meine Familie könnte Interesse haben, das Gebäude mit dem verbliebenen Grundstück zu erwerben. Und ja, Oma hatte Interesse, und wie!" Die Freifrau schüttelte den Kopf und lachte. Das Lachen war ansteckend, gegen ihren Willen schlich sich auf Katharinas Gesicht ein Lächeln. Jetzt, wo die Freifrau von ihrer Oma sprach, war der hochnäsige Tonfall verschwunden. „Oma hat nie groß der Vergangenheit nachgetrauert, immer in der Gegenwart und für die Zukunft gelebt. Aber mit siebenundachtzig hat man nicht mehr so viel Zukunft, da gewinnt dann doch wieder die Vergangenheit an Gewicht. Und da sie Realistin genug ist, zu wissen, dass für sie selbst kein Umzug mehr infrage kommt, hatte sie die Idee, ihre Enkelin das Schloss kaufen zu lassen."

„Und Sie haben das Schloss rein privat erworben? Nicht im Auftrag Ihrer Bank?"

„Meiner Bank? Du lieber Himmel, keine Bank mit Verstand lädt sich so eine Ruine auf. Und ich fürchte, Sie überschätzen meine Position in dieser ehrwürdigen Familienfirma. Mag sein, dass ich bei der Kreditvergabe weniger geprüft wurde als jemand anders. Aber ohne Omas Finanzpolster im Hintergrund hätte auch ich den Kredit nicht bekommen."

Katharina nickte langsam und nachdenklich. Wenn das stimmte und die Freifrau das Gebäude privat gekauft hatte, dann steckte sie wahrscheinlich nicht in dem Sumpf aus Golfotel und Bank mit drin. War das Ganze nur ein geschickter Schachzug von Hertha gewesen, indem sie die adlige Großmutter köderte, um Golfotel als potenziellen Käufer auszubooten? Dann war die Freifrau nicht für, sondern gegen Golfotel tätig. Wenn auch ohne ihr Wissen.

„Wenn Sie uns das Schulterstück hierlassen würden und wir brauchen eine Kopie des Fotos von der Bremsleitung. Ansonsten können Sie gehen.“

Nachdem die Freifrau gegangen war, kam Levke herein und ließ sich auf den Besucherstuhl fallen. „Meine Güte, Katti, was hast du denn bloß für ein Problem mit der? Die ist gar nicht so übel, wenn man sich mal mit der unterhält. Normal unterhält, meine ich.“

Den Eindruck hatte Katharina zwar eben auch gewonnen, aber sie war noch nicht endgültig überzeugt. „Du hast keine Ahnung.“

„Nee, hab ich nicht. Deshalb frage ich dich ja.“

„Frag Burmester. Diese saubere Freiherrnsippschaft hat ihr eigenes Kind geopfert, um sich im Krieg in Sicherheit zu bringen! Und es ist immer noch nicht raus, ob ihre Bank nicht doch gemeinsame Sache mit Golfotel macht, auch wenn Kevin sich nicht deswegen umgebracht hat. Ja, ich bin fast so weit, ihr abzunehmen, dass sie persönlich damit nichts zu tun hat. Andererseits – wie wahrscheinlich ist es, dass sie nichts davon weiß? Und ich musste wegen Golfotel heute Nacht bei meinem Bruder hausen. Der lagert sein ganzes Werkzeug bis hin zum Reservekanister im Gästezimmer und direkt neben meinem Bett ist seine Geländemaschine aufgebockt.“

„Es war aber nicht die Freifrau, die dir die Wasserleitung angesägt hat, sondern dein raffgieriger Vermieter. Du könntest auch einfach mal mit ihr reden, kann ja sein, dass sie wirklich nichts davon weiß. Die arbeitet erst seit Kurzem da und kennt mit Sicherheit noch nicht alle Vorgänge. Im Übrigen muss der Käufer das Haus ja auch renovieren. Kauf bricht nicht Miete.“

„Levke, sei bitte nicht naiv! Die renovieren da gar nichts, mein Vermieter nicht und Golfotel schon gar nicht. Die lassen das Haus jetzt verrotten, halten mich hin, bis ich mir dauerhaft was anderes gesucht habe, und reißen es dann ab. Themawechsel. Hast du endlich ein passendes

Schriftstück bekommen? Wieso braucht Frau Hansen Tage, um irgendwas Schriftliches von ihrem Sohn zu finden? Wenn sie die Schrift im Abschiedsbrief schon selbst nicht sicher erkennt." Katharina schüttelte den Kopf. Das hatte man davon, dass niemand mehr handschriftlich korrespondierte, sondern alle Welt nur noch Kurznachrichten durch das Internet schickte.

Levke nickte. „Hab ich. Nachdem ich zuletzt täglich bei ihr war, um nachzufragen, hat sie mich selbst wühlen lassen. Und ich habe – tatata! – in einem seiner alten Schulbücher Notizen gefunden. Aber die Schrift sieht ganz anders aus, das sieht man gleich."

Katharina zog die Klarsichthülle mit dem Abschiedsbrief herüber, hielt sie neben das Englischbuch, das Levke aus der Tasche gezogen hatte. Beide beugten sich darüber.

„Siehst du?"

„Sehe ich." Katharina nickte. „Dann kennen wir jetzt immerhin die Handschrift vom Mörder. Und es ist auch kein Wunder, dass wir in Kevins Unterlagen keinerlei Hinweise auf Druck, Drohungen oder überhaupt irgendeinen Kontakt zu Golfotel oder der Bank gefunden haben. Der hatte nie Kontakt zu denen."

„Nach Freifrau sieht die Handschrift jedenfalls nicht aus." Levke legte den Kopf schief.

„Wie schreiben denn Freifrauen? In Sütterlin mit großen Schnörkeln? Aber du hast recht, es sieht nicht nach einer weiblichen Schrift aus." Katharina verzog den Mund. „Aber wer immer hinter der Sache steckt, die Bank, Golfotel oder tatsächlich doch die Freifrau, muss es nicht selbst getan haben. Was die Zahl der Verdächtigen unangenehm erhöht. Wir gehen morgen noch mal zum Schloss und gucken uns da noch mal gründlich um. Vielleicht finden wir ja doch noch was."

Viel Hoffnung hatte sie allerdings nicht.

22

W as suchen die eigentlich noch?" Hertha Böhmer hob den Kopf von ihren Notizen und sah hinaus. Johanna sah sie fragend an, der Satz war im Kreischen der Kreissäge untergegangen, die schon den ganzen Morgen im Obergeschoss wütete. Sie saßen im Wintergarten mit seinen hohen Fenstern und Türen zur Terrasse. Eigentlich wollten sie Pläne aufstellen, welche Gewerke als Nächstes in Angriff genommen werden mussten, und einen Essensplan aufstellen.

Aber drei herumstöbernde Polizisten waren eine zu große Ablenkung. Levke Sörensens Aufgabengebiet waren offenbar Terrasse und Garten, Finn Schwaiger sah sich in der Halle um und Katharina Lütten hatte sich den abgesperrten Fundort der Leiche vorgenommen, der nun wahrscheinlich auch ein Tatort war. Diese Absperrung hatte selbst Hertha Böhmer immer respektiert, dort war nichts geputzt und aufgeräumt. Levke sah sich auf der Terrasse ratlos um. Die wurde täglich von Hertha Böhmer gefegt und war entsprechend sauber. Gemächlich stieg die Polizistin die Treppe hinunter und durchsuchte die frisch bepflanzten Blumenkübel neben der letzten Stufe.

„Was glaubt die junge Sörensen denn da bitte zu finden? Als ob ich Dinge in der Erde ließe, die da nicht hingehören und am Ende noch das Wachstum behindern. Als ob ich überhaupt schon mal Dinge irgendwo gelassen hätte, wo sie nicht hingehören."

Herthas Augenbrauen zogen sich zu einer Zornesfalte zusammen. Da die Kreissäge endlich eine Pause machte, hatte Johanna Hertha verstanden. Sie schüttelte den Kopf. „Keine Ahnung. Und mir werden sie es auch nicht erzählen."

Hertha erhob sich. „Aber mir." Sie marschierte mit einem Gesichtsausdruck zur Tür, der Johanna hoffen ließ, die nette, junge Polizistin hätte eine Waffe dabei. Mit der grantigen Hauptkommissarin hatte sie weniger Mitleid. Und der schweigsame Wohin-mit-dem-Klavier-Typ konnte sich vermutlich selbst helfen.

Als Hertha am Fuß der Treppe angekommen war, zog Levke etwas hinter den Ramblerrosen zwischen Terrasse und Seitentrakt des Schlosses hervor. Bis hierhin war Herthas Aufräumaktion noch nicht vorgedrungen.

„Was ist das denn?", kam es unisono von Levke Sörensen und Hertha. Beide betrachteten ratlos das Ding mit den langen dunklen Haaren, das die Polizistin in die Höhe hielt. Vor Überraschung schien Hertha sogar ihre Verärgerung vergessen zu haben.

„Katti!", brüllte Levke nach oben und Katharina Lütten erschien sofort. Johanna platzte selbst vor Neugier, wartete aber, bis die Lütten von der Terrasse verschwunden war. Dann ging sie hinüber zur steinernen Brüstung und beugte sich darüber. Polizeiobermeister Finn Schwaiger stellte sich neben sie und beide beobachteten, wie sie unten zu dritt um das langhaarige Ding herumstanden, bis ausgerechnet der stumme Finn das erklärende Wort aussprach.

„Perücke."

23

Johanna lehnte ihr Fahrrad an den Gartenzaun und blieb vor dem winzigen reetgedeckten Fachwerkhaus eine Weile stehen. Die Gefache waren weiß gestrichen, das Haus hatte blau-weiße Fensterläden und eine Tür in denselben Farben. Der Vorgarten war eher schlicht, hierhin hätte die Fülle von Blumen eines Bauerngartens gepasst, wie ihn Zeitschriften sich so vorstellten. Aber der lange Meier war Fischer und kein Gärtner.

Johanna suchte die Klingel, fand keine und klopfte. Vergeblich. Sie hob die Hand, um ein weiteres Mal zu klopfen, da sah ein bärtiges Gesicht aus dem Nachbargarten über die Buchsbaumhecke.

„Der sitzt hinterm Haus, musst rumgehen.“

Johanna winkte dankend hinüber, ging rechts um das Haus herum und blieb staunend stehen.

Und da gab es Leute, die sie um ihr Schloss beneideten. Sie hätte jederzeit mit dem langen Meier getauscht, dessen Garten aus einer Wiese mit einigen Obstbäumen bestand, die sanft abfiel und direkt am Bodden endete. Ein Ruderboot lag auf dem Gras am Wasserrand neben einem Steg.

„Taching“, hörte sie den langen Meier von schräg hinten. Sie drehte sich um, Meier saß auf einer Bank vor einem Holztisch und war beim Abendbrot. Auf dem Tisch stand ein Brett mit frisch geräuchertem Fisch und an der Hausecke verströmte ein Räucherofen den Duft weiterer Köstlichkeiten.

„Ok 'ne Stulle? Sett di man hen."

Johanna tat wie geheißen, während der lange Meier Teller, Besteck und ein Bier von drinnen holte.

„Wi möten noch täuben, dei Flundern för Hertha rökern noch."

Johannas Bedauern über die Verzögerung hielt sich in Grenzen, sie schmierte sich ein Brot mit Butter und legte Räucherfisch darauf. Schweigend aß sie und genoss die Aussicht. Bis der lange Meier unvermittelt fragte: „Du, sech mål, wat will'n ji egentlich mit mien Hus?"

Johanna verschluckte sich beinah und drehte sich zu ihm um. „Mit deinem Haus? Wer will was mit deinem Haus?"

„Golfotel un dien Bank. Dien Bank will mien Hus."

„Kannst du einen Kredit nicht bezahlen?"

„Ik heff keen Kredit."

„Also die Bank hat keinerlei berechtigte Forderungen gegen dich? Dann können sie dein Haus gern wollen, aber nicht kriegen, wenn du nicht verkaufen willst." Johanna sah sich um. Ja, das Haus am Bodden war ein Traum. Für einen Privatmenschen, aber nicht für eine Bank.

„Dei Gemeinde will denn B-Plan ännern. Dann ward dat hier een Touristengebiet un dei Hotels salln nägen Stockwerke hebben. Un ik tåhl mi dumm un dœmlich an Grundsteuer. Fischen is nicks, wo man sich en gollen Näs mit verdeint."

„Neun Stockwerke?!" Johanna war sprachlos. Sie sah im Geiste ringsum Neungeschosser mit Glasfassaden aus dem Boden schießen und dazwischen das ängstlich zusammengeduckte Reetdachhäuschen vom langen Meier. Und musste zugeben, dass zwar nicht das Haus, aber das Grundstück durchaus ein Traum für eine Hotelkette war. „Die wollen den Bebauungsplan ändern und solche Klötze zulassen? Aber – Moment mal, meine Bank, sagst du?"

„Jo. Dien Bank. Dor sünd twee Growes bi mi wäst, dei hebben mi dat vertellt."

Verwirrt sah Johanna ihn an. Eigentlich verstand sie Platt, wenn sie es auch kaum sprechen konnte. Aber mit dem Wort Growes konnte sie nichts anfangen. „Zwei was? Grobiane?"

„Wat? Nee, groff sünd dei nich wäst, sünnern bannig fründlich. Besünners dei Fru Growe."

Offensichtlich war Growe ein Name. „Eine Frau Growe von der Bank?" Irgendwas klingelte da bei ihr.

Meier nickte und schüttelte dann den Kopf. „Ja, Fru Growe von dien Bank. Åwers von dien Bank drœben. Un Herr Growe von Golfotel."

Drüben? Eine Frau Growe von der Bankfiliale in Niedersachsen? Schlagartig fiel Johanna ein, woher sie den Namen kannte – das war die Person, die jetzt ihre Stelle hatte. Und die kam her und besuchte zusammen mit einem Herrn gleichen Namens von Golfotel Leute, deren Land Golfotel haben wollte? Johanna starrte vor sich hin. So langsam ergab einiges Sinn. Die Schwärmereien ihrer Kollegen und Kolleginnen in der Bank von der unberührten Landschaft waren offenbar eine versteckte Botschaft gewesen, weil die sich nicht getraut hatten, das Problem offen auszusprechen. Aber warum nicht? Hatte ihnen jemand einen Maulkorb verpasst? Wer?

„Un nu heff ick Bammel, dat dei nich mihr lang so fründlich sünd. Katharina hett orrig Maless."

Fassungslos hörte Johanna, welchen Ärger die Hauptkommissarin mit ihrer Wohnung hatte. Jetzt konnte sie verstehen, warum die Lütten oft so schlecht gelaunt war. Und wenn sie insgeheim Johanna für ihre Probleme verantwortlich machte, war klar, dass sie sie nicht leiden konnte.

„Okay, das ist wirklich übel. Aber bei dir liegt der Fall etwas anders. Du bist nicht Mieter eines geldgierigen Vermieters, sondern du bist Eigentümer. Bist du doch? Dann sind deren Chancen, dich hier zu vertreiben, deutlich geringer."

Aber vermutlich nicht null, obwohl Johanna nicht einfiel, wie man den langen Meier hier vertreiben konnte. Wenn die Bank da mit drinsteckte, konnte das nur heißen, dass sie Golfotel einen Kredit gegeben hatte und verstärkt interessiert daran war, dass das Bauprojekt zum Erfolg wurde. Waren das die Pläne, die nach Auffassung von Dr. Kleinschmidt optimierbar waren? Und davon hatte ihr niemand was erzählt? Was wurde hier gespielt? Wenn Onkel Horst all das nicht erwähnt hatte, konnte das nur bedeuten, dass er ebenfalls nichts davon wusste. Dass diese Growe die Geschäfte mit Golfotel hinter seinem Rücken eingefädelt hatte. Wofür die allerdings deutlich mehr Kompetenzen bräuchte, als Johanna selbst auf dem Posten gehabt hatte.

Sollte sie Horst anrufen? Aber wenn er der Growe vertraute, sollte Johanna etwas mehr in der Hand haben als nur Vermutungen, sonst stünde sie am Ende noch als missgünstig da. Nein, sie würde erst in Moordevitz Nachforschungen anstellen. Johanna zückte ihr Smartphone und tippte auf eine gespeicherte Nummer. Es meldete sich nur eine Mailbox.

„Ja, schönen guten Tag, Herr Dr. Kleinschmidt, Johanna von Musing-Dotenow hier. Sie hatten um ein Gespräch mit mir gebeten. Ich denke, wir sollten nicht erst das Ende Ihres Urlaubs abwarten, sondern es so bald wie möglich führen, gern auch telefonisch. Rufen Sie mich jederzeit zurück, am besten gleich morgen."

Sie legte auf und lehnte den Kopf an die Hauswand. „Täuf man, Meier, wi måkt dor wat."

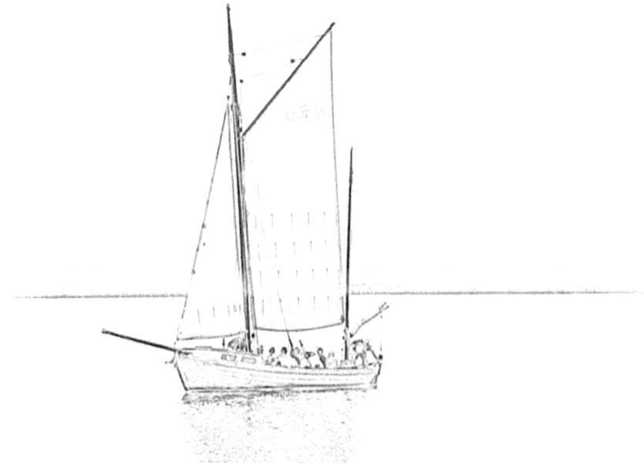

Zeesenboot

Taching
Tagchen. (-ing ist die Verkleinerungsform im Niederdeutschen des Norostens.)

Ok 'ne Stulle? Sett di man hen.
Auch ne Stulle? Setz dich man hin.

Wi möten noch täuben, dei Flundern för Hertha rökern noch.
Wir müssen noch warten, die Flundern für Hertha
räuchern noch.

Du, sech mål, wat will'n ji egentlich mit mien Hus?
Du, sag mal, was wollt ihr eigentlich mit meinem Haus?

Golfotel un dien Bank. Dien Bank will mien Hus.
Golfotel und deine Bank. Deine Bank will mein Haus.

Ik heff keen Kredit.
Ich habe keinen Kredit.

*Dei Gemeinde will denn B-Plan ännern. Dann ward dat hier een
Touristengebiet un dei Hotels salln nägen Stockwerke hebben.
Un ik tåhl mi dumm un dœmlich an Grundsteuer. Fischen is
nicks, wo man sich en gollen Näs mit verdeint.*
Die Gemeinde will den B-Plan ändern. Dann wird das hier
ein Touristengebiet und die Hotels sollen neun
Stockwerke haben. Und ich zahl mich dumm und dämlich
an Grundsteuer. Fischen ist nichts, womit man sich eine
goldene Nase verdient.

*Jo. Dien Bank. Dor sünd twee Growes bi mi wäst, dei hebben mi
dat vertellt.*
Ja. Deine Bank. Da sind zwei Growes bei mir gewesen, die
haben mir das erzählt.

Wat? Nee, groff sünd dei nich wäst, sünnern bannig fründlich. Besünners dei Fru Growe.
Was? Nee, grob sind die nicht gewesen, sondern sehr freundlich. Besonders die Frau Growe.

Un nu heff ick Bammel, dat dei nich mihr lang so fründlich sünd. Katharina hett orrig Maless.
Und nun habe ich Angst, dass die nicht mehr lange so freundlich sind. Katharina hat ordentlich Ärger.

Täuf man, Meier, wi måkt dor wat.
Warte ab, Meier, wir machen da was.

Warnemünde

24

Auf der Musing-Dotenower Polizeiwache standen sie zu viert um die Perücke herum, aber keiner der vier konnte sich einen Reim darauf machen. Katharina war ohnehin kaum in der Lage, einen klaren Gedanken zu fassen. Sie hatte eine grauenhafte Nacht zwischen Goa-Klängen und Marihuanarauch in Jörns Studenten-WG hinter sich, wobei sie den Rauch gegen alle Überzeugung und Dienstverpflichtung hatte ignorieren müssen, wenn sie nicht in Wald und Feld schlafen wollte.

„Also von Johanna MDM ist die nicht", erklärte Levke. „So eine Frisur hat sie schon, dafür braucht sie keine Perücke."

„Werte Kollegin, klären Sie uns auf, was Sie mit MDM ausdrücken wollen?", verlangte Pannicke zu wissen.

„Na – von Mmmusing-Ddddotenow zu Mmmoordevitz. Wir müssen einen Mord aufklären, wir haben keine Zeit für ewig lange Namen."

Pannicke zog die Brauen hoch und setzte zu einer Erwiderung an, die vermutlich wieder sehr viel mit Sprachfaulheit und der Notwendigkeit von korrekten Bezeichnungen zu tun haben würde. Da diese Erklärungen selten unter zwei Minuten blieben und das Letzte waren, was sie im Moment ertragen konnte, kam ihm Katharina zuvor.

„Ich hätte ja auch lieber die Dings, äh, die Mordwaffe gefunden. Das Ding hier bringt uns nicht weiter. Wahrscheinlich hat es überhaupt nichts mit unserem, äh ..."

Katharina starrte vor sich hin und wartete, dass der Nebel in ihrem Hirn das Wort freigab. „Fall. Das Dings hat nichts mit unserem Fall zu tun.“

Levke zuckte die Schultern. „Aber such mal eine Mordwaffe, von der du nicht die geringste Ahnung hast, wie sie aussieht.“ Dann wurden ihre Augen groß. „Oh, ich glaube, ich weiß ...“ Sie rannte aus dem Zimmer und kam kurz darauf mit einem Zettel wieder. Triumphierend klatschte sie die Ankündigung des Moordevitzer Mittsommerfestes auf den Tisch. „Da!“

Die drei anderen studierten das Programm des Festes. Katharina nickte, bereute das aber sofort, weil ihr schwindelig wurde und sie sich am Tisch festhalten musste. „Gut, dann ist es also wahrscheinlich Kevins Perücke. Und er hat für seinen Dings, äh, Auftritt geprobt. Das würde auch die Schminke erklären.“

„Alles okay mit dir?“, fragte Levke besorgt, aber Katharina hob nur abwehrend die Hand. Der jungen Kollegin hätte sie von den Marihuanaschwaden erzählen können, aber bestimmt nicht Pannicke. Dessen Moralpredigt hätte sie Jörn ja durchaus gegönnt, sich selbst wollte sie die jedoch lieber ersparen.

„Das erhärtet in der Tat Ihre Vermutung, die Perücke habe nichts mit dem Mord zu tun“, stellte Pannicke fest.

„Da bin ich noch nicht sicher, Pannicke. Wenn Kevin zum Zeitpunkt des Mordes gedingst, äh, geprobt hat, warum hat seine Leiche die Perücke dann nicht mehr getragen? Warum lag sie versteckt hinter den Rosen- äh, dings, äh, -büschen?“

„Und noch dazu nur hastig versteckt, da musste sie doch irgendwann gefunden werden. Wir kennen doch alle die Gründlichkeit unserer Hertha“, stimmte Levke Katharinas Einwänden zu.

Katharina konnte den Impuls zu nicken, im letzten Augenblick unterdrücken. „Die hätte sie aber höchstwahrscheinlich nur angeekelt in den Müll geworfen.“

25

Ich kann doch gehen und die holen, wenn Sie noch zum Supermarkt müssen – der schließt bald." Johanna griff nach dem Korb und wandte sich zur Tür. „Äh – wo genau lagern Sie die Kartoffeln?"

„Im Pferdestall, neben der Remise." Auf Johannas ratloses Gesicht hin ergänzte Hertha: „Das ist die erste Tür von hier aus, die grüne. Gut, danke sehr, ich bin dann mal zur Kaufhalle."

Johanna nickte und machte sich auf den Weg aus Herthas Wohnung durch den Wintergarten über die Terrasse hinab in den Garten und zwischen den Linden hindurch zum ehemaligen Wirtschaftsgebäude. Die erste Tür, wenn man vom Schloss kam – okay, das war eindeutig. Aber grün? Als Johanna direkt vor der Tür stand, erkannte sie Reste eines grünen Anstrichs auf den beiden Türflügeln. Sie zerrte am Riegel, bis der sich endlich bequemte, nachzugeben, und zog den rechten Flügel auf.

Dahinter lag die Stallgasse, deren Ziegelboden in einigermaßen gutem Zustand war. Auf beiden Seiten befand sich je eine Reihe von vier schmalen Abteilen, durch halbhohe Mauern voneinander getrennt. In jedem davon war früher ein Pferd untergebracht gewesen. Jetzt lag im ersten vorne rechts nur ein Haufen von Holzresten und alter, undefinierbarer Textilien, das linke war leer. Oberhalb der Pferdeboxen auf der rechten Seite ließen einige Fenster etwas Licht herein. Zumindest die zwei, die keine Scheiben mehr hatten. Das Glas der anderen war blind. Helligkeit drang hauptsächlich durch das offene Tor in den Stall. Johanna hatte nicht viel mit Pferden am Hut, sollten aber je wieder welche ins Schloss einziehen, würde sie geräumigere Boxen einbauen lassen mit viel Luft und Licht. Den Kartoffeln hingegen war das vermutlich völlig egal. Sie fand sie in der dritten Box auf der rechten Seite in einem badewannengroßen quaderförmigen Metallkorb. Gebückt schaufelte sie mit den Händen die Knollen in ihren Korb. Im Augenwinkel sah sie eine Bewegung und richtete sich wieder auf. Eine rote Katze stolzierte über den Ziegelboden, stoppte, sah Johanna eine Weile an und setzte ihren Weg fort. Beruhigt füllte Johanna weiter Kartoffeln in ihren Korb. Katzen und anderes Viehzeug rannten hier mit Sicherheit zu Hauf herum. Im Nebenabteil raschelte es. Klar, Mäuse waren natürlich auch unvermeidlich in alten Ställen. Johanna hoffte jedenfalls, dass es keine Ratten waren. Als sie die nächste Handvoll Tüften aufnahm, fiel ein Schatten auf sie.

Sie fuhr herum, ein Schlag traf sie auf den Kopf, sie verlor das Gleichgewicht und stürzte. Sie stützte sich auf die Hände, versuchte, sich aufzurichten, verharrte dann aber. Grüne und schwarze Punkte tanzten vor ihren Augen, vergrößerten sich zu Flecken. Geräusche drangen wie durch einen Nebel zu ihr. Ein Schleifen, ein leises Poltern wie von Holzscheiten, der Knall einer zuschlagenden Tür sperrte das Licht aus, dann schabte Metall quietschend aufeinander. Johanna kämpfte darum, das Bewusstsein zu behalten. Dennoch musste sie ohnmächtig geworden sein, denn sie kam wieder zu sich.

Sie zwinkerte, das Dämmerdunkel wurde nur vom Licht der kleinen Fenster erhellt. Sie versuchte, sich zu orientieren, sah das Metallgitter der Kartoffelkiste vor sich. Sie lag auf dem Ziegelboden, neben der Kiste. Schmerzen spürte sie kaum, nur der Kopf tat weh, vermutlich von dem Schlag. Nach dem Gitter greifend versuchte sie, sich aufzurichten. Keine gute Idee, sofort kroch wieder Dunkelheit in ihr Gesichtsfeld.

Schocklage, sie musste in die Schocklage. Sie drehte sich auf den Rücken, legte die Füße an der Wand der Kartoffelkiste ab. Und jetzt atmen, ruhig atmen, auf keinen Fall die Augen schließen.

Es funktionierte, die Flecken verschwanden, sie konnte wieder klar sehen. Johanna rappelte sich auf, musste sich aber auf die Kiste stützen, alles drehte sich. Sie ließ sich zurück auf den Boden sinken. Wer auch immer sie überfallen hatte, war nicht mehr da, sonst hätte er die Tür nicht zugeschlagen. Ganz davon abgesehen, dass derjenige nicht ruhig zusehen würde, wie sie wieder auf die Beine kam. Vermutlich ein Dieb oder jemand, der im vermeintlich verlassenen Stall Unterschlupf gesucht und nun überstürzt die Flucht ergriffen hatte.

Es bestand also kein Grund zur Hektik, sie konnte in Ruhe abwarten, bis es ihr besser ging. Hertha würde sie und die Kartoffeln eine Weile nicht vermissen, der nächste Supermarkt war in Musing-Dotenow. Die Handwerker waren längst in ihren Feierabend verschwunden und würden sich mit Problemen ohnehin nicht an sie, sondern an Hertha wenden.

Andererseits – es roch nach Rauch. Wenn Hertha ihren Kamin gegen die Kälte der Maiabende angezündet hatte, war sie doch schon wieder da. Letztlich hatte Johanna keine Ahnung, wie lange sie ohnmächtig gewesen war. Sie hustete, der Rauch kratzte im Hals und brannte in den Augen. Das Dämmerlicht veränderte sich, es war jetzt rötlich, unstet flackerte es über die Decke. Dann hörte sie das Knistern und begriff, dass das keineswegs Rauch aus dem Kamin war. Sie zog sich hoch, sah über die Zwischenmauer und keuchte vor Schreck.

Aus dem ersten Abteil schlugen Flammen über die Mauer. Das Knistern wurde zu Prasseln. Rauch zog nach oben unter die Decke, und vernebelte die Sicht. Sie musste zur Tür, schnell. Sich mit einer Hand an der Mauer abstützend stolperte sie ans Ende des Kartoffelabteils und trat in die Stallgasse. Sofort wich sie wieder zurück in die Pferdebox, die Knie gaben nach, sie rutschte an der Mauer hinunter und blieb starr sitzen.

Sie konnte nicht zur Tür. Der Haufen aus Decken und Holz lag halb auf der Stallgasse und stand in Flammen. Funken flogen über die Mauer, erloschen auf dem Ziegelboden vor Johannas Füßen, Rauch zog über sie hinweg. Jetzt hatte er sie eingeholt, der allnächtliche Albtraum. Sie würde elendiglich im Feuer umkommen.

Wie gelähmt saß sie da, trotz der Hitze war ihr eiskalt, sie spürte Arme und Beine nicht mehr. Etwas Rotes schoss an ihr vorbei, sprang an der Mauer hoch, rutschte ab und prallte auf sie. Das Rote fauchte, verpasste ihr einen schmerzhaften Schlag auf den Unterarm, sprang auf und rannte auf die Stallgasse, hinunter zur Rückwand.

Johanna starrte auf die Schrammen auf ihrem Arm. Die Katze suchte einen Fluchtweg. Flucht. Johanna zwang sich zur Ruhe. Das Feuer brannte nicht über die ganze Stallgasse, sie konnte daran vorbeikommen, wenn sie sich in der gegenüberliegenden Box darum herumdrückte.

Aber nur, wenn sie sich beeilte. In dem Rauch blieben ihr nur wenige Minuten. Sie stemmte sich hoch, nach den ersten beiden Schritten knickten ihre Knie ein, sie fiel auf Hände und Füße. Und schalt sich innerlich eine Idiotin. Denn da gehörte sie hin, auf alle Viere. Das lernte jeder Feuerwehrmensch: In brennenden Räumen wird gekrochen! Die heißen und giftigen Rauchgase sammelten sich oben, die Überlebenschancen waren unten am größten.

Als sie aus dem Kartoffelabteil herauskroch, traf sie die Hitze wie eine Wand. Sie zuckte zurück, verharrte. Doch sie hatte keine Wahl. Weiter, weiter in Richtung Tür. Die Hitze nahm zu, als sie die Trennwand zum vordersten Abteil erreicht hatte, war es schier unerträglich. Wieder erstarrte sie, sank auf die Oberschenkel, schaffte es nicht, sich zum Weiterkriechen zu zwingen. Links das Feuer, vor ihr die Tür. Sie musste die letzten Meter überwinden, sie musste!

Sie stieß einen Schrei aus, in dem all ihre Wut über sich selbst und all ihre Angst lag. Der Schrei endete in einem Hustenanfall. Dann hielt sie den Atem an, hastete auf Händen und Knien an dem Feuer vorbei zur Tür, erhob sich auf die Knie und zerrte am Türflügel.

Nichts. Ein zweiter Versuch, ein dritter. Johanna riss wie wild an der Tür, trommelte dagegen – aber die Tür rührte sich nicht. Johanna rutschte wieder zu Boden. Das schabende Geräusch. Das war der Riegel gewesen. Sie war eingeschlossen.

Nein. Das durfte nicht sein. Sie zog sich an der Tür hoch und warf sich mit voller Wucht dagegen. Die Tür schwankte ein wenig, gab aber nicht nach. Noch mal. Johanna zwang sich, einen Schritt zurück zu machen, nahm Schwung, warf sich erneut gegen die Tür – und prallte hart auf den Boden. Auf einen Boden, der mit Gras und Unkraut bewachsen war.

Einen Moment lag sie da und betastete ungläubig ein Gänseblümchen direkt vor ihrem Gesicht. Sie hatte es geschafft. Sie würde nicht verbrennen.

Dann wurde sie unter den Armen gepackt und weggezogen. Der Täter! Er hatte vor dem Stall auf sie gewartet.

Johanna schlug um sich, hustete, strampelte, um auf die Füße zu kommen. Als ihr das endlich gelang, bäumte sie sich auf und boxte nach hinten. Unversehens wurde sie fallen gelassen. Rasch krabbelte sie davon, kam aber nicht weit. Jetzt hatte sie etwas Nasses im Gesicht. Äther?

Nein. Äther roch nicht nach Hund. Das Nasse war Davids Zunge. Erleichtert schob sie den schwarzen Mischling so weit von sich, dass sie ihn sehen und sich vergewissern konnte. Dann klammerte sie sich an ihm fest. Goliath kroch ihr auf den Schoß und wollte auch seinen Teil an Nässe beitragen. Johanna wurde stutzig. Wenn Goliath so friedlich und vor allem still war, konnte kein Fremder in der Nähe sein. Sie sah sich um. Die Stalltür stand mit zurückgezogenem Riegel sperrangelweit offen und gab den Blick auf die lodernden Flammen frei. Rauch drang heraus, Funken flogen über den Rasen. Johanna hörte jemanden telefonieren.

Hertha. Sie stand hinter ihr mit dem Handy am Ohr. Jemand Kurzes, Dickes lief watschelnd davon. „Ich muss zur Feuerwehr!", keuchte er. „Es brennt!" Der kurze Meier. Was machte der hier? Herthas Stimme riss Johanna aus ihren ohnehin nicht klaren Gedanken.

„Ja, Himmel, wie viele Schlösser vermuten Sie denn in Moordevitz? Der Stall am Schloss brennt! Wenn Sie also freundlicherweise endlich die Feuerwehr vorbeischicken könnten oder soll ich die selbst wecken?"

Der Kollege in der Leitstelle schien zu dem Schluss gekommen zu sein, dass es der Feuerwehr Moordevitz nicht gut bekommen würde, wenn Hertha persönlich dort auflaufen musste, denn diese beendete das Gespräch mit einem bissigen „Danke".

Nach acht Minuten hörten sie die Sirenen des Leihfahrzeugs der Freiwilligen Feuerwehr Moordevitz und eines Krankenwagens, Sekunden später pulsierte Blaulicht auf der Schlossfassade und aus dem Löschfahrzeug stiegen die beiden Meiers, Olli, Ben und Lona. Johanna wehrte den Sanitäter ab, krächzte ein „Es geht mir gut, alles okay" und stolperte hinüber zum Feuerwehrfahrzeug. Der Sanitäter verfolgte sie.

„Keine weiteren Personen mehr im Gebäude, ein Haufen alten Zeugs ist in Brand geraten, direkt hinter dem Eingang, die Flammen könnten auf die Holzbalkendecke übergreifen – nur zu sechst? Wo sind Jens und Andreas?", fragte Johanna den langen Meier, der inzwischen an der Fahrzeugpumpe stand. Die anderen schoben die Rollläden des Fahrzeugs nach oben und griffen nach Schläuchen und Strahlrohren.

„Jens hat tatsächlich hingeschmissen und Andreas ist nicht erreichbar", erklärte Lona statt seiner, „Meier, du musst die Einsatzleitung machen, du bist der einzige Gruppenführer hier, lass mich an die Pumpe."

„Die Einweisung in das geliehene LF hat aber nur der lange Meier", mischte Johanna sich ein, unterbrochen von einem Hustenanfall und vom Sanitäter:

„Würden Sie sich bitte hinsetzen! Haben Sie Schmerzen?"

„Nein, mir tut nichts weh und mir ist auch nicht übel. Lona, gib mir ein Funkgerät, ich mach das, der kurze Meier soll mit Olli die Wasserversorgung vom LF aufbauen. Schleppen kann ich mit meinem Brummschädel nichts. Nein, ich sag doch, ich habe keine Kopfschmerzen. Lona, du und Ben, ihr macht den Angriffstrupp! Atemschutz! Aber von außen, nicht reingehen, bevor ihr nicht den Zustand der Decke einschätzen könnt. Anschließend bauen Olli und der kurze Meier die Wasserversorgung vom Teich auf! Keine Ahnung, ob das Wasser auf dem LF reicht. Nein, zu zweit kriegt ihr die TS ja gar nicht zum Teich, ob Hertha ... Andreas! Dich schickt der Himmel, wenn du und Hertha mit anpackt, könnt ihr die Pumpe zum Teich schaffen."

Andreas Burmester war wie aus dem Nichts aufgetaucht, stand neben dem Löschfahrzeug und starrte Johanna an. Auweia. Sie biss sich auf die Lippen. Sie hatte keine Einsatzklamotten an und hatte gerade dem stellvertretenden Wehrführer einen Befehl erteilt. Aber Andreas sagte ihr nicht die Meinung. Er sagte schlichtweg gar nichts. Er stand da und glotzte sie an.

Die Flammen schlugen jetzt aus der Stalltür heraus, leckten an der Außenwand. Sie mussten die zweite Wasserversorgung bereitstellen, das Wasser auf dem Fahrzeug würde nur wenige Minuten reichen.

„Andreas? Hallo? TS?"

Widerspruchslos setzte er sich in Bewegung und schob den Rollladen am Fahrzeug hoch, hinter dem sich die

Tragkraftspritze befand. Erst jetzt fiel Johanna auf, dass er ebenfalls keine Einsatzsachen trug. Aber bevor sie ihn fragen konnte, forderte der Sanitäter wieder ihre Aufmerksamkeit.

„Kommen Sie bitte, lassen Sie die Feuerwehr doch ihren Job machen. Und mich bitte auch endlich! Sie scheinen mir reichlich verwirrt, setzen Sie sich doch bitte endlich."

Hinsetzen – das klang in Johannas Ohren inzwischen tatsächlich nach einer guten Idee und sie hockte sich neben das Löschfahrzeug, wo sie die Einsatzstelle im Blick hatte. Jetzt, wo alle wussten, wer was zu tun hatte, lief der Einsatz auch ohne sie.

Der Sanitäter versuchte, Johannas Mund und Nase auf Rußspuren zu untersuchen.

„Lassen Sie mich, ich bin nicht verwirrt, ich habe schon öfter mal Einsätze geleitet!"

Endlich dröhnte die Fahrzeugpumpe, der Angriffstrupp stand bereit und gab den Befehl zum „Wasser marsch".

Das Wasser schoss aus Lonas und Bens Strahlrohr in den Stall und bald wurde aus dem dunklen Rauch weißer Dampf. Das orangerote Licht verblasste und verschwand schließlich. Lona konnte „Wasser halt" durchgeben, das Feuer war gelöscht.

Der Sanitäter ließ sich endlich überzeugen, dass er diese renitente Patientin nicht mit einer Rauchvergiftung ins Krankenhaus bringen musste und dass deren Kopfschmerzen von dem Schlag und nicht von den Rauchgasen herrührten. Er wirkte sehr erleichtert und machte sich eilig davon.

Andreas war genauso schnell und unbemerkt verschwunden, wie er gekommen war. So blieb es den beiden Meiers, Ben und Olli überlassen, die Wasserleitung vom Teich wieder abzubauen, während Lona Hertha dabei half, Johanna ins Schloss zu schaffen.

Hafen von Dierhagen auf Fischland

An der Kirchhofmauer in Pantlitz

26

Es brannte. Flammen umtosten sie, schlossen sie ein, unerträgliche Hitze nahm ihr den Atem. Eine schwarze Gestalt zeichnete sich im Flammenmeer ab, warf einen weißen Blitz in die roten Flammen. Die Flammen loderten auf. Die Gestalt kam auf Johanna zu, sie kam näher und näher, gleich würde sie ihr Gesicht zeigen ...

Keuchend fuhr Johanna auf, rang nach Luft, hustete. Allmählich drang die Erkenntnis in ihr Bewusstsein, dass sie nicht die Hitze des Feuers fühlte, sondern kühle Nachtluft durchs offene Fenster floss. Die einzigen Gestalten im Raum hatten jede vier Beine und warfen keine Blitze, sondern wedelten erwartungsvoll mit den Schwänzen.

Ein Traum. Schon wieder dieser Alptraum. Was nach den Ereignissen des Abends nicht verwunderlich war.

Johanna ließ den Blick schweifen, um sich zu orientieren. Irgendwas war anders. Dann erinnerte sie sich, wo sie war. Es war ihr nicht gelungen, Hertha davon zu überzeugen, dass sie im Bulli übernachten konnte. Die Haushälterin hatte jede Diskussion abgelehnt und das Sofa in ihrer Stube bezogen. („Sie bleiben heute Nacht nicht allein. Schluss.") Johanna schwang die Beine über den Rand des Sofas, setzte sich auf und stützte den Kopf in die Hände. Sie hörte leise Stimmen, Licht schien unter der Tür hindurch. Hertha war noch auf und schien sogar Besuch zu haben, denn es klang nicht nach Radio.

Johanna hatte Durst, ihr Hals kratzte und ihr Mund war staubtrocken. In der Küche fände sie zwar Wasser, aber hatte sie jetzt Lust, mit irgendeinem Besuch auch nur Gute-Nacht-Grüße zu wechseln? Andererseits – hatte sie Lust, den Rest der Nacht allein mit ihren Alpträumen zu verbringen? Sie zerrte ihr Sweatshirt unter dem Kleiderhaufen auf dem Fußboden hervor und zog es über ihren Schlafanzug. Dann machte sie sich auf Wollsocken auf den Weg zur Küche, gefolgt von acht tappenden Hundepfoten.

Die Hand schon auf der Klinke, hörte sie Hertha von drinnen: „Nein. Ich werde die Freifrau jetzt nicht wecken. Wenn Sie drei Stunden brauchen, um hierher zu kommen, können Sie auch noch drei Stunden warten, bis Johanna ausgeschlafen hat. Nein, ein Unfall in Düwelshagen ist nicht wichtiger als ein Anschlag auf die Freifrau. Sie hätten eher kommen sollen und können. Jetzt müssen Sie warten.“

Johanna hatte eine ungute Ahnung, wer da bei Hertha am Küchentisch saß. Sie öffnete die Küchentür und als sie ihre Vermutung bestätigt sah, bereute sie ihren Entschluss sofort.

Hauptkommissarin Katharina Lütten.

Johanna überlegte ernsthaft, die Tür einfach wieder zu schließen und zu verschwinden, aber Hertha hatte sie bereits entdeckt.

„Dachte ich mir doch, dass Sie nach dem Erlebnis nicht ruhig schlafen können. Setzen Sie sich, ich mache Ihnen einen heißen Kakao.“

Unhöflichkeit gegenüber der Kommissarin wäre für Johanna völlig akzeptabel gewesen, aber Hertha hatte das nicht verdient. Und schon gar nicht, nachdem sie Johannas Schlaf wie eine Löwin verteidigt hatte.

Johanna zog sich einen Stuhl zurecht, bis er die größtmögliche Entfernung zur Lütten hatte und dennoch die nötige Reichweite zum Tisch bot, und setzte sich. Nach einer Minute des Schweigens, die sich anfühlte wie eine

Stunde, stützte sie den Kopf auf die Hände und sah die Kommissarin an. „Nun machen Sie schon. Stellen Sie Ihre Fragen. Oder sind Sie auch nur wegen des Kakaos hier?" Sie seufzte. „Und um das gleich klarzustellen: Nein, ich habe den Stall nicht selbst angezündet, um die Versicherung zu betrügen. Ich habe bislang noch nicht einmal eine Gebäudeversicherung für den Stall."

Katharina sah sie einen Moment stirnrunzelnd an und schien zu überlegen. Schließlich zuckte sie die Schultern und öffnete kurz die Hände. „Weiß ich. Frau Böhmer sagte, der Riegel hätte von außen vorgelegen. Und niemand zweifelt das Wort von Hertha Böhmer an."

Sieh an, die Frau Kommissarin hatte ja doch Humor. Vorsichtig erleichtert hörte Johanna weiter zu.

„Damit müssen wir davon ausgehen, dass jemand Sie eingeschlossen hat. Erzählen Sie mal, was sich aus Ihrer Sicht abgespielt hat. Okay, wenn ich das mitschneide? Block und Stift sind eher was für den Kollegen Pannicke."

Johanna gab achselzuckend ihr Einverständnis und berichtete dann von dem Schlag auf den Kopf, ihrem Kampf gegen die Ohnmacht, von dem Feuer und den vergeblichen Versuchen, die Tür aufzubekommen.

„Nicht nur eingeschlossen. Das Zeug, was da gebrannt hat, hat in der ersten Box gelegen, als ich in den Stall gegangen bin. Und dann lag es halb auf der Stallgasse und verengte den Fluchtweg noch zusätzlich. Wenn Hertha nicht rechtzeitig dazugekommen wäre und den Riegel nicht zurückgezogen hätte ..." Johanna verbot sich, den Gedanken zu Ende zu denken. „Ich habe mich noch gar nicht bedankt, dabei haben Sie mir das Leben gerettet."

Hertha grunzte bloß und stellte einen Becher dampfenden Kakao und einen Teller mit Erdbeerkuchen vor Johanna. „Ich konnte nicht losfahren, weil der kurze Meier plötzlich vor der Tür stand. Er hatte mir versprochen, Mais für die Gänse zu bringen, und das war ihm gerade heute wieder eingefallen. Als wir mit dem Mais endlich fertig waren, Meier ist ja bestimmt nicht der Schnellsten einer, da habe ich mich gewundert, wie lange Sie um alles in der Welt brauchen, um ein paar Tüften zu holen. Als ich zum Stall ging, lief jemand weg, was mir einigermaßen merkwürdig vorkam. Und dann sah ich den geschlossenen Riegel und hörte Sie gegen die Tür ballern."

„Sie haben den noch gesehen?", fragte Johanna.

Katharina wiederholte Herthas Beschreibung. „Vermutlich männlich, um die eins achtzig groß, normale Statur. Können Sie noch was ergänzen?"

Johanna schüttelte den Kopf. „Ich habe den gar nicht gesehen. Genau genommen weiß ich nicht mal, ob den oder die. Bin ich denn jetzt von Ihrer Verdächtigenliste runter?" Sie rieb sich die Augen, nahm einen Schluck von dem Kakao und gleich noch einen, weil das der beste Kakao war, den sie je zu trinken bekommen hatte. Johanna entschied, dass es die richtige Entscheidung war, Hertha einzustellen. Ihr das Leben zu retten, war ja schon eine nicht ganz gewöhnliche Leistung, aber mitten in der Nacht einen solchen Kakao und Erdbeerkuchen servieren zu können, das toppte alles.

Hertha stand mit der Kanne in der Hand am Tisch und musterte Katharina mit hochgezogenen Brauen. Die sah von Johanna zu Hertha zur Kanne und erklärte: „Muss wohl. Sonst kriege ich keinen Kakao." Als auch in Katharinas Tasse die schokoduftende Köstlichkeit dampfte, fuhr sie fort. „Nein, im Ernst. Nach dem Vorfall heute Abend müssen wir auch die vielen Unfälle, die Ihnen passiert sind, einschließlich des sabotierten Barkas, mit anderen Augen sehen. Ja, gut, ich muss die mit anderen Augen sehen."

Jetzt stand auch vor Katharina ein Teller mit Erdbeerkuchen. Johanna hatte ihr Kuchenstück schon zur Hälfte verputzt.

„Haben Sie irgendeine Ahnung, wer Ihnen nach dem Leben trachtet?"

Johanna blieb der Bissen Kuchen im Hals stecken. Sie hustete, bis sie wieder sprechen konnte. Nach dem Leben trachtet – erst bei dieser Formulierung der Kommissarin wurde ihr klar, dass es genau darum ging. Bereits die durchgeschnittene Bremsleitung hätte sie töten können, aber jemanden in ein brennendes Gebäude einzuschließen, das war auch mit viel gutem Willen kaum anders denn als Mordversuch zu werten.

Sie schüttelte den Kopf. „Keine Ahnung“, flüsterte sie. Dann atmete sie kurz durch und wiederholte etwas lauter: „Keine Ahnung. Ehrlich gesagt weiß ich nicht mal, was hier eigentlich alle gegen mich haben. Ich kann doch auch nichts für meinen kilometerlangen Namen. Und dieser Hansen hätte von mir aus bis an sein Lebensende da wohnen bleiben können. Ich will das olle Schloss nicht als Eigentum zurückfordern oder einklagen, das geht meines Wissens gar nicht, sondern ich habe es ganz regulär gekauft, wie jeder andere das auch könnte. Ja, gut, natürlich kann nicht jeder ein Schloss kaufen und renovieren, aber es kann auch nicht jeder ein normales Haus kaufen. Und den Kasten hier verrotten zu lassen, ist doch auch keine Lösung! Dann wäre der Wohnraum nämlich genauso weg! Also, was habe ich euch getan?“

„Sie persönlich gar nichts.“ Hertha hatte inzwischen Brot, Butter und Käse auf den Tisch gestellt und hielt eine Schale Erdbeeren in der Hand. Sie setzte sich und schob die Erdbeeren in die Mitte des Tisches. „Aber es gab da einen Vorfall in Ihrer Familie.“

„Burmester hat auch schon so was von sich gegeben, wollte aber nicht mit der Sprache raus. Haben meine Vorfahren sich hier als Sklavenhalter aufgeführt, oder was? Erklärt mir das bitte endlich mal jemand?“

Hertha nickte. „Ja, das sollte mal jemand tun. Eigentlich wäre das die Aufgabe Ihrer Großmutter oder Ihrer Eltern gewesen. Aber ich kann sogar nachvollziehen, dass in Ihrer Familie nicht gern darüber gesprochen wird.“ Hertha verzog die Mundwinkel, Katharina lachte kurz auf. Die wusste also auch, worum es ging. Wahrscheinlich wusste das ganze Dorf über Johannas Familiengeschichte Bescheid, nur sie selbst nicht.

„Gut." Hertha lehnte sich in ihrem Stuhl zurück. „Es war im Frühling 1945, in den letzten Kriegswochen. Ein Gerücht jagte das nächste, die Angst vor den Russen war allgegenwärtig und wer konnte, packte seine Siebensachen, um weiter nach Westen zu fliehen. Vor allem die Großbauern und die Adligen. Eines Tages war auch die Freifrau von Musing-Dotenow zu Moordevitz verschwunden, also Ihre Urgroßmutter, mit allen drei Kindern und das Schloss stand leer. Der Freiherr war 1943 gefallen. Die Gelegenheit ließen sich die Dorfbewohner natürlich nicht entgehen – so viel konnte man auf eine Flucht ja nicht mitnehmen, es musste also noch allerlei Nützliches und Brauchbares im Schloss zu finden sein.

Die meisten waren mehr an Essbarem und Kleidung interessiert als an schweren Eichenmöbeln. Die alte Burmestersche, also die Mutter vom alten Burmester, die war damals selbst noch ein Kind. Die hat in dem Schloss Freundschaft mit einem kleinen Jungen geschlossen. Tagelang wusste niemand was von dem Jungen, aber irgendwann beobachteten ihre Eltern die beiden Kinder im Schlosspark. Sie erkannten sofort Carl, den jüngsten Spross der von Musing-Dotenow zu Moordevitzens. Der Junge lebte ganz allein in dem leeren Schloss, ernährte sich von den Resten, die die Dorfbewohner noch nicht geplündert hatten. Aber das konnte natürlich nicht ewig so weitergehen, also nahmen die Eltern der Burmesterschen Carl mit nach Hause. Allmählich konnten sie ihm entlocken, was passiert war. Oder vielmehr, was er glaubte, was passiert war.

Er war mit Mutter, Schwester und Bruder aufgebrochen zum Bahnhof in Spökenitz. Dort warteten sie auf den angekündigten Zug in Richtung Westen, als Fliegeralarm gegeben wurde und die Durchsage kam, alle sollten sich in die Unterführung zurückziehen.

Von ‚zurückziehen' konnte allerdings keine Rede sein – eine wilde Panik und kopflose Flucht brach aus. Carl wurde von den Menschenmassen mitgerissen, rannte mit ihnen die Treppe hinab und merkte erst unten, dass seine Familie nicht mehr bei ihm war. Dann schlug am Treppenabgang eine Bombe ein, alles war nur noch Feuer und Chaos. Es gelang dem Jungen irgendwie, durch die Menschenmassen einen anderen Aufstieg zu erreichen. Mutter oder Geschwister fand er aber nicht wieder. Er dachte, sie seien in den Flammen umgekommen, und fand irgendwann die Kraft, zurück zum Schloss zu marschieren.

Carl war also der Bruder Ihres Großvaters, Johanna. Als nach dem Krieg langsam alles wieder in geordneten Bahnen lief, fanden Burmesters heraus, dass die von Musing-Dotenow zu Moordevitzens keinesfalls bei dem Bombenabwurf ums Leben gekommen waren, sondern ganz im Gegenteil den Zug wie geplant bestiegen hatten und wohlbehalten in Niedersachsen angekommen waren. Carl wuchs bei Burmesters auf, er war für den heutigen alten Burmester der Lieblingsonkel, trotz seiner ... naja. Vergessen hat er die alte Geschichte und die Familie, die ihn auf dem Bahnhof im Stich gelassen hat, aber nie. Und sorgte dafür, dass das auch im Dorf niemand vergaß."

Katharina schnaubte. „Selbst ich kann mich noch erinnern, wie er auf der Friedhofsbank saß und lamentierte. Und das auch zu Recht. Ich bitte Sie, wer tut so was!"

Johanna schüttelte nur hilflos den Kopf. „Ich hatte keine Ahnung. Ich meine, natürlich wusste ich von der Flucht und dem Schloss in Moordevitz. Ich wusste auch, dass es hier im Osten noch einen Familienzweig gab. Aber von dieser schrecklichen Geschichte habe ich niemals gehört. Wo ist Carl jetzt? Lebt er noch in Moordevitz?"

„Nein, er starb kurz vor der Wende an Leberzirrhose", erklärte Hertha.

„Leberzirrhose? Hatte er ein Alkoholproblem?", fragte Johanna und hatte ein Bild vor Augen, in dem Carl auf der Friedhofsbank nicht nur lamentierte, sondern auch eine Batterie Flaschen neben sich stehen hatte.

Hertha nickte. „Ja, allerdings. Das fing schon während der Ausbildung an. Hier im Dorf wuchs Carl als ein Burmester auf, obwohl natürlich alle wussten, wer er wirklich war. Aber niemand wollte es sich mit einem Bauhandwerker verderben, es konnte immer mal passieren, dass man einen brauchte. Als er an die EOS in Musing-Dotenow wollte, um Abitur zu machen, geriet er an einen Zweihundertprozentigen, in dessen Augen der Adelsspross nicht dem sozialistischen Menschenbild entsprach. Carl bekam keinen Platz, obwohl seine Noten einwandfrei waren und er auch nie aufgefallen war. Aber die Abstammung stimmte eben nicht, obwohl das natürlich nicht der offizielle Grund war. Offiziell hatte er nicht die nötige politisch-moralische Reife. Ohne Abitur konnte er nicht studieren. Und damit fing das Elend an. Er fing an zu trinken, ließ seinen Frust an der Bushaltestelle aus. Es wurde besser, als er seine Frau kennenlernte und heiratete. Aber dann ging es wie so oft – sie lernte einen anderen kennen. Mit dem verschwand sie spurlos. Es ging das Gerücht, sie wären über die Ostsee in den Westen abgehauen. Danach ist Carl endgültig abgestürzt. Sein Sohn hat sich so manches Mal zu Burmester geflüchtet, weil er es zu Hause nicht aushielt. Und hat sich dabei zu einem Mustersozialisten entwickelt. Als FDJ-Mitglied, beim Ernteeinsatz und wann immer hier im Ort ein Subbotnik stattfand, Carls Sohn war immer vorneweg. Aber ..."

„Aber?"

Hertha zögerte. „Das war seltsam. Einmal half er mir bei einer der Aktionen ‚Schöner unsere Städte und Gemeinden', meinen Vorgarten in Ordnung zu bringen. Ich habe ihn auf ein Glas Himbeersaft eingeladen. Und da habe ich ihn erwischt, wie er eins von meinen alten Fotos einstecken wollte. Eins von dem Schloss, wie es früher aussah. Ganz sicher bin ich nicht, ob er es wirklich stehlen wollte, als ich reinkam, stellte er es rasch wieder an seinen Platz. Etwas zu rasch. Und dann – etwas später ging ich zum Konsum, der war ja damals hier." Hertha wies in die Küche um sich herum. „Da stand er hinter einer der Kastanien und murmelte: ‚Irgendwann gehört das alles mir.' Und es sah aus, als würde er das Schloss meinen." Hertha schüttelte sich leicht.

„Naja", meldete Katharina sich zu Wort. „Wenn man unter solchen Umständen aufwächst, hinterlässt das vermutlich bei jedem Spuren. Vielleicht hat er sich mitunter so elend gefühlt, dass er wirklich von einem besseren Leben als Märchenprinz geträumt hat."

Hertha nickte, wenn auch etwas zögernd. Dann fuhr sie fort: „Daher kommt jedenfalls der Hass der Burmesters auf Sie. Es wird noch etwas dauern, bis sich das auswächst."
Eine Weile herrschte Schweigen am Tisch, bis Johanna seufzend die Luft ausstieß. „Keine Ahnung, was ich da tun kann. Ich meine – ich kann absolut verstehen, dass die Leute hier nicht gut auf meine Familie zu sprechen sind. Aber ..."

Hertha verteilte die Erdbeeren. „Aber es ist nicht Ihre Schuld. Das geschah fast ein halbes Jahrhundert vor Ihrer Geburt."

„Für Burmesters fühlt es sich aber offenbar an, als wäre es erst letzte Woche geschehen." Katharina zog die Brauen zusammen. „Ich kapier's nicht. Ich kapier nicht, wie man seelenruhig in einen Zug steigen kann, wenn ein Kind fehlt."

Johanna stieß kopfschüttelnd die Luft aus. „Nee, das verstehe ich auch nicht. Aber letztlich wissen wir nicht, wie es aus deren Sicht war. Ob sie wirklich so ‚seelenruhig' in den Zug gestiegen sind. Vielleicht hat meine Urgroßmutter umgekehrt gedacht, der Junge sei im Feuer umgekommen, und sie wollte wenigstens die anderen Kinder in Sicherheit bringen." Sie starrte vor sich hin. „Aber das kriege ich raus. Großmutter Adelheid lebt noch. Sie sitzt im Rollstuhl und ist fast neunzig Jahre alt, aber sie ist absolut klar im Kopf. Sie muss das wissen. Und sie muss es mir erzählen. Aber warum haben Burmesters nie versucht, mit der Verwandtschaft des Jungen Kontakt aufzunehmen, wenn sie wussten, dass es die noch gab?"

Hertha sah sie vielsagend an. „Burmesters hatten in der DDR ein eigenes Unternehmen. Das zu führen, war schwierig genug unter sozialistischen Bedingungen. Da wollten sie nicht unbedingt noch auffallen, indem sie Briefe an die ehemaligen Feudalherren schrieben."

Die drei löffelten einen Moment schweigend ihre Erdbeeren, dann nahm Johanna den Faden wieder auf. „Und dieser Sohn von Carl? Wohnt der noch hier?"

Hertha füllte die Schale wieder auf und schüttelte den Kopf. „Nein, der ist kurz nach der Wende weggezogen. Also vor etwa dreißig, nein einunddreißig Jahren. Danach hatte wohl auch Burmester keinen Kontakt mehr zu ihm."

Katharina hörte auf zu essen, spielte gedankenverloren mit dem Löffel. „Ist es … Frau Böhmer, halten Sie es für möglich, dass der Hass von Burmester so weit geht, dass er für die Anschläge verantwortlich ist? Gelegenheiten hätte er gehabt, hier Ziegelsteine herunterfallen zu lassen oder die Stalltür zu verriegeln."

Hertha runzelte die Stirn und sah aus dem Fenster in die Dunkelheit. „Gelegenheit – ja. Ich könnte mir auch vorstellen, dass er Johanna vertreiben wollte. Der Stein – von mir aus. Er könnte ihn absichtlich so geworfen haben, dass er Johanna einen Schreck einjagt, aber keinen wirklichen Schaden anrichtet. Aber ein Mord? Nein, das traue ich ihm nicht zu."

Katharina spielte weiter mit dem Löffel. „Das sagen alle Bekannten und Verwandten von Mördern. Aber nein, ich traue es ihm auch nicht zu."

„Die Bremsleitung passt auch nicht", sagte Johanna. „Wie hätte Burmester an den Barkas gelangen sollen?"

„Das wäre kein Problem", antwortete Katharina. „Immerhin ist sein Sohn der stellvertretende Wehrführer. Da könnte er sich den Schlüssel zur Wagenhalle ‚ausleihen'. Aber die Gelegenheit allein macht es noch nicht. Und das Motiv wäre nach fünfzig Jahren bei aller Abneigung ein bisschen schwach. Nee, ich muss mir wohl einen anderen Tatverdächtigen suchen. Zeigen Sie mir doch mal, wo genau Sie das Schulterstück gefunden haben."

Katharina schob ihren Stuhl zurück und stand auf. Johanna erhob sich ebenfalls und wandte sich zur Küchentür. Hertha kramte eine Taschenlampe aus einer Schublade hervor und reichte sie Johanna. In der Tür von Herthas Wohnung zur Halle blieb Johanna stehen und drehte sich um.

„Nee."

„Nee?" Katharina zog die Brauen hoch.

„Nee. Ich meine, natürlich zeige ich Ihnen, wo das Schulterstück gelegen hat. Aber Jens? Jens ist ein Sturkopf, grantig, unhöflich – aber bestimmt kein Mörder. Wenn der hier war, um was mit dem Toten zu besprechen wegen des Dorffestes oder was weiß ich, dann hat Herr Hansen mit Sicherheit noch gelebt, als Jens ihn verlassen hat. Und wir kommen inzwischen klar."

Katen, Freilichtmuseum Klockenhagen,
https://freilichtmuseum-klockenhagen.de

27

Die ersten Vögel sangen schon um die Wette, als Johanna noch einmal versuchte, in ihr eigenes Bett zu gehen, an Hertha scheiterte und sich abermals auf deren Sofa wiederfand. Katharina nahm Johannas Angebot, statt ihrer im VW-Bus zu übernachten, dankbar an und wurde von Hertha mit Kissen und Decke ausgerüstet.

Johanna war gerade eingedöst, als sie wie von der Hornisse gestochen wieder hochfuhr.

Der Junge. Carl. Dessen Sohn. Der Sohn von Carl war Onkel Horst! Natürlich! Warum war ihr rauchvernebeltes Gehirn nicht gleich darauf gekommen? Onkel Horst war aus Moordevitz und der Wegzug von Carls Sohn aus Moordevitz fiel zeitlich mit dem Auftauchen von Horst in der elterlichen Villa zusammen. Die Verwandtschaftsgrade passten sowieso. Onkel Horst war ein Neffe von Großmutter Adelheid und dem verstorbenen Großvater Gustav. Und Gustav war Carls älterer Bruder.

Horst hatte nie von seiner Kindheit in Moordevitz erzählt. Johanna hatte gelegentlich nachgefragt, aber er hatte immer abgewiegelt. Nachdem, was Johanna vorhin erfahren hatte, wollte er den Teil seines Lebens womöglich am liebsten verdrängen.

Als Johanna am späten Vormittag im Gefolge der Hunde wieder in Herthas Küche schlurfte, fand sie nur zwei Zettel vor. Der eine war von Hertha, sie war zum Markt nach Spökenitz gefahren und würde erst gegen Mittag zurück sein. Unter der Nachricht fand Johanna genaue Anweisungen zur Bedienung von Backofen und Kaffeemaschine, zum Auffinden von Brötchen, Marmelade und Butter und zum Einstellen der Eieruhr. Schmunzelnd legte Johanna den Zettel wieder auf den Tisch. Immerhin traute Hertha ihr ohne genauere Instruktionen zu, den Wasserhahn zu bedienen. Der andere Zettel war von der Kommissarin, die sich für die Übernachtung im Bus bedankte. Sie hatte seit Langem das erste Mal wieder ruhig und erholsam geschlafen und war bereits ins Büro gefahren.

Die Kaffeemaschine verbreitete köstlichen Duft und das Röcheln und Keuchen, das nur bei Kaffeemaschinen gemütlich klang. Die Kreissäge hatte heute frei, nur vom äußeren Ende des Seitenflügels klang Hämmern und Klopfen herüber. Irgendwo freute sich jemand, seinen Bolzenschneider wiedergefunden zu haben. Johanna döste schon wieder ein, wurde aber vom Klingeln ihres Handys wachgerüttelt. Sie sah aufs Display – Onkel Horst.

„Hallo? Guten Morgen!"

„Johanna! Du meine Güte, wie geht es dir? Das ist ja furchtbar!"

„Äh ..."

„Na, der Brand! Das kam eben in den regionalen Nachrichten!"

„Bei euch in Niedersachsen?"

„Nein, Liebes, ich sehe doch immer MV-TV. Und als ich eben die Bilder sah – schrecklich! Aber dir ist nichts passiert?"

Johanna schüttelte den Kopf, bis ihr einfiel, dass Horst das nicht sehen konnte. „Nein, ist alles gut gegangen." Sollte sie ihm erzählen, dass jemand sie eingeschlossen hatte? Besser nicht. Wozu ihn beunruhigen? In den Nachrichten konnte das nicht vorgekommen sein.

„Es war ja bloß der alte Stall. Dem Schloss geht's gut, die Renovierung schreitet voran, seit Frau Böhmer das Regiment führt."

Einen Moment herrschte Stille am anderen Ende der Leitung. „Frau Böhmer? So." Wieder eine Pause. „Die Frau Böhmer, die dir das Schloss verkauft hat? Und jetzt beschäftigst du sie als Haushälterin? Kennst du diese Hertha Böhmer? Ich meine, wie gut kennst du sie?"

Johanna zögerte. Ja, wie gut kannte sie Hertha Böhmer? So gut, wie man seine Haushälterin eben kannte, wenn man sie erst seit wenigen Tagen hatte. „Ich weiß nicht – ich hatte bislang keinen Grund zur Klage. Warum fragst du, Onkel Horst?"

„Sei vorsichtig, Kind. Nicht alle im Dorf sind so nett, wie sie scheinen."

Ja, den Eindruck hatte Johanna auch gewonnen. Aber Hertha hatte sie aus dem brennenden Stall gerettet. „Wie meinst du das, Onkel Horst?" Und nach einer kurzen Pause fuhr sie fort: „Gibt es irgendwas zu Frau Böhmer, was ich wissen sollte?"

Horst schwieg. Johanna wollte schon das Thema wechseln und überlegte, wie sie die Rolle der Bank bei den Landkäufen von Golfotel ansprechen könnte, als er doch antwortete. „Das ist nichts für ein Telefongespräch. Ich habe auch nicht so viel Zeit, ich bin auf dem Sprung zum Flughafen, weil ich zu einem Meeting nach London muss. Ich wollte mich nur vergewissern, dass es dir gut geht. Lass uns ein anderes Mal ausführlicher reden. Mach es erst mal gut!"

Johanna wünschte Onkel Horst eine gute Reise, dann hatte er auch schon aufgelegt. Nachdenklich verspeiste sie ein Brötchen mit Herthas himmlischer Erdbeermarmelade. Wie gut kannte sie Hertha? Eigentlich so gut wie gar nicht. Aber es schien ihr unvorstellbar, dass Hertha Ziegelsteine auf sie warf. Doch wie hatte die Kommissarin gesagt? „Das sagen alle Bekannten und Verwandten von Mördern." Wo war Hertha gewesen, als der Stein fiel? In der Küche, oder? Auf keinen Fall oben auf der Galerie. Und Hertha hatte sie aus dem brennenden Stall gerettet. Wenn sie ihr wirklich

Böses wollte, hätte sie sie einfach in Feuer und Rauch umkommen lassen können. Allerdings war der kurze Meier dabei gewesen. Vor dem hätte sie den Schein wahren müssen.

Nein. Stopp. Keine grundlosen Verdächtigungen. Damit machte sie sich nur selbst verrückt.

Dann doch besser über Golfotel nachdenken. Obwohl sie das auch nicht weiterbrachte, da würde sie mit Dr. Kleinschmidt reden müssen und der rief nicht zurück und nahm auch keinen ihrer Anrufe entgegen.

Johanna gab jedem Hund eine Scheibe Käse und versicherte beiden, es gäbe in einer Viertelstunde richtiges Frühstück für sie. Dann nahm sie ihr Smartphone und wählte Großmutter Adelheids Nummer. Mit einem schlechten Gewissen, denn ein Gespräch mit Oma war niemals innerhalb einer Viertelstunde zu schaffen. Schon gar nicht bei dem Thema, das sie vorhatte anzusprechen.

Adelheid meldete sich nach dem dritten Klingeln, bei ihr dauerte es nie lange. Sie erzählte munter vom Frühstück, von dem Buch von Thomas Mann, das sie gerade zum vierten Mal las, von ihren Plänen, ins Theater zu gehen, und von irgendeiner Dokumentation im Regionalfernsehen über eine Ausstellung altpersischer Kunst. Wenigstens hatte sie keine Nachrichten über Brände in Schloss Moordevitz und zugehörigen Ställen gesehen.

„Aber erzähl von dir, Johanna! Lebst du dich ein? Und gefällt dir das Schloss? Schick mir bitte unbedingt bald neue Fotos!"

„Oma, wir sind noch mitten im Renovieren, auf den Fotos würdest du nur Gerüste, Betonmischer und Farbeimer sehen." Und Stricke, die von Decken baumeln. Ziegelsteine, die von der Galerie gefallen waren. Verrußte Wände im Pferdestall.

„Oma? Darf ich dich mal was fragen?"

Das gemütliche Geplauder ihrer Großmutter wich abrupt einem höchst ungemütlichen Schweigen. „Du hast davon gehört. Irgendjemand im Dorf hat dir davon erzählt. Nun, das war natürlich nicht zu vermeiden." Die alte Dame seufzte. „Wir hätten es dir erzählen sollen, bevor du nach Moordevitz gegangen bist." Sie verstummte wieder.

Nach einer Weile hakte Johanna vorsichtig nach. „Du könntest es mir ja jetzt erzählen. Wieso ihr ... Was 1945 im Bahnhof von Spökenitz geschehen ist."

„Ich war nicht dabei, Johanna. Gustav und ich waren damals selbst Kinder, ich traf deinen Großvater erst zehn Jahre nach dem Krieg wieder. Aber er erzählte mir kurz vor der Hochzeit davon. Seine Mutter – du warst zwei, als sie starb, du wirst dich kaum an sie erinnern –, sie hat nie darüber gesprochen. Nie. Aber Gustav war das älteste der drei Geschwister, er erinnerte sich natürlich an die Szenen im Bahnhof. Die Hektik, das Durcheinander. Dann der Fliegeralarm, die Befehle, in die Unterführung zu flüchten. Gustavs Mutter beschloss, nicht in die Unterführung zu fliehen. Der Zug sollte jeden Moment kommen. Was wäre, wenn sie den Zug verpassen würden? Es wäre der letzte, hatte es geheißen. Als sie dann merkten, dass der Junge fehlte, stand meine Schwiegermutter kurz vor einem Nervenzusammenbruch. Der Lärm der Flieger, die hetzenden Leute und dann feststellen – das Kind ist weg! Grausige Vorstellung. Was sollte sie tun? In dem Chaos hatte sie Mühe, Christine und Gustav nicht auch noch zu verlieren.

Dann sah Christine Carls Teddybären am Treppenabsatz. Sie rief nach Carl und rannte ohne Vorwarnung los. In dem Augenblick fiel eine Bombe und alles war nur noch Feuer. Christine kam in den Flammen um, sie war direkt in die Explosion hineingelaufen. Die ganze Unterführung schien in Flammen zu stehen, Rauch und Feuer drangen von unten herauf und genau in dem Moment lief der Zug ein. Schwiegermutter zerrte Gustav in einen Waggon, das Gepäck ließ sie am Bahnsteig stehen. Er wusste noch, dass sie ihn mit beiden Händen so fest gehalten hat, dass er blaue Flecken davontrug."

Großmutter Adelheid schwieg eine Weile. Flammen. Brüllende, fauchende Flammen. Und mitten in ihnen eine schreiende Gestalt. Johanna kniff die Augen zusammen, riss sie wieder auf und schüttelte sich. Der Bericht der Großmutter hatte unversehens die Bilder ihrer Alpträume hervorgerufen.

Aber das war kein Traum gewesen, die entsetzliche Geschichte war damals wirklich passiert. Sie versuchte, sich in ihre Urgroßmutter hineinzuversetzen, gab den Versuch bald auf, es schien ihr unmöglich für sie, die das Unglück nicht selbst erlebt hatte. Die die Entscheidung nicht selbst hatte treffen müssen.

Nach einer Weile fuhr Adelheid fort: „Ich glaube, meine Schwiegermutter hat diesen Bahnhof nie wirklich verlassen.“

„Und sie hat nicht mehr erfahren, dass ihr totgeglaubter Sohn noch lebte?“

„Nein. Das haben wir alle erst nach der Wende erfahren, als wir Carls Sohn Horst in Moordevitz trafen. Vor über dreißig Jahren, als wir zur Eröffnung der Bank hier waren. Weil wir dachten, Carl sei tot, haben wir nie gesucht. Zum Glück hatte er ja eine neue Familie gefunden und war dort wohl glücklich. Aber, Johanna, das alles ist ein halbes Jahrhundert her, das sollte mit deinem Leben doch nichts mehr zu tun haben.“

Nun ja, sollte. „Diese neue Familie – Burmesters?“

„Ja, so hießen die. Hast du sie kennengelernt?“

„Sie haben eine Baufirma und arbeiten jetzt hier im Schloss. Obwohl der alte Burmester mich nicht leiden kann. Oder vielmehr unsere ganze Familie. Wegen der Geschichte am Bahnhof damals. Genau genommen wollte erst niemand hier für mich arbeiten.“ Johanna biss sich auf die Lippen. Nun war es doch raus.

„Aber das Ganze ist doch so lange her. Vielleicht hat Horst mit ihm gesprochen, damit er die Arbeiten doch durchführt.“

„Nee, das war Burmesters Sohn, und auch Hertha Böhmer. Die hat Burmester eine Ansage gemacht."

Johanna hörte ihre Großmutter kichern. „Ja, einer Böhmerschen gibt man keine Widerworte, das war schon früher so."

Johanna fiel ins Grübeln. Vielleicht hatte Oma doch recht. Vielleicht hatte der Fortgang der Arbeiten mit dem Kredit zu tun, den Burmesters Sohn aufgenommen hatte. Der laut Frau Weber nicht ausreichend abgesichert war. Da bliebe für Onkel Horst vermutlich etwas Spielraum, um Druck auszuüben.

Eine Möglichkeit, die ihr nicht besonders gefiel. Unter solchen Bedingungen würde sie nie das Vertrauen der Leute hier gewinnen. Aber der Gedanke war vielleicht auch zu weit hergeholt. Oma Adelheid gegenüber erwähnte sie ihn jedenfalls nicht und war dankbar, als die sich nach dem Stand der Renovierungsarbeiten erkundigte. Sie plauderten noch ein bisschen, bis die Großmutter auflegen musste, weil der nette junge Frisör vor ihrer Tür stand.

Johanna zwang sich, ihre Gedanken beiseitezuschieben, um erst einmal den Hunden das versprochene Frühstück zukommen zu lassen. Mit Fressnäpfen und Hunden zog sie auf die Terrasse in die Morgensonne – oder inzwischen eher Mittagssonne. Sie setzte sich mit Blick in den Garten und blendete den Baulärm aus. Während die Hunde sich über ihr Futter hermachten, ging Johanna hinüber zum Stall und inspizierte den Brandschaden. Die Wände des Stalls waren von innen rußgeschwärzt (und immer noch feucht), aber nicht beschädigt. Die Balkendecke war mit einem blauen Auge oder vielmehr ein paar schwarzen Stellen davon gekommen. Zur Sicherheit würde Johanna dennoch etliche Deckenbalken und einige Sparren austauschen lassen.

Sie ging zurück und stieg die Treppe zur Terrasse hinauf, wo David sich schon zufrieden die Schnauze leckte. Goliath wischte mit der Zunge noch mal gründlich den Napf aus.

Kaum hatte Johanna sich im Terrassenstuhl niedergelassen, breitete sich das Gedankenchaos von neuem in ihrem Gehirn aus. Die harmloseste Frage war noch die, was gestern mit Andreas losgewesen war. Er war vermutlich nur zufällig in der Gegend gewesen und zum Einsatz gestoßen. Aber irgendetwas hatte ihn völlig neben sich stehen lassen. Was letztlich seine Privatsache war und sie nichts anging. Sie konzentrierte sich mit aller Kraft auf die geplanten Golfhotels, um jeden Gedanken an irgendwelche Anschläge auf sie zu unterdrücken. Hing ihre Bank bei Golfotel mit drin? Hätte man das vor ihr verheimlichen können? Ja, man hätte. Man hatte. Derzeit sah sie sich in der Filiale Musing-Dotenow erst einmal in den „unteren" Abteilungen um. Das hatte Horst für sinnvoll gehalten und es wäre auch der Wunsch ihres Vaters gewesen. Bis sie an Stellen tätig wurde, an denen sie solche Geschäfte zwangsläufig mitbekam, würden noch ein paar Wochen vergehen. Es sei denn, sie beschleunigte ihren Aufstieg. Zwar verstand sie den Sinn darin, erst einmal die Arbeitsabläufe kennenzulernen – dennoch war ihr Vater tot und sie in wenigen Wochen Eigentümerin des Familienunternehmens. Es lag letztlich bei ihr, wo und wie viel sie sich einmischte. Und wenn die Gerüchte stimmten, dass die Bank sich daran beteiligte, die Menschen aus ihren Häusern zu vertreiben, dann würde sie sich einmischen. Sie musste mit diesem Dr. Kleinschmidt sprechen. Und wenn sie sich in der Personalabteilung seine Privatadresse besorgte und ihn zu Hause aufsuchte. Andererseits – sie dachte an die beiden Growes vom langen Meier. Von denen die eine Growe jetzt auf ihrem ehemaligen Stuhl in der niedersächsischen Filiale saß. Und dort gab es noch jemanden, der für jedwede Art von Information immer die richtige Quelle war.

Johanna nahm ihr Handy und tippte auf die Nummer von Frau Weber. Die ging auch gleich nach dem ersten Klingeln ran.

„Guten Morgen, Tante Weber! Falls du es schon gehört hast – Berichte über meinen Feuertod sind stark übertrieben."

„Feuer… Was?!"

Auweia. Hätte sie sich den Scherz bloß verkniffen. Es kostete Johanna einige Mühe, Frau Weber davon zu überzeugen, dass sie nicht von der Intensivstation aus telefonierte, sondern gesund und munter auf der Schlossterrasse in der Sonne saß.

„Aber nun sag, wie geht es dir, Tante Weber?"

„Oh, soweit gut. Ich bin jetzt auf der Suche nach einer neuen Stelle. Mit meiner Erfahrung sollte mir das trotz meines Alters noch gelingen. Aber wo du schon anrufst, du erinnerst dich an den Kunden, dem dieser unverhältnismäßig hohe Kredit bewilligt wurde? Andreas Burmester aus Moordevitz? Dessen Kredit völlig unüblich nicht über die Filiale Moordevitz, sondern über uns abgeschlossen wurde? Ich weiß jetzt, wer den genehmigt hat. Dein Onkel persönlich."

„Er selbst? Das macht er doch nie persönlich. Ist auch wirklich nicht die Aufgabe der Chefetage." Johanna runzelte die Stirn.

Frau Weber fuhr fort. „Ja, das hat mich auch gewundert. Kennst du diesen Kunden?"

„Andreas Burmester? Ja, den kenne ich. Sein Vater hat eine Baufirma hier. Ich bin der Sache mit dem Kredit aber noch nicht nachgegangen." Das würde sie jedoch bald tun, sehr bald. „Du, Tante Weber, weshalb ich anrufe – sagt dir die Firma Golfotel was? Haben wir mit denen zu tun?"

„Oh ja. Das haben wir." Die Antwort von Frau Weber war so eisig, dass Johanna erschrocken das Handy vom Ohr nahm.

„Äh", machte Johanna und hielt das Smartphone wieder an ihr Ohr. „Lass mich raten, du magst diese Firma nicht."

„Nein, ganz sicher nicht. Ich hätte dich heute auch noch angerufen, denn ich habe vorhin – rein zufällig – einen

Ordner über ein Bauvorhaben von Golfotel bei dieser Growe auf dem Tisch gesehen. Die jetzt deine Stelle hat. Die haben grauenhafte Pläne! Die wollen bei euch da oben hässliche Klötze hinstellen für reiche Leute, die romantischen Fischerhütten und niedlichen Strohdachhäuser sollen alle verschwinden! Hast du das gewusst? Nein, natürlich nicht, sonst würdest du ja nicht fragen. Die machen das hinter deinem Rücken. Ich hab ja gleich gewusst, diese Growe ist eine falsche Schlange, die wickelt deinen Onkel um den Finger und macht krumme Geschäfte. Ja, gut, illegal ist es nicht, Grundstücke zu kaufen und Hotels zu bauen, aber mies ist es trotzdem. Und weißt du was? Diese Growe hier ist mit einem Growe von Golfotel verwandt! Ich weiß noch nicht, wie, aber das kriege ich noch ... oh, ich muss Schluss machen. Dein Onkel kommt gerade, mach es gut, Hannilein!"

Johanna starrte auf ihr Handy. Das war ja mal ein abruptes Ende für ein Telefonat. Offenbar wollte Tante Weber nicht, dass Horst davon erfuhr, dass sie Nachforschungen zur Growe anstellte. Verständlich. Und hatte ihr Onkel nicht zum Flughafen fahren wollen? Vermutlich hatte er wie üblich vor dem Abflug noch tausend Dinge zu erledigen und raste erst in letzter Sekunde los.

Immerhin wusste sie jetzt sicher, was sie schon befürchtet hatte. Es gab Verbindungen zwischen der Bank und Golfotel. Die Frage war, ob Onkel Horst davon wusste oder ob ihn die Growe hinterging.

Eine halbe Stunde später trudelte eine Nachricht von Frau Webers privater E-Mail-Adresse ein. Die enthielt lediglich den Betreff „schöne Grüße" und einen Anhang. Als Johanna den Anhang öffnete, sah sie eine Karte von Moordevitz vor sich. Etliche Flächen darin waren rosa eingefärbt. Noch einmal fünf Minuten später hatte Johanna kapiert, dass es sich um das Land handelte, was Golfotel in einen riesigen Golf- und Hotelpark verwandeln wollte. Das Gebiet reichte bis fast an den Ostrand von Musing-Dotenow und hörte beim Katen vom langen Meier nicht auf. Es umfasste das gesamte Areal zwischen den Flüssen Graadenitz und Moordenitz, bis dorthin, wo die beiden Flüsse sich trennten.

Und mitten drin lag ihr Schloss.

Hatte es noch ganz andere Gründe, dass man sie hier loswerden wollte?

Kirche von Petschow

28

Was soll das hier werden?" Burmester von „Unsere Mauern halten!" fläzte sich auf dem Stuhl, soweit fläzen auf Katharinas ungemütlichem Besucherstuhl möglich war.

Katharina schaltete das Aufnahmegerät ein. „Nur eine Befragung, Herr Burmester." Sie blätterte in ihrem Block – in dem nichts stand, aber das wusste der Verdächtige ja nicht. „Sie haben Vorbehalte gegen Frau Musing-Dotenow?"

„Vorbehalte? Ha!"

Katharina befürchtete einen Augenblick, Burmester würde auf den Boden spucken. Aber er stützte sich nur auf den Tisch. „Ich kann sie nicht ausstehen! Je eher die von hier wieder verschwindet, desto besser!"

„Und da helfen Sie auch ein bisschen nach? Indem, sagen wir, schon mal der eine oder andere Ziegel herunterfällt?"

„Wie bitte? Hat die blöde Kuh mich etwa angezeigt? Die soll sich nicht so anstellen! Wenn sie auf einer Baustelle wohnt, dann fallen auch schon mal Dinge runter! Soll sie doch solange in ein Nobelhotel ziehen!"

„Sie wissen schon, dass Sie eine Baustelle so abzusichern haben, dass eben nicht ‚schon mal' Dinge auf Leute fallen?"

Burmester lief puterrot an und beugte sich vor.

Katharina blieb unbewegt sitzen.

„Wenn sie mich angezeigt hat, dann kann sie ihren maroden Kasten allein wieder aufbauen. Und wenn die Böhmer sich den Mund fusselig redet! Ich gehe!" Burmester sprang auf und marschierte zur Tür.

„Nein. Tun Sie nicht. Hinsetzen! Frau Musing-Dotenow hat Sie nicht angezeigt. Aber wenn ich von Mord erfahre, stelle ich auch ohne Anzeige Fragen!"

Burmester wandte sich um, verharrte dann mit offenem Mund. „Mo..."

„Ja, Mord." Katharina sah, wie Pannicke Luft holte und mahnend den Finger hob. Mit Sicherheit wollte er sie darauf hinweisen, dass es sich allerhöchstens um Mordversuch handeln konnte, denn das potenzielle Mordopfer erfreute sich bester Gesundheit. Aber sie ließ den Kollegen nicht zu Wort kommen, Burmester war gerade so schön geschockt. „Und kommen Sie mir nicht damit, dass sich auf Baustellen auch schon mal Riegel von allein zuschieben!"

Der Bauunternehmer stand noch immer stocksteif da. Dann kam er langsam zurück an den Tisch. „Hör mal, Katharina, ich hab gesagt, dass ich sie loswerden will. Loswerden, nicht umbringen! Was denn überhaupt für ein Riegel?"

Katharina erzählte ihm, dass jemand Johanna in den brennenden Stall eingesperrt hatte, und konnte zusehen, wie Burmesters Wut verrauchte. Er knetete die Hände. „Katharina, du glaubst doch nicht ernsthaft, dass ich ..."

Nein. Glaubte sie nicht. Hatte sie vorher nicht geglaubt und jetzt noch weniger. Burmester würde Johanna den Ziegel in einem Wutanfall vielleicht offen an den Kopf werfen, ihn aber nicht hinterrücks auf sie fallen lassen.

Sie stellte noch ein paar Fragen nach Dingen oder Personen, die Burmester vielleicht aufgefallen waren, aber er hatte nichts Verdächtiges bemerkt.

29

Unzufrieden legte Katharina die langen Beine auf den Schreibtisch, ignorierte den entsetzten Blick des Kollegen Pannicke und spielte gedankenverloren mit dem Klarsichtbeutel, der die Perücke enthielt. Sie hatte nicht die geringste Vorstellung, wer es auf Johanna abgesehen haben könnte. Vielleicht war es besser, sich wieder dem Toten zuzuwenden.

Nicht, dass sie bei dem Fall mehr Ideen zur Lösung hatte.

So kam sie nicht weiter. Sie knallte den Beutel auf den Schreibtisch und verschränkte die Arme. Sie sollte erst einmal etwas ganz anderes tun, das half oft. Sie nahm die Beine vom Tisch und stand auf, hatte aber nicht die geringste Vorstellung, was sie jetzt tun könnte. In der Teeküche müssten noch ein paar Kekse sein und Kaffee sowieso.

Katharina verließ den Raum, um nur Sekunden später wieder hereinzustürzen und sich den Beutel mit der Perücke vor die Augen zu halten. „So eine Frisur hat sie schon!"

Pannicke sah sie nachsichtig an. „Die letzten Tage waren gewiss sehr fordernd, Frau Kollegin, wenn Sie heute Nachmittag frei nehmen möchten, vertrete ich Sie gern."

„Was? Nein. Levke sagte: ‚So eine Frisur hat sie schon'."

Pannicke räusperte sich und bemerkte vorsichtig: „Aber die Kollegin Sörensen ist blond und ihre Frisur ist eher ..."

„Nicht Levke! Die Freifrau hat so eine Frisur!"

Pannicke zog die Brauen erst hoch, dann zusammen, erhob sich und kam näher. „In der Tat, diese Beobachtung ist korrekt. Und nun denken Sie ...“

„Was, wenn der Tote nur aus Versehen zum Opfer wurde? Wenn eigentlich Johanna umgebracht werden sollte? Wenn die beiden Fälle doch nur einer sind?“

Pannicke nickte bedächtig. „Das scheint in der Tat eine Möglichkeit zu sein, die wir im Auge behalten sollten.“

An der Tatsache, dass es zu den beiden Fällen keinerlei brauchbare Verdächtige gab, änderte das allerdings nichts. Andererseits – das Schulterstück. Keine vielversprechende Spur, aber eine, der sie nachgehen mussten.

Darüber wäre es um Haaresbreite zu einem ernsthaften Zerwürfnis zwischen Levke und Katharina gekommen, weil Levke sich rundweg weigerte, ihren Wehrführer zum Verhör zu holen. Ausgerechnet Finn löste das Problem, indem er Jens Haller anrief, während die beiden noch stritten.

„Kannste herkomm?“

Jens konnte und so saßen sie jetzt zu dritt im Büro: ein arglos wirkender Wehrführer, eine für ihre Verhältnisse sehr schlecht gelaunte Levke und eine Kommissarin, die sich nicht allzu viel von dieser Befragung versprach, wenn sie ehrlich war.

Katharina fiel gleich mit der Tür ins Haus. „Du warst kurz vor Kevins Tod noch bei ihm?“

Jens Haller guckte überrascht, dann nachdenklich. „Nee. Nicht kurz vorher, das war zwei oder drei Tage vorher. Wegen dem Dorffest. Kevin wollte unbedingt vor der Tombola auftreten, der Sozialausschuss wollte ihn aber danach haben. Warum?“ Haller fiel die Kinnlade herunter. „Ihr glaubt doch wohl nicht, dass ich den aufgehängt habe!“

„Nee, glauben wir nicht“, kam es von Levke, während Katharina gleichzeitig erklärte:

„Wir haben einen Hinweis, dass du am selben Tag da warst. Denn am Tag vorher hat es gegossen und das Schulterstück war trocken." Sie erntete von Levke einen zornigen, von Jens Haller einen verdatterten Blick.

„Mein Schulterstück? Ihr habt mein Schulterstück gefunden? Wo denn?"

„Du vermisst also eins, ja?" Katharina packte den Beutel mit dem Schulterstück auf den Tisch. „Das haben wir auf der Schlossterrasse gefunden."

Haller betrachtete den Beutel, schüttelte dann den Kopf. „Sieht komisch aus. Is' glaub ich nich' meins."

„Aber das ist ein Brandmeister-Dings! Und das ist der Dienstgrad eines Wehrführers", beharrte Katharina.

„Nee, ist es nicht", schaltete Levke sich ein. „Das ist kein Brandmeister-Schulterstück. Ist bloß Hauptlöschmeister."

„Echt?", kam es unisono von Katharina und Jens Haller, woraufhin Katharina ihn verblüfft ansah.

„Mir doch egal, was für 'n Lametta auf dem Pullover ist. Das Feuer muss aus, darauf kommt's an", brummelte der Wehrführer.

„Und – was heißt das jetzt?" Katharina fühlte sich etwas verwirrt.

Levke kicherte, sie schien ihre gute Laune wiedergefunden zu haben. „Das heißt, dass Lona recht hat. Die witzelt seit Tagen, wann unsere Wehrführung wohl merkt, dass sie die Pullover vertauscht haben."

Katharina drehte und wendete den Beutel. „Gehört das Schulterstück dann deinem Stellvertreter? Andreas? Eure neue Zugführerin weiß offenbar auch nicht über das Lametta Bescheid."

„Wahrscheinlich sind die Dinger in Niedersachsen anders als hier. Ich frag mal das Internet." Levke zückte ihr Handy und hatte nach ein paarmal Tippen und Wischen herausgefunden, dass das Schulterstück des niedersächsischen Brandmeisters dem des Hauptlöschmeisters in Mecklenburg-Vorpommern ähnlich sah.

Katharina versuchte, den Kuddelmuddel mit dem Schulterstück zu entwirren. „Also, du hast Andreas' Pullover? Und dem fehlt ein Schulterstück?"

Jens zuckte die Schultern. „Scheint wohl so."

„Hat Andreas' Pullover denn noch beide Schulterstücke? Also eigentlich der von Jens?", wandte Katharina sich an Levke, die ihr die zuverlässigere Quelle zu sein schien.

Levke nickte. „Ja, hat er."

„Also der, der den Stellvertreter-Pullover hatte, war kurz vor dem Mord bei Kevin. Die Frage ist also – seit wann habt ihr die vertauschten Pullover an? Seit vor oder nach dem Mord?"

Katharina fixierte Jens mit Blicken, aber der hob nur ratlos die Hände.

„Ich frag Lona." Levke verließ den Raum, um zu telefonieren. Zehn Minuten später kam sie wieder herein mit den Worten: „Nach dem Mord. Genau einen Tag danach."

„Okay, Jens, dann bist du raus."

„Raus?"

„Du kannst gehen. Du warst nicht auf der Terrasse."

30

Johanna ging mit ihrer Teetasse an der Terrasse vorbei, berauschte sich an der Farbenpracht der Pfingstrosen, sah kurz nach oben, freute sich über den Fortgang der Dachdeckerarbeiten und wanderte ans untere Ende des Gartens zur alten Jasminlaube. Die mit weißen Blüten übersäten Büsche ließen ihre Zweige weit über die weiße Bank hängen, sodass man darunter sitzen konnte. Es war ein wunderbarer Ort zum Nachdenken und so etwas brauchte sie dringend.

Zwei Tage die Woche hatte sie nachmittags frei, was sie bislang zum Rasen Mähen genutzt hatte. Durchzusetzen, dass sie die Wiese mähen durfte, war nicht einfach gewesen. Johanna hatte mit Unschuldsmiene argumentiert, dass sie ja Bewegung und Kraftsport für ihre Gesundheit bräuchte und Moordevitz nun mal kein Fitnessstudio zu bieten hatte. Und das Mähen des verwilderten Schlossgartens war anstrengend genug, um als sportliche Betätigung gelten zu können. Die beiden oberen Drittel des Gartens hatte sie bereits geschafft und heute wäre die Wiese mit den Apfelbäumen an der Reihe. Hertha hatte ihr beim Frühstück jedoch erklärt, dass sie selbst nachmittags die untere Fläche mähen würde, weil Johanna nach dem Brandanschlag einen ruhigen Nachmittag im Garten genießen sollte.

Johanna prüfte die alte Bank auf Standfestigkeit, ließ sich nieder und ihren Gedanken freien Lauf.

Warum hatte Burmester Junior ausgerechnet in der niedersächsischen Filiale einen Kredit beantragt und nicht in Musing-Dotenow? Diese Frage ließ Johanna keine Ruhe. (Unter anderem deswegen, weil sie dann nicht darüber nachdenken musste, wer ihr nach dem Leben trachtete.) Wahrscheinlich war die Antwort: Wegen Onkel Horst.

Wenn Andreas' Großmutter den Vater von Onkel Horst großgezogen hatte, dann kannten Andreas und Horst sich wahrscheinlich. Und da Andreas keine ausreichenden Sicherheiten zu bieten hatte, hatte er direkt bei Onkel Horst größere Chancen auf den Kredit als in der Musing-Dotenower Filiale. Aber wieder stellte sich die Frage – warum hatte Onkel Horst das nicht erwähnt, als Johanna nach Moordevitz gezogen war?

Johanna stellte den Teebecher auf den Gartentisch und sah in die Obstbäume auf der Wiese. Die Kirschblüte war so gut wie vorbei, aber die Apfelbäume waren übersät mit rosa-weißen Blüten. Wenn Horst die Familien in Moordevitz kannte, dann wäre es für ihn doch ein Leichtes gewesen, für Johannas Vorhaben die Wege zu ebnen. Sollte sie nicht wissen, dass er ihr half? Um sich nicht bevormundet zu fühlen? Was sie ihm früher durchaus öfter vorgeworfen hatte. Hatte doch er bei Burmesters ein gutes Wort eingelegt, damit die Firma den Auftrag für die Renovierung annahm? Aber warum hatte er dann nicht dafür gesorgt, dass die Leute ihr weniger feindselig begegneten? Letztlich war es das Schicksal seines Vaters, auf das sich die Feindschaft ihr gegenüber gründete, da hätte er als Sohn des verlassenen Kindes doch einige gute Worte für sie einlegen können, bevor sie hierherkam!

Warum hatte er nie etwas von der Adoptivverwandtschaft erzählt? Kein „Hey, habt ihr Lust, mal meine Ost-Pflegefamilie kennenzulernen?", nichts dergleichen.

War es nicht merkwürdig, dass Horst der Familie verziehen hatte, Burmester das aber nicht fertigbrachte? Müsste es nicht umgekehrt sein? Onkel Horst hatte sich immer um Johanna gekümmert. Gut, Tränen trocknen über abgerissene Puppenarme oder den ersten Liebeskummer, das war eher die Aufgabe von Frau Weber oder Oma Adelheid gewesen. Aber es hatte Johanna auch nach dem Tod ihrer Eltern nie an etwas gefehlt.

Johanna schüttelte den Kopf und barg das Gesicht in den Händen. Es passte alles nicht zusammen.

Sie sollte sich Bewegung verschaffen, all das Grübeln brachte sie nicht weiter. Da war es besser, den schweren Rasenmäher um die Bäume herumzuzerren und herumzuschieben und sich abzureagieren. Und dabei darüber nachzudenken, wie sie die Fläche in insektenfreundliche Blumenwiesen verwandeln konnte. Was vermutlich weder im Sinne Herthas noch in dem von Großmutter Adelheid war. Johanna grinste in sich hinein.

Dann runzelte sie die Stirn und lauschte. Hertha war vorhin in Richtung Schuppen gegangen, aber es war kein Mähgeräusch zu hören. Was seltsam war, so lange dauerte es nicht, den Mäher zu holen und zur Apfelwiese zu schieben. Johanna raffte sich auf und ging hinüber zum Stallgebäude. Sie vermied den Blick auf die rechte grüne Tür und wandte sich gleich zur linken, die in den Lagerraum führte, den Hertha für Gartengeräte nutzte. Knarrend öffnete sich die Tür – gab es in Schlössern Türen, die sich geräuschlos öffnen ließen? – und Johanna stutzte.

Der Rasenmäher stand nicht an seinem Platz. Wenn Hertha den Mäher geholt hatte, warum mähte sie dann nicht? Da unten gab es keine Nachbarn, mit denen man am Zaun stehen und klönen konnte. Abgesehen davon, dass das ohnehin nicht zu Herthas Angewohnheiten gehörte.

Johanna schloss die Tür wieder und ging zur Apfelwiese hinüber, auf der die Halme hoch im Wind schwankten. Eine Bewegung im rechten Augenwinkel ließ sie den Kopf wenden, aber es war nur ein Spaziergänger auf dem Weg hinter der Schlossmauer. Durch einen der Durchbrüche in der Mauer erhaschte sie einen Blick auf ihn. Er sah fast aus wie Andreas, der wanderte gern mal im Wald. Bevor sie ein „Hallo" hinüberrufen konnte, war er schon verschwunden. Johanna wandte sich wieder dem Gras zu. Sie sah den Griff vom Rasenmäher über den Halmen, aber wo war Hertha? Johanna erreichte den Mäher und sah sich suchend um. Rechts von ihr war das Gras heruntergetreten, eine Spur führte zwischen zwei Apfelbäumen hindurch. „Hertha? Sind Sie hier irgendwo?" Als keine Antwort auf ihr Rufen kam, folgte sie dem zertrampelten Gras zwischen die Bäume. Zwischen dem Pommerschen Schneeapfel und der Doberaner Renette fand sie Hertha.

Sie lag reglos auf der Seite im Gras. Blut sickerte aus einer Wunde am Hinterkopf.

„Und?" Johanna schoss hoch von dem grauen Plastikstuhl. „Wie geht es ihr? Ist sie wach?"

Der Arzt nickte, nahm seine Brille ab und putzte sie. Johanna trat von einem Bein auf das andere, ballte die Fäuste. Sie hätte ihn am liebsten geschüttelt. „Kann ich zu ihr? Wie schlimm ..."

„Beruhigen Sie sich erst mal, Frau Musenow ... Moording ... egal, es geht Frau Böhmer den Umständen entsprechend gut, sie braucht aber Ruhe. Wenn Sie sie nicht aufregen, dürfen Sie einen kurzen Moment zu ihr. Aber nur dann!"

„Ich bin ruhig, ich bin praktisch im Tiefschlaf, wenn das nötig ist, um sie zu sehen." Sie stürmte an dem Arzt vorbei in Richtung Krankenzimmer. Leise öffnete sie die Tür und schlüpfte in den schmucklosen weißen Raum. Sie zog einen Plastikstuhl an Herthas Bett.

Hertha blinzelte, öffnete dann die Augen. „Johanna. Wo bin ich? Im Krankenhaus? Oder träume ich das bloß?"

Johanna schüttelte den Kopf. „Nein, ich fürchte, das ist ein sehr reales Krankenhaus. Ich habe Sie bewusstlos mit Kopfwunde zwischen den Apfelbäumen gefunden. Was ist bloß passiert? Aber nicht aufregen, sonst schlägt der Arzt mich nieder und ich leiste Ihnen hier Gesellschaft."

Hertha versuchte ein Schnauben. „Ich rege mich nie auf. Sich aufzuregen ist in der Regel wenig hilfreich." Dann zog sie die Brauen zusammen. „Ich weiß es nicht."

Ihre Brauen hoben sich erstaunt. „Ich weiß es nicht!"

Sie wandte sich Johanna zu. „Ich wollte Rasen mähen. Ich habe den Mäher aus dem Schuppen geholt. Und dann ... ich weiß es wirklich nicht."

Die Sonne sank bereits, als Johanna wieder zu Hause war. Hertha würde ein paar Tage im Krankenhaus bleiben müssen, deshalb war Johanna ein zweites Mal hingefahren, um ihr einige Kleidungsstücke und Dinge wie Zahnpasta und Haarbürste zu bringen. Nun stand sie wieder an der Brüstung der Terrasse und sah hinunter zu den Apfelbäumen, deren Blüten in der sinkenden Sonne lachsfarben leuchteten, wo nicht der Schatten des Schlosses auf sie fiel. Eine Amsel verabschiedete den Tag mit ihrem Gesang.

Dass Hertha sich nicht erinnern konnte, war bei einer Kopfverletzung nichts Ungewöhnliches, die Erinnerung würde irgendwann zurückkommen. Das hatte der Arzt Johanna erklärt. Die Frage war, ob sie auf Herthas Erinnerung warten konnte. Sie brauchte eine Erklärung für diesen weiteren Unfall. War es ein Unfall? Konnte Hertha so unglücklich gegen einen Baum geprallt sein?

Die Sonne ging unter. Das Weiß der Blüten wurde fahl. Aus den Tiefen der Graadewitzer Heide begrüßte eine Nachtigall die Nacht.

Johanna ging in die Küche, um eine Taschenlampe zu holen. Am Küchentisch stutzte sie kurz, dort lag eine Karte, genauer die Kopie einer alten Karte. Johanna trat näher. Die Kopie trug den Stempel des Landeshauptarchivs in Spökenitz, aber das Original war fast zweihundert Jahre alt. Das zeigte der Vermerk „Kopirt von der Karte de 1827 im Jahre 1853 von A. Fretwurst, Ing.". Irgendetwas an der Karte kam ihr bekannt vor, aber das musste warten. Herthas Unfall war erst mal wichtiger.

Johanna suchte die Taschenlampe in der Schublade neben dem Herd und machte sich auf den Weg hinunter zur Unfallstelle. Im Licht der Lampe fand sie die Spur heruntergetretenen Grases recht schnell wieder und auch den Platz, an dem sie Hertha gefunden hatte. Johanna drehte sich einmal um sich selbst und leuchtete den Boden ab. Weniger als ein Meter neben der Stelle, wo Hertha gelegen hatte, türmte sich ein Haufen Feldsteine. War Hertha gestolpert und zwar so unglücklich, dass sie mit dem Kopf auf diesen Steinhaufen geschlagen war? Johanna leuchtete den Steinhaufen ab, fand aber nichts. Dann ließ sie den Lichtkegel der Lampe verharren.

Neben dem Haufen lag ein einzelner Stein.

Ein Stein mit dunklen Flecken.

31

langsam, langsam! Und halb so laut bitte, ich bin nicht taub." Katharina richtete sich von der Isomatte auf, die sie sich seit zwei Nächten auf dem Boden des Besprechungsraums der Polizeistation ausrollte. Sie hielt das Handy weiter weg vom Ohr, bis Johanna sich beruhigt hatte und leiser sprach.

„Ja, in Ordnung, ich komme raus und sehe mich um."

Katharina legte auf und sah grübelnd vor sich hin. Von adliger Contenance konnte bei der Freifrau im Moment absolut keine Rede sein. Katharina hatte nicht alles verstanden, aber es ging um Hertha. Um eine verletzte Hertha. Auch wenn sie eigentlich seit einer Stunde Feierabend hatte und sich auf eine ruhige Nacht im Büro gefreut hatte, das würde sie sich ansehen. Sie krabbelte aus dem Schlafsack und schlüpfte in ihre Klamotten.

Sie war schon aus der Bürotür hinaus und lief den Flur entlang, verlangsamte ihren Schritt aber wieder. Johanna hatte etwas von einem Steinhaufen erzählt. Von einem Steinhaufen zwischen Apfelbäumen. Im Gehen zerrte sie ihr Handy aus der Hosentasche.

„Jörn? Diese Stein-Sammel-Aktion, die ihr letzten Herbst für Frau Böhmer gemacht habt ... ja, ich weiß, dass sie gut gezahlt ... nein, es gibt nicht noch mehr Steine zu ... Jörn, halt die Klappe und lass mich ausreden! Ich brauch die Bilder. Ja, die Bilder von den Steinhaufen! Alle! Ja, natürlich sofort!"

Katharina fand Johanna auf der dunklen Wiese am Fuß eines Apfelbaums sitzend. Bei ihrem Anblick rappelte sich die Freifrau vom Boden hoch und strich sich die Haare aus dem Gesicht. „Danke, dass Sie gleich gekommen sind, vielleicht hat das alles gar nichts zu bedeuten, aber ..."

„So, wie sich in Ihrer Umgebung Unfälle häufen, befürchte ich, es hat was zu bedeuten. Also erzählen Sie mal."

Johanna holte tief Luft, schloss kurz die Augen, als wollte sie sich beruhigen, und deutete auf verschiedene Stellen. „Hier stand der Rasenmäher. Und von da aus geht hier der Pfad durch das Gras – den bin ich jetzt schon zweimal, nein, dreimal gegangen. Spuren von jemand anderem gibt es wohl nicht mehr."

„Nein, wohl nicht, aber wir sollten jetzt trotzdem ein Stück daneben gehen. Wo führt die Spur hin?"

„Dahin, wo ich Hertha gefunden habe, kommen Sie."

Beide gingen im Licht ihrer Taschenlampen neben dem Pfad durch das hohe Gras bis zu der Stelle, wo Hertha gelegen hatte.

„Sie lag mit dem Kopf zum Schloss hin", erklärte Johanna. „Und das da ist der einzelne Stein. Den habe ich nicht angefasst."

Katharina betrachtete den Steinhaufen, den einzelnen Stein und holte dann ihr Handy hervor. „Können Sie meine Lampe mal halten?" Sie gab Johanna ihre Lampe, entsperrte ihr Handy und wischte durch die Bilder von Jörn. Dann sah sie zwischen Display und Steinhaufen hin und her. „Mit dem Kopf nach da?"

Johanna nickte.

Katharina kniff kurz die Augen zusammen. „Leuchten Sie mal auf den Stein. Sehen Sie? Der ist recht gut von den anderen zu unterscheiden durch seine rötliche Farbe. Sandstein, sagt mein superschlauer Neffe, die anderen sind überwiegend Kalkstein. Alles Geröll, das in der Eiszeit hier gelandet ist. Er hat sich mit zwei Kommilitonen letzten Herbst ein paar Euro verdient und für Hertha die Steine aus der Wiese geklaubt. Dann haben sie stolz wie Bolle ihren Steinhaufen fotografiert." Sie zeigte Johanna ein Foto von dem Steinhaufen auf dem Smartphone. „Und sehen Sie hier – der Stein da, der hat hier auf dem Haufen gelegen. Da am rechten Ende. Hertha hat aber, wie Sie sagen, mit dem Kopf am linken Ende gelegen. Wenn sie also gestolpert und zufällig auf den Haufen gefallen wäre, dann hätte der betroffene Stein am linken Ende herunterfallen müssen."

Johanna schlang die Arme um sich. „Und – das heißt?"

Katharina antwortete nicht sofort. Sie streckte die Hand aus, Johanna verstand und gab ihr die Lampe zurück. Katharina ging um den Fleck heruntergedrückten Grases herum und umrundete den Steinhaufen. Hinter dem rechten Ende des Haufens ging sie in die Hocke und leuchtete um sich. „Hier ist das Gras auch niedergedrückt."

Dann ging sie zu Johanna zurück. „Also, wenn Sie mich fragen – da am Steinhaufen hat jemand gehockt, den Stein vom Haufen genommen und nach Hertha geworfen. Der Stein fiel dann hier zu Boden, Hertha klappte zusammen und fiel mit dem Kopf dorthin."

Es mochte an dem grellweißen Licht der LED-Lampen liegen, aber Johanna wirkte sehr bleich.

„Alles in Ordnung?", fragte Katharina, nachdem sie mit der Spurensicherung telefoniert hatte.

Es dauerte einen Moment, bis Johanna reagierte. „Ja. Ja, doch, alles okay."

Katharina hielt das für nicht mehr als eine Höflichkeitslüge. Aber zunächst musste sie sich um diesen Stein kümmern. Sie fotografierte ihn, seine Lage und den Steinhaufen und packte den Stein dann in einen Plastikbeutel. Es könnte in der zweiten Nachthälfte regnen, besser war es, den Stein vor der Nässe in Sicherheit zu bringen, denn die Spurensicherung aus Spökenitz würde erst am nächsten Morgen kommen können.

„Sind Sie sicher, dass ich Sie jetzt alleinlassen kann?", fragte sie nach.

Johanna zögerte und fragte dann vorsichtig: „Wenn Sie noch ein Bier möchten?"

„Immer."

Katharina ließ sich auf einem der Terrassenstühle nieder, während Johanna ein Windlicht und zwei Flaschen Bier herausholte. Schweigend öffnete sie die Flaschen an der Tischkante und reichte Katharina eine hinüber. Ihre beiden ungleichen Hunde waren ihr gefolgt und quetschten sich unter den Terrassentisch. Dann setzte Johanna sich und zog die Beine auf den Stuhl. Eine Position, die Katharina wegen der Länge ihrer Beine verwehrt war. Sie nahm die Flasche, prostete Johanna kurz zu und revidierte ihr Urteil über die Freifrau endgültig. Bierflaschen an der Tischkante zu öffnen, das hatte sie trotz zweier älterer Brüder nie hingekriegt.

„Also ist Hertha meinetwegen niedergeschlagen worden."

„Moment, Frau ... Johanna. Ich glaube zwar auch, dass Hertha niedergeschlagen wurde. Aber warum Ihretwegen?"

Johanna zuckte die Schultern. „Wem hat Hertha denn was getan? Der meinte doch bestimmt mich. Zumal das Mähen immer meine Aufgabe war."

„Aber wenn der da unten hinterm Steinhaufen gelegen und gewartet hat – dann müsste er ja gewusst haben, dass Sie heute mähen."

„Ich habe an jedem freien Nachmittag ein Stück gemäht, also mittwochs und freitags."

„Hm." Katharina nahm einen Schluck Bier. Dann wäre es möglich, dass der Täter gewartet hatte. „War das etwa auch eine Verwechslung?", murmelte sie vor sich hin.

„Wieso ‚auch'?"

Katharina hätte sich ohrfeigen können, entschloss sich aber, die Wahrheit zu erzählen. „Weil der Erhängte vermutlich eine Verwechslung war. Der Täter hat wahrscheinlich Sie gemeint. Kevin Hansen trug bei seinem Tod höchstwahrscheinlich eine Perücke, die Ihrer Frisur recht ähnlich sieht. Er probte fürs Dorffest."

„Ein Toter und eine Verletzte – meinetwegen?", flüsterte Johanna. Ihre Augen standen groß im bleichen Gesicht, dessen Blässe sich nicht mehr mit dem LED-Licht erklären ließ. Dann nahm ihr Gesicht einen entschlossenen Ausdruck an.

„Okay. Dann war es das jetzt."

Katharina zog fragend die Brauen hoch. „Was war was jetzt?"

„Ich verschwinde von hier. Dann muss Großmutter Adelheid jemand anderen suchen, der das Schloss wieder aufbaut. Dass hier meinetwegen Menschen zu Schaden oder sogar ums Leben kommen, das riskiere ich nicht weiter. Ich gehe zurück nach Niedersachsen."

„Aber bitte nicht gleich morgen, ich brauche Sie noch für Ihre Aussage."

Johanna lachte freudlos. „So schnell geht das auch nicht. Ein paar Tage brauche ich noch, um alles zu regeln. Aber Sie können ja schon mal streuen, dass ich abhaue. Dann wird es für die Menschen in meiner Umgebung hoffentlich sicherer. Aus der Feuerwehr trete ich gleich aus. Ein kaputtes LF reicht."

Katharina räusperte sich. „Können Sie sich einen Grund vorstellen, warum der junge Burmester etwas gegen Sie haben könnte? Den alten können wir halbwegs sicher ausschließen."

Johanna sah auf. „Andreas? Nein. Der war in der Feuerwehr von Anfang an nett zu mir, der hat ja dann auch seinen Vater überredet, die Arbeiten im Schloss anzunehmen. Seltsam ist nur ...“

„Ja?"

Johanna erzählte von dem Kredit, den Burmester Junior in der Bank aufgenommen hatte und der von Horst von

Musing-Dotenow persönlich genehmigt worden war, obwohl die Sicherheiten fehlten.

„Passiert das nicht öfter, dass Banken ohne hinreichende Prüfung Kredite vergeben?"

„Aber nicht vom Geschäftsführer persönlich. Und warum in Niedersachsen und nicht in Musing-Dotenow? Andererseits finde ich es einigermaßen weit hergeholt, einen Zusammenhang zu den Unglücken hier zu sehen."

Katharina trank nachdenklich einige Schlucke, bevor sie antwortete. „Das Schulterstück auf Ihrer Terrasse, das war nicht von Jens. Das war von Andreas. Sie haben das verwechselt, weil die hier anders aussehen als in Niedersachsen."

„Oh."

Eine Weile saßen beide schweigend da. Ein Käuzchen rief und eine Füchsin bellte. Hinter dem Schloss ging der Halbmond auf.

„Warum waren Sie eigentlich nie hier? Die Wende ist über dreißig Jahre her", fragte Katharina.

Johanna zuckte die Schultern. „Ich war auch noch nie im Saarland oder in Nordrhein-Westfalen. Dafür in Bolivien und in Nepal." Sie lachte. „Keine Ahnung. Familiengeschichte war früher nie mein Ding und das Schloss war nie groß Gesprächsthema bei uns. Oma hatte sich damit abgefunden, dass sie es nicht zurückkaufen konnte. Und war auch letztlich immer viel zu viel mit der Gegenwart beschäftigt, um alten Zeiten nachzutrauern. Alten Zeiten, die sie selbst im Grunde auch nicht mehr erlebt hatte."

Katharina nickte. Dann sah sie Johanna fragend an. „Können Sie Näheres in Erfahrung bringen? Zu dem Kredit meine ich? Ich glaube nicht, dass ich dazu einen Gerichtsbeschluss bekomme, dafür ist das alles zu dünn."

„Ich versuch's. Vielmehr, das hatte ich ohnehin vor. Bloß ist der hiesige Geschäftsführer, seit ich hier bin, nicht erreichbar. Er hat mir durch seine Assistentin ausrichten lassen, er müsse mich dringend sprechen, aber bitte erst nach seinem Urlaub. Das heißt, nicht vor dem 22. 6." Sie schüttelte den Kopf. „Manchmal denke ich, dass ..." Sie brach ab und sah in den dunklen Garten.

Eine Nachtigall begann irgendwo im Obstgarten zu singen.

„Dass so jemand handelt, der etwas Dringendes auf dem Herzen hat, das aber wegen irgendwelcher Zwänge nicht sagen kann oder darf?", beendete Katharina Johannas Satz.

Johanna nickte langsam. „Und der hofft, dass in drei, vier Wochen entweder das Problem oder die Zwänge verschwunden sind. Dann muss ich doch meinen Onkel aushorchen."

Katharina drehte ihre Flasche eine Weile in der Hand. „Kriegen Sie das auch raus, ohne mit Ihrem Onkel zu reden?" Auf Johannas erstauntes Gesicht hin fuhr sie fort. „Ihr Onkel hat den Kredit genehmigt, obwohl das eigentlich nicht seine Aufgabe ist, wie Sie sagen. Wenn da was faul ist, ist es möglich, dass Ihr Onkel mit drin steckt."
Johanna zog die Brauen zusammen und öffnete den Mund, schloss ihn wieder. Und sprach dann doch. „Er wollte mir von diesem Kredit nichts sagen. Als ich zu Hause abfahren wollte, kam eine Kollegin damit an und er hat sie nicht ausreden lassen. Ich dachte eigentlich, er wollte nicht den Abschied mit geschäftlichem Kram verderben. Aber ... nein. Was sollte der Kredit für Andreas mit dem toten Kevin Hansen zu tun haben? Und was hätte mein Onkel für einen Grund, um ... ja, was? Mich umzubringen?" Sie schüttelte vehement den Kopf. „Nein. Mit Sicherheit nicht."

„Dass Ihr Onkel mit dem Mord zu tun hat, glaube ich auch nicht. Eher schon mit irgendwelchen Mauscheleien mit Golfotel. Aber ich werde Andreas morgen zum Gespräch bitten und da wäre es mir wirklich lieber, wenn er nicht vorher von Ihrem Onkel irgendwas hört. Und sei es in bester Absicht."

Johanna nickte langsam. „Noch eins?"

Katharina bejahte und Johanna holte zwei weitere Flaschen und zwei Decken nach draußen.

Katharina nahm die Flasche und sah sie missmutig an. „Ich konnte das nie. Die Flaschen mit was anderem als einem regulären Öffner öffnen. Meine Brüder haben mich immer ausgelacht, aber mir nie erklärt, wie es geht. Die sind einfach nur doof.“

Johanna lachte. „Kein Problem, das ist nicht schwer. Ich zeig's Ihnen.“

Es dauerte nicht lange, bis Katharina begriffen hatte, wie man die Flasche ansetzen musste, um sie dann mit einem Ruck nach unten zu öffnen.

„Ha! Die werden Augen machen, meine doofen Brüder!“ Sie genoss den ersten Schluck aus der ersten selbst-Tisch-geöffneten Flasche.

Dann musterte sie Johanna forschend. „Wie viel Einfluss haben Sie denn eigentlich hier in der Bank?“

„Einfluss? Offiziell noch nicht so viel, aber inoffiziell vermutlich doch. Brauchen Sie einen Kredit?“

„Nee, 'ne Wohnung.“

„Stimmt, ich weiß. Weil Golfotel Ihr Haus aufkaufen will.“

„Naja, und es gibt Anzeichen, dass Ihre Bank – ich sag mal, Einfluss auf das Ganze hat.“

„Ja. Die Anzeichen gibt es.“ Johanna erzählte von den beiden Growes, die das Bindeglied zwischen Bank und Golfotel darstellten. „Ich weiß das vom langen Meier, weil der natürlich nicht verkaufen will und auch wissen wollte, ob ich dem nicht einen Riegel vorschieben kann. Und ja, ich denke, da kann ich was machen. Die Frage ist, ob mein Onkel davon weiß. Erzählt hat er mir nichts. Und ich wundere mich, dass mich hier keiner leiden kann.“

Sie schlug mit der Hand auf den Tisch. Dummerweise mit der Hand, die die Bierflasche hielt. Katharina fuhr vom Stuhl hoch und brachte sich vor der Fontäne in Sicherheit, die beiden Hunde kamen aufgeschreckt unter dem Tisch hervorgesprungen. Johanna fluchte, kippte dann den Tisch an, damit die Flüssigkeit herunterfließen konnte. „Sorry, sehr nass geworden?“ Sie sah Katharina schuldbewusst an.

Die grinste nur und setze sich wieder. „Irgendwie werden Sie mir immer sympathischer. Hätte von mir sein können.“

„Allerdings“, Johanna nahm den Gesprächsfaden wieder auf, „bin ich wie gesagt nicht sicher, ob er selbst davon weiß. Oder ob die Growe hinter seinem Rücken da was mit Golfotel ausheckt. Andererseits weiß er, dass es solche Nobel-Hotels und toten Rasenflächen mit mir nicht geben wird. Wenn er so etwas plant, schafft er das nur heimlich hinter meinem Rücken. Ich habe dieses VWL-Zeug nur unter der Bedingung studiert, dass ich länger brauchen darf, um nebenbei mein Traumstudium zu machen, und das war Biologie. Damit sehe ich bestimmt nicht tatenlos zu, wie ein gewachsenes Dorf plattgemacht wird, nur damit irgendwelche Bonzen sich dumm und dämlich verdienen. Meine Idee war eigentlich, die Bank in eine umzuwandeln, die sich in nachhaltigen, ökologischen Projekten und Unternehmen engagiert. Dazu gehört bestimmt nicht das Abreißen einer uralten Fischerkate.“

„Und – können Sie das? Die Ausrichtung der Bank ändern?“
Johanna wiegte den Kopf hin und her. „Nicht allein und schon gar nicht sofort. Aber langfristig – ja. Was ich aber ganz sicher kann, ist, die Pläne in Moordevitz stoppen. Mein Onkel ist nur Treuhänder bis zu meinem fünfunddreißigsten Geburtstag. Danach bin ich die Chefin. Das hat Papa im Testament so festgelegt. In der Welt längstem Testament, in dem er wirklich alle Eventualitäten bedacht hat. Unter anderem auch die, die dann eintrat: Horst wurde mein Vormund.“
Der erste Rotschwanz begann zu singen, ein zweiter fiel ein. Bald darauf folgten Singdrossel und Mönchsgrasmücke.

„Und wann ist Ihr fünfunddreißigster Geburtstag?"

„In vier Wochen. Am 21. Juni."

Katharina prustete los. Um Haaresbreite hätte sich die nächste Fontäne über den Tisch und die Hunde ergossen. „Echt jetzt? Meiner auch."

Jetzt mussten beide lachen.

Dann wurde Katharina wieder ernst. „Und wenn nicht? Wenn Sie Ihren fünfunddreißigsten Geburtstag nicht erleben?"

Johanna starrte ins Dunkel. „Dann erbt Onkel Horst und bleibt der Chef. Auch das steht so im Testament."

Schweigend sahen beide zu, wie die Wolken vor ihnen sich rosa färbten. Hinter dem Schloss ging die Sonne auf. Der angekündigte Regen war ausgeblieben, der Himmel war klar und wurde blauer und heller.

„Und? Sind Sie immer noch entschlossen, Ihre Koffer zu packen?", fragte Katharina, stand auf, streckte sich und dehnte das Kreuz.

Johanna schüttelte hilflos den Kopf. „Wenn ich bleibe, sterben Menschen."

„Wenn Sie gehen, stirbt das Dorf."

32

„Guten Morgen, Tante Weber!" Johanna nahm ihre Füße vom Schreibtisch, sobald Frau Weber am anderen Ende abgenommen hatte. Die konnte sie zwar nicht sehen, aber in Gegenwart der Assistentin gehörte sich das einfach nicht.

In Gegenwart der Assistentin – Johanna verschluckte sich über der genialen Idee, die ihr durch den Kopf schoss. „Du, Tante Weber, weißt du was? Meine Assistentin geht in Rente, das ist doch toll! Ich meine, nein, so meine ich das nicht, sie ist nett und absolut fähig, aber möchtest du nicht herkommen und die Stelle übernehmen?"

Frau Weber war einen Moment sprachlos. „Sofort. Ich packe nachher und komme morgen mit dem ersten Zug!"

„Ähm, könntest du vielleicht auch erst in ein paar Tagen kommen? Ich bräuchte nämlich noch ein paar Auskünfte von euch aus Niedersachsen. Zu den Immobilienkäufen hier in Moordevitz." Johanna schilderte, was sie davon wusste.

„Ich soll herumspionieren? Wie aufregend!" Frau Weber klang, als hätte sie den Hauptgewinn gezogen. Endlich konnte sie ihre Neugier auf Anordnung ausleben. „Das passt sehr gut, im Moment, wo doch dein Onkel immer noch in London ist. Er hat eine Nachricht geschickt, dass er ein paar Tage länger bleiben muss. Was genau willst du wissen?"

Frau Weber rief schon mittags wieder an. Sie bedauerte ernsthaft, dass ihre Spionagetätigkeit schon beendet war, hatte aber zu berichten, dass Frau Growe Horst nicht hinterging.

„Ja, stell dir vor, er weiß von alledem! Die Genz aus der Buchhaltung, der habe ich ein paar von meinen Nusskeksen vorbeigebracht, die sie so gern isst, und die hat mir erzählt, dass da in letzter Zeit teure Spesenquittungen eingingen. Dein Onkel, die Growe und der Growe von Golfotel haben des Öfteren im Rittmeister gegessen. Gespeist, muss man in dem teuren Laden wohl eher sagen.“

Allerdings sprach Frau Weber das „gespeist“ aus, als gäbe es im Rittmeister Sägespäne in Essig. „Warum sollte dein Onkel mit dem Growe von Golfotel essen gehen, wenn nicht wegen des gemeinsamen Projektes? Und der Nimmesgern von der Kreditabteilung für Teureres, der hat bei einer Tasse Kaffee erwähnt, dass Golfotel den Kredit für die Hotelanlage bei euch tatsächlich von uns bekommt, von uns hier, nicht aus Musing-Dotenow. Was er überhaupt nicht versteht. Aber die Verträge sind unterschrieben. Und dann habe ich der Koschnik endlich mal die Ringelblumensamen vorbeigebracht, deren Schwägerin ist nämlich bei euch da oben, die heißt, warte mal, egal, die ist jedenfalls die Assistentin von deinem Kleinschmidt. Und der hat sich bei der Assistentin neulich mächtig ausgeheult und aufgeregt, dass wir arroganten Niedersachsen bei euch alles kaputt machen und er dazu verdonnert wurde, den Mund zu halten und dir nichts zu sagen. Er hatte den Kredit nämlich abgelehnt, weniger weil er die Natur so liebt, als weil seine Frau im Stadtrat von Spökenitz sitzt und die nächste Wahl nicht gewinnt, wenn rauskommt, dass die Bank ihres Mannes das fleischfarbene Knabenkraut zerstört. Hannilein, du musst das aufhalten! Ich bin spätestens übermorgen bei dir, dann halten wir die hin, bis zu deinem fünfunddreißigsten Geburtstag. Und dann ...“

„Der Kleinschmidt hat sich einfach verdrückt. Kein Wunder, dass der nicht zu erreichen ist. Aber, Moment, Tante Weber, du hast gesagt, die Verträge sind schon unterschrieben! Wie sollen wir denn dann ...“

„Ja, aber noch nicht abgeschickt. Die sind noch nicht in der Hauspost angekommen.“

„Wie – die sind noch nicht in der Hauspost angekommen? Oh. Will ich wissen, wo die jetzt sind?“

„Aber nein, das willst du nicht wissen. Also wie gesagt, ich komme so bald wie möglich. Dein Schloss hat doch bestimmt noch offene Feuerstellen oder wenigstens einen Kamin?“

In den Recknitz-Wiesen

Das Rostocker Tor in Ribnitz-Damgarten

33

Damit wäre dann ja wohl klar, dass Jens nichts damit zu tun hat!" Kampflustig stemmte Levke die Hände in die Seiten, ihr blonder Pferdeschwanz wippte. „Der saß hier bei uns, als Hertha niedergeschlagen wurde!"

Katharina winkte müde ab, doch das milderte weder das Blitzen von Levkes blauen Augen noch das Wippen des Pferdeschwanzes. Sie erhob sich und erklärte mit leichter Verbeugung: „Ja, du hast recht, Jens ist unschuldig, wir – ich habe ihn vollkommen unberechtigt aus seinem Mittagsschlaf geholt und drangsaliert, ich werde mich in aller Form bei ihm entschuldigen und ihn auf ein Bier einladen."

Die blauen Augen lächelten wieder, der Pferdeschwanz beruhigte sich. „Zwei Bier. Und eine Bratwurst. Und nun? Haben wir einen neuen Hauptverdächtigen?"

„Sieht so aus. Sag ich dir aber nicht, weil du mich dann wieder anblaffst."

Levke runzelte die Stirn. „Wer ist es? Der lange Meier? Oder gar der kurze Meier? Dann such ich mir einen Job in Süddeutschland."

„Du? Nie im Leben. Für dich war doch schon der Umzug von Nordfriesland hierher, als wärst du auf die andere Seite der Erdkugel ausgewandert. Nein, Andreas ist es." Katharina fasste zusammen, was sie von Johanna erfahren hatte. „Und es war ja ganz offensichtlich sein Schulterstück, das in der Terrasse steckte."

„Hm." Levke zwirbelte eine Weile ihren blonden Zopf. „Okay. Wenn es einer von der Feuerwehr sein muss, dann kann ich damit noch am ehesten leben."

Katharina sah sie erstaunt an. „Du magst Andreas nicht?"

„Nee. Nicht mehr. Seit die hier alles aufkaufen wollen."

„Ja, aber doch nicht Andreas, sondern Golfotel."

„Ach! Und was glaubst du, wer davon profitiert, wenn nicht die ortsansässige Baufirma? Der scharwenzelt hier mit so 'nem Architektenfuzzi durch die Gegend und kundschaftet überall aus, was er wo wie bauen kann!"

Katharina war einen Moment sprachlos. „Umso eher ..."

„... sollte ich ihn zum Verhör holen!" Levke stürmte aus dem Büro.

„Eigentlich gebe ich hier die Anordnungen, aber welche Chefin beschwert sich schon über engagierte Mitarbeiterinnen." Katharina sah der Davonstürmenden kopfschüttelnd nach.

Dann vertrieb sie sich die Zeit mit Internetrecherchen. Sie fand auf der Gemeindeseite eine Einladung zu einer weiteren Einwohnerversammlung, auf der der neue Bebauungsplan vorgestellt werden sollte.

Ein neuer B-Plan, soso. Vermutlich einer, der zwingend vorschrieb, einen Hotelkomplex mit Golfanlage zu errichten. Dann gab sie die Bankfiliale derer von Musing-Dotenows in Niedersachsen als Suchbegriff ein und klickte sich durch Artikel und Fotos, ohne etwas Bestimmtes zu suchen, traf aber rasch auf Bilder und Berichte von und über Johannas Onkel. Der hatte definitiv einen anderen Autogeschmack als Johanna. Die schwarze Limousine war länger als Johannas alter VW-Bus und Katharinas Trabbi hätte in den Kofferraum gepasst. Und statt der Hippie-Blumen prangte auf der Fahrertür dasselbe Wappen, das auch über dem Schlosstor verwitterte. Während Katharina den Kopf darüber schüttelte, dass jemand Mäuse und Totenköpfe in seinem Wappen hatte, klingelte ihr Telefon.

Als sie abhob, meldete sich Johanna.

„Haben Sie kurz Zeit?"

„Hübsch hier." Johanna musterte die Fenster des Cafés, die in die meterdicken Turmmauern eingelassen waren. „Tolle Idee, ein Café im Stadttor einzurichten."

„Warten Sie, bis sie erst das Kuchenbuffet gesehen haben." Auf Katharinas Teller befand sich ein Stück Schwarzwälder Kirschtorte.

Johanna holte sich Heidelbeer-Eierlikör-Torte und setzte sich mit Blick auf die Wiesen vor der Stadt. „Danke, dass Sie es einrichten konnten", begann sie.

„Bei dem Kuchen hier immer. Wenn Sie mir jetzt noch eine heiße Spur zu Kevins Mörder servieren, bin ich wunschlos glücklich."

Johanna wiegte den Kopf. „Das wohl eher nicht. Aber es ist tatsächlich so, dass Golfotel das Geld für seine Pläne von uns bekommt. Die Verträge zwischen Golfotel und der niedersächsischen Filiale sind bereits unterzeichnet. Mit dem Vorbehalt, dass der B-Plan so geändert wird, dass die Anlage möglich ist. Im Moment ist sie das wohl noch nicht. Wenn wir die Golfanlagen noch verhindern wollen ..."

„... müssen wir eine Änderung des Bebauungsplans verhindern. Wissen Sie, wie man so was anstellt?"

„Zumindest eine Verzögerung könnte man versuchen, über den Naturschutz hinzubekommen. Wir behaupten, da wüchse irgendwas Seltenes, irgendein – keine Ahnung."

„Burschengewächs?"

Johanna sah Katharina erst völlig verständnislos an. Dann hieb sie begeistert auf den Tisch. „Wow! Echt, da wächst wirklich irgendwo Knabenkraut? Wissen Sie, welche Art? Aber geschützt sind alle Orchideen. Das ist es. Damit können wir das Ganze so lange rauszögern, bis ich fünfunddreißig bin."

„Ja – aber können Sie denn einmal unterzeichnete Verträge wieder rückgängig machen?"

„Oh, wissen Sie, das Personal ist manchmal einfach zu ungeschickt. Die Verträge sind auf dem Weg zur Hauspost abhanden gekommen."

„Abhanden gekommen."

„Ja, aber die Schuldige wird sofort von ihrem Posten in Niedersachsen entfernt." Johanna konnte nicht länger ernst bleiben und prustete los. „Ich habe ihr die Stelle als meine Assistentin hier in Musing-Dotenow angeboten."

Dann wurde sie wieder ernst. „Dann ist Schluss mit dem großen Geschäft. Und damit auch mit den Attacken gegen Mieter, Fischer und mich, denke ich. Hoffe ich. Wenn Golfotel nichts mehr verdienen kann, haben sie keinen Grund mehr, die Leute hier zu schikanieren. Ich setze mich gleich mit dem Naturschutzbund in Verbindung. Und sobald Horst aus London zurück ist, muss ich ihm klarmachen, dass wegen seiner ambitionierten Pläne hier Leute zu Schaden kommen. Dann wird er das von selbst stoppen."

Katharina zog skeptisch die Augenbrauen zusammen. „Hoffentlich haben Sie recht. Was, wenn ... also ich sag das nicht gern, aber Sie müssen die nächsten vier Wochen überleben. Jeder der Anschläge auf Sie hätte tödlich enden können. Und wenn Ihr fünfunddreißigster Geburtstag der Stichtag ist, an dem sich entscheidet, wer das Sagen in Ihrer Bank hat, dann können wir davon ausgehen, dass der Steinwurf auf Hertha nicht der letzte Versuch war, Sie aus dem Weg zu räumen."

34

K ollege Pannicke?" Katharina betrat das Büro, in dem Pannicke bereits am Schreibtisch saß und seine Tastatur reinigte. „Könnten Sie mal so viel wie möglich über eine Gabriele Growe herauskriegen? Sie arbeitet in ..."

„... in der Bank, das ist mir durchaus bekannt, Frau Kollegin. Ich bin bereits seit dreiviertel sieben mit diesen Recherchen befasst. Ich werde Sie in Kürze über meine Ergebnisse informieren."

„Oh. Ja. Natürlich. Danke sehr." Katharina schlich aus dem Büro, um den Kollegen nicht weiter zu stören. Dann würde sie ihre Vernehmung besser im Zimmer von Levke und Finn durchführen.

Katharina wies auf den schwarzen Plastikstuhl ihr gegenüber. Der stellvertretende Wehrführer der Freiwilligen Feuerwehr Moordevitz nahm darauf Platz. Sie meinte, ein winziges Zittern in seiner Hand zu sehen. Gut so. Je nervöser Verdächtige waren, desto eher verrieten sie sich.

Sie schlug eine Mappe auf und zeigte Andreas den Beutel mit dem Schulterstück. „Das ist dein Schulterstück?" Andreas öffnete den Mund, nickte erst nur und sagte schließlich: „Ja, das ist meins, wo habt ihr es denn gefunden? Ich vermisse es seit beinahe einem Monat."

„Einen Monat? Meinst du nicht, dass es eher eine Woche ist? Das sagen jedenfalls deine Kameradinnen. Wenn das Ding seit mehreren Wochen dort gelegen hätte, sähe es außerdem deutlich ramponierter aus." Sie zog den Beutel wieder zu sich her und faltete die Hände auf der Tischplatte. „Reden wir doch mal über die Hotelpläne hier." Jetzt war Katharina sicher, dass Andreas Hände zitterten.

„Die Hotelpläne? Was habe ich damit zu tun?" Er musste sich räuspern, um den Satz zu Ende zu bringen.

„Ich denke, das weißt du besser als ich. Die Aussicht auf lukrative Aufträge dürfte erklären, warum du einen derart hohen Kredit ohne jede Sicherheit kriegen konntest." Das war ein Schuss ins Blaue. Und er traf.

Wieder räusperte Andreas sich. „Ja, und? Daran ist nichts verboten! Wenn das Dorf schon plattgemacht werden soll, dann will ich wenigstens daran verdienen!"

„Weiß dein Vater davon?"

„Das spielt keine Rolle, die Firma gehört demnächst mir. Und dann ist Schluss mit dem Kleinklein, dann wird die Firma endlich wieder so groß wie früher! Also ganz früher, vor der DDR."

Wohl kaum, wenn sein Vater vorher von der Beteiligung an den Plänen von Golfotel erführe. Aber es ging Katharina nicht um die internen Probleme der Firma „Burmester – unsere Mauern halten!".

„Es wäre nur blöd, wenn die Freifrau die Pläne vorher stoppt, oder?"

Andreas zupfte an seinem Kragen, als wäre der plötzlich enger geworden. „Sie kann nicht einfach ..."

„Sie sagt, sie kann. Sie sagt sogar, sie wird."

Andreas sprang auf, stützte sich auf den Tisch und schleuderte Katharina entgegen: „Und wozu? Damit hier ein paar Kröten und Kraniche glücklich werden? Und die Menschen? Die Menschen brauchen Arbeit! Dazu brauchen wir hier Tourismus!"

„Der lange Meier in seiner Fischerkate hat Arbeit! Und ich hatte mal eine Wohnung!" Ups, sie lief Gefahr, unprofessionell zu werden. Katharina atmete einmal tief durch. „Wir sind nicht hier, um die Pläne von Banken, Gemeinden und Hotelketten zu diskutieren. Wir sind hier, um einen Mörder zu finden. Und du hast dich gerade zum Hauptverdächtigen gemacht."

Andreas wurde blass und setzte sich wieder. „Haupt..."

„Du hättest ein Motiv. Johanna würde deine Auftragsplanung ziemlich durcheinanderwirbeln. Du hättest die Gelegenheit gehabt. Durch die Bauarbeiten konntest du dich unauffällig auf dem Schlosshof bewegen. Und vor Johannas Einzug konntest du dich da erst recht unauffällig aufhalten. Und das Mittel ..."

„Aber Johanna lebt doch noch!" Andreas klang verzweifelt. „Welchen Mord also?"

„Den an Kevin!" Katharina schlug mit der Hand auf den Tisch. „Der war eine Verwechslung! Es ging immer um Johanna! Dass sie noch lebt, hat sie nur ihrem Glück zu verdanken!"

„Aber die Mordwaffe! Die habt ihr noch nicht – die findet ihr auch nicht!" Andreas keuchte jetzt.

Katharina ließ sich in ihren Stuhl sinken und lehnte sich entspannt zurück. „Ach nee. Und das weißt du woher so genau?"

Andreas starrte sie an und sackte zusammen. Allerdings war Katharina klar, dass das keinesfalls ein eindeutiges Geständnis gewesen war. Und dass er recht damit hatte, dass sie nicht die geringste Ahnung hatten, was und wo die Mordwaffe war.

Lagebuschturm an der Rostocker Stadtmauer

35

Nach dem Treffen mit Katharina telefonierte Johanna mit dem Naturschutzbund und stieß gleich auf offene Ohren. Sie verabredeten einen Besichtigungstermin in zwei Tagen – Johanna musste vorher bei Hertha nachfragen, wo genau die Orchideen standen, und die würde erst morgen aus dem Krankenhaus entlassen werden. Johanna bekam gleich ein paar Tipps, mit welchen Argumenten und Vorbereitungen sie sich für die Einwohnerversammlung bewaffnen konnte, und legte befriedigt auf.

Dann überlegte sie, was sie nun tun konnte oder sollte. Auf dem Küchentisch lag noch immer die alte Karte von der Gegend um Schloss Moordevitz. Hertha musste die Kopie im Archiv bestellt haben, aber Johanna wusste nicht, zu welchem Zweck. Aus reinem Interesse an der Geschichte des Schlosses wahrscheinlich. Aber warum kam Johanna die Karte so bekannt vor? Sie war sicher, dass sie sie nie vorher gesehen hatte.

Mit halber Aufmerksamkeit ließ sie ihren Blick über die gezeichneten Grenzen, Wege und Flüsse schweifen. Zu Zeiten von Johannas Urgroßeltern umfasste das zum Schloss gehörende Land die Wiesen und Wälder zwischen den beiden Flüssen, von dort, wo die Graadenitz die Moordenitz verließ, bis zum Bodden, mit Ausnahme des Dorfes Moordevitz. Heute lag der ehemalige Freiherrnbesitz innerhalb der Grenzen des Gemeindegebietes und gehörte teils der Gemeinde, teils verschiedenen Privatleuten.

Johanna starrte eine ganze Weile auf die Karte, während ihre Gedanken abschweiften und sich eintrübten. Ohne Hertha war dieses große Gebäude sehr leer. Was, wenn die Kommissarin recht hatte? Wenn ihr Leben umso stärker in Gefahr war, je näher ihr Geburtstag rückte? Sie musste etwas tun, sich ablenken. Herumsitzen und Trübsal blasen hatten noch nie ein Problem gelöst. Sie würde zum Gerätehaus der Feuerwehr radeln. Da gab es immer was zu tun und meistens war jemand da.

Johanna war schon in der Halle und zog ihre Schuhe an, da begriff sie, was ihr an der Karte so bekannt vorkam. Sie lief zurück in die Küche, zückte im Laufen ihr Handy und wischte sich durch die Bilder, bis sie das Foto von Golfotels Plänen gefunden hatte, das Tante Weber ihr geschickt hatte.

Identisch.

Die gefärbten Flächen, die Golfotel erwerben wollte, waren bis ins Detail identisch mit dem Land, wie es früher zu Schloss Moordevitz gehört hatte.

„Holl mål dei Schüpp hen." Der lange Meier stand mit dem Besen vor einem Häufchen Sand und Schmutz, das er in der Fahrzeughalle der Feuerwehr zusammengefegt hatte. Johanna hielt ihm die Schaufel hin und entsorgte den Kehricht in der Mülltonne.

Sie hatte trotz allen Grübelns nicht den geringsten Anhaltspunkt gefunden, warum Golfotel ausgerechnet exakt den Besitz ihrer Urgroßeltern kaufen wollte. Deshalb hatte sie sich gezwungen, das Schloss zu verlassen und zum Gerätehaus zu fahren. Jetzt half sie dem langen Meier beim Putzen des Barkas und der Wagenhalle. Dass das KLF nicht funktionierte, war kein Grund, es verstauben zu lassen.

„Warum ist der eigentlich nicht in der Werkstatt?"

Der lange Meier verzog den Mund. „Is dei Gemeinde tau düer."

„Aber das Leihfahrzeug wird auf die Dauer auch nicht billiger. Die können doch nicht wirklich die Feuerwehr dicht machen!" Johanna öffnete die Heckklappe, gemeinsam zogen sie den Rollwagen heraus und inspizierten die Geräte darauf. Johanna griff nach einem der Strahlrohre. „Guck mal, da war ich nicht ordentlich, da ist immer noch ein Fleck. Ich wisch es noch mal ab." Sie wollte zum Waschbecken gehen, verharrte dann aber mitten in der Bewegung.

Der Fleck auf dem Strahlrohr hatte dieselbe Farbe wie der Fleck auf dem Stein, mit dem Hertha niedergeschlagen wurde.

Holl mål dei Schüpp hen.
Halt mal deine Schaufel hin.

Is dei Gemeinde tau düer.
Ist der Gemeinde zu teuer.

36

Katharina war froh, dass ihr Auto die Strecke von Spökenitz nach Musing-Dotenow praktisch alleine fuhr, denn es gelang ihr nicht, ihre Gedanken länger als wenige Minuten auf das Fahren zu konzentrieren.

Andreas war vorläufig festgenommen und wartete in der Zelle auf seinen Anwalt. Er hatte kein Wort mehr gesagt, nachdem er sich wegen der Mordwaffe verplappert hatte. Katharina war sicher, in ihm den Mörder gefunden zu haben, aber die Beweislage war nicht üppig. Bis Johanna mit dem Strahlrohr auf der Polizeiwache auftauchte und reichlich zerknirscht gestand, dass sie höchstpersönlich das Ding sauber gewischt und den Großteil der Spuren dabei vernichtet hatte.

Der Rand des Rohres passte zur Wunde des Toten und der Fleck konnte altes Blut sein. Und wenn der spärliche Rest mit bloßem Auge zu sehen war, dann fanden die Kriminaltechniker hoffentlich etwas. Am besten DNA von Kevin. Deshalb hatte Katharina das Rohr selbst nach Spökenitz in die Kriminaltechnik gefahren. Morgen würde sie die Ergebnisse bekommen.

Endlich erreichte sie Musing-Dotenow und bog in die Straße zur Polizeistation ein. Sie stieg aus, verriegelte die Autotür und ging die Treppe hinauf. Als sie die Gebäudetür aufzog, wandte sie sich kurz um und sah eine große, schwarze Limousine vorbeifahren. Erst in ihrem Büro drang in ihr Bewusstsein, dass der Wagen ein Wappen an der Fahrertür gehabt hatte. Ein Wappen mit Fackel, Totenkopf und Maus. Ein blödes Gefühl beschlich sie.

Hatte Johanna nicht erzählt, ihr Onkel sei in London? Aber er würde ja nicht ewig dort bleiben. Katharina trat an ihren Schreibtisch, doch das blöde Gefühl im Bauch blieb. Was wollte der Onkel hier? Zögernd setzte sie sich.

In dem Moment kam Pannicke herein. „Ah, Frau Kollegin, wenn Sie mir fünf Minuten Ihrer Zeit gönnen würden, ich hätte Rechercheergebnisse von potenzieller Wichtigkeit."

„Äh – was haben Sie? Potenzielle Ergebnisse?"

„Mitnichten. Potenziell wichtige Ergebnisse. Ergebnisse sind es, aber ob sie wichtig sind, ist noch nicht ..."

„Pannicke!"

Pannicke seufzte abgrundtief, begann dann aber mit seinen Ausführungen zu einem längeren Telefongespräch mit dem Standesamt in einer niedersächsischen Kleinstadt.

Nach den ersten drei Sätzen sprang Katharina auf. „Was sagen Sie da? Die Growe und Johannas Onkel sind verheiratet?"

„Exakt dies sagte ich. Die Kollegin vom Standesamt war äußerst mitteilsam. Das traumatische Erlebnis, dass eine Hochzeit zwischen zwei solch wichtigen Persönlichkeiten im dortigen Landkreis so vollkommen geheim bleiben musste, hat sie sehr mitgenommen. Welch glanzvolles Ereignis die Eheschließung zwischen einem Abkömmling des ortsansässigen Adels und der Tochter eines Hotelkonzernbesitzers für das dortige Standesamt hätte werden können, liegt auf der Hand. Sie war äußerst dankbar, sich den Kummer endlich einmal von der Seele reden zu können."

Katharina kam nicht auf die Idee zu lachen, denn Pannicke meinte so etwas nie ironisch. Außerdem war ihr nicht zum Lachen. „Geheim? Niemand wusste, dass die verheiratet sind?"

„Sie sagen es.“

Die Growe und Johannas Onkel ein Ehepaar. Und nicht einmal Johanna wusste davon. Katharina setzte sich langsam wieder. Pannicke sprach weiter, aber sie hörte nicht mehr zu. Wenn die beiden verheiratet waren, wie wahrscheinlich war es dann noch, dass Onkel Horst nicht genauso schmutzige Finger hatte wie die Growes? Und er war gegen siebzehn Uhr dreißig hier durchgefahren, vor gerade mal einer Viertelstunde. In Richtung Moordevitz.

Sie sprang wieder auf, schloss die Schublade auf, in der ihre Pistole lag, griff sich die Waffe und sprintete immer zwei Stufen auf einmal nehmend zu ihrem Auto.

Der Trabant schoss auf den Schlosshof, Katharina brachte ihn erst hinter dem Schlossgebäude zum Stehen – ihr blödes Gefühl im Bauch war inzwischen so blöd geworden, dass ihr egal war, ob Hertha sich über ihr ruiniertes Blumenbeet aufregen würde. Der Wagen blieb zwischen zwei Rosenbüschen stecken, sie sprang hinaus und rannte die Treppe zur Terrasse hinauf. Die Terrassentür würde sie ohne Schlüssel öffnen können.

Da sah sie Johanna seelenruhig in die ehemalige Remise gehen.

Erleichtert stützte Katharina sich auf die Terrassenbrüstung. Ihr blödes Gefühl war doch nur das gewesen – ein blödes Gefühl. Dann konnte sie erst mal in Ruhe ihr Auto aus Herthas Rosen entfernen, bevor die das bemerkte.

Kirche von Tribohm

37

Johanna zerrte an dem rechten Türflügel, bis der ächzend nachgab. Sie betrat die Remise und ging hinüber zum Kartoffellager, das vom ausgebrannten Pferdestall hierher hatte umziehen müssen.

Hertha war aus dem Krankenhaus zurück und hatte es sich – trotz aller Bemühungen Johannas, sie zum Ausruhen zu überreden – nicht nehmen lassen, für den Abend ein Spargelessen vorzubereiten. Und dazu gehörten Kartoffeln.

Als Johanna sich nach den Tüften bückte, stach ihr ein Geruch in die Nase.

Benzin.

Wieso roch es in der Remise nach Benzin? War der Rasenmäher kaputt? Sie richtete sich wieder auf und sah sich prüfend um. Von der Seite fiel das Licht durch die offene Tür. Schräg vor ihr in der Ecke neben der Tür bewegte sich etwas, jemand trat hervor. Sie zuckte zurück, aber dann lächelte sie.

„Onkel Horst! Das ist ja eine Überraschung! Was machst du hier? Und woher weißt du, dass ich hier im Sta…"

Das Wort blieb ihr in der Kehle stecken. Horst hatte plötzlich einen Kanister in der Hand und goss eine klare Flüssigkeit auf den Boden. Johanna schrie auf und sprang zur Seite. Prompt kam der nächste Schwung aus dem Kanister und umspülte ihre Schuhe.

Benzin. Die Flüssigkeit roch nach Benzin.

Wie erstarrt beobachtete Johanna, wie Onkel Horst etwas Kleines, Glänzendes aus der Jackentasche holte. Er ließ es aufschnappen, eine Flamme sprang hervor. Dann schnappte das Ding wieder zu, die Flamme verschwand. Sprang wieder hervor, als Horst sich der Lache langsam näherte.

Johanna war unfähig, sich zu rühren. Sie sah wie durch einen orangeroten Nebel, der von allen Seiten in ihr Gesichtsfeld drang.

Sie war wieder fünf Jahre alt und kniete mitten in der Nacht am Fenster ihres Baumhauses. Von dort konnte sie genau in das Fenster im Turm sehen, hinter dem das Schlafzimmer ihrer Eltern lag. In dem Zimmer stand eine schwarze Gestalt. Eine schwarze Gestalt, die einen kleinen Blitz in der Hand hielt. Einen Blitz, der immer wieder auf- flackerte. Die Flamme eines Feuerzeugs. Und dann war hinter dem Fenster nur noch Feuer. Sie meinte, die Hitze zu spüren, hörte die Schreie, keuchte nach Luft. Sekun- denlang war sie unfähig, sich zu rühren, und starrte auf das rote, unruhige Licht im Turmzimmer. Dann sprang sie auf und kletterte die Leiter hinunter, stolperte auf den letzten Sprossen, stürzte auf den Rasen, rappelte sich auf und rannte zur Terrassentür hinüber. Die Tür öffnete sich, jemand kam heraus, von Kopf bis Fuß in Schwarz gehüllt, die Kapuze tief ins Gesicht gezogen. Der Ruf nach der Mut- ter blieb ihr im Halse stecken. Das war nicht Mama. Das war auch nicht Papa. Die Gestalt kam näher und näher, immer näher. Sie hob den Kopf, zeigte ihr Gesicht. Zeigte endlich nach dreißig Jahren Alptraum ihr Gesicht.

Mit einem Schlag kam Johanna zu sich.

„Du warst es", flüsterte sie.

Onkel Horst verzog den rechten Mundwinkel und lächelte bloß.

„Du warst es!", schrie Johanna. „Du hast das Feuer gelegt! Du hast meine Eltern verbrennen lassen!"

Onkel Horst ließ das Feuerzeug wieder zuschnappen.

„Ja, du hast mich beobachtet, ich habe es immer geahnt. Es war ein Missgeschick, dass du das Feuer überlebt hast. Ich bin nicht auf die Idee gekommen, dass eine Fünfjährige sich nachts heimlich in ihr Baumhaus schleicht. Zum Glück hattest du das Geschehen der Nacht jedoch vollkommen verdrängt. Und jetzt ist es an der Zeit, den Plan von damals zu komplettieren." Die Flamme sprang wieder auf.

„Du meinst, mein Überleben zu korrigieren?"

„Natürlich, meine liebe Nichte, das meinte ich."

Jemand näherte sich von der Tür her. Johanna wandte den Kopf, erkannte eine lange, schlanke Gestalt mit einem roten Schein um den Kopf – nein. Kein Schein, das waren Haare, die rote Mähne von Katharina.

Katharina! Johanna öffnete den Mund, Katharina durfte nicht in die Benzinlache … zu spät. Sie trat neben Johanna, sah nach unten und fluchte.

„Ach, die Frau Hauptkommissarin, nehme ich an? Das wird dann wohl ein bedauerlicher Kollateralschaden werden." Horst spielte mit dem Feuerzeug, ließ die Flamme aufspringen und wieder verlöschen.

„Machen Sie keinen Unsinn!" Katharina sprach energisch, aber Johanna bemerkte das winzige Zittern in ihrer Stimme „Was, glauben Sie, bringt es Ihnen, uns beide umzubringen?"

„Sie umzubringen, brächte mir in der Tat wenig ein. Meine Nichte umzubringen dagegen bringt mir ein Schloss, den Vorsitz in einer kleinen, aber feinen Privatbank und ein Millionengeschäft mit den Ländereien der bedauernswerten Einwohner von Moordevitz. Endlich das Vermögen, das mir zusteht. Den Grund und Boden, der mir von Geburt an zusteht."

Wieder sprang die Flamme auf.

Das war es. Letztlich steckte doch Onkel Horst hinter all dem. Nicht Golfotel wollte die alten Ländereien des Schlosses zurück, sondern Horst. Wie konnte er sie all die Jahre so täuschen? Wie konnte sie sich so täuschen lassen?

Johanna starrte ihren Onkel mit einer Mischung aus Grauen und Unglauben an.

„Aber du bekommst den Grund und Boden doch gar nicht, wenn Golfotel ihn kauft!"

„Meine liebe Nichte, sei bitte nicht naiv. Golfotel gehört meiner Frau, sobald sie ihren Bruder beerbt."

„Deiner – was?" Johanna traute ihren Ohren nicht. War denn irgendetwas in ihrem Leben bei Onkel Horst keine Lüge gewesen?

„Die Growe ist seine Frau", erklärte Katharina. „Und die beerben dann Sie, oder was? Wie viele wollen Sie denn noch unter die Erde bringen? Ihren Golfotel-Schwager? Ihre Frau? Nur wegen ein paar Hektar Land?"

„Ein paar Hektar Moordevitzer Land. Mein Land! Ich will Rache. Nach fünfundsiebzig Jahren endlich Rache."

Johanna konnte immer noch keinen klaren Gedanken fassen. Ihr Onkel war verheiratet? Mit der Growe? Und in Wahrheit steckte er hinter all dem? Hinter den Plänen von Golfotel, hinter den Mordanschlägen? Ja, dass Horst hinter den Anschlägen steckte, sah sie gerade sehr deutlich.

„Wofür denn Rache?", fragte Katharina und klang ehrlich erstaunt. „Sie waren doch gar nicht betroffen."

„Nicht betroffen? Ich musste hier im dreckigen Osten aufwachsen mit Dederon und Kunsthonig, während mir im Westen Seidenanzüge und echter Honig zugestanden hätten! Mir hätte der Platz zugestanden, den Johannas Vater innehatte!"

„Das stimmt ja so auch nicht. Sie waren der Jüngere. Und in so traditionsreichen Familien wird es doch wohl streng nach althergebrachten Regeln gehen", widersprach Katharina.

Wie konnte Katharina bloß angesichts einer Welt, die Kopf stand, solch nüchterne Fragen stellen? Dann begriff Johanna.

Die Kommissarin versuchte, Horst im Gespräch zu halten, um Zeit zu gewinnen.

Und es schien zu funktionieren. Johanna konnte es nicht fassen, Onkel Horst gefiel sich tatsächlich darin, noch lange Reden zu halten, statt das Benzin in Brand zu stecken. Wie im Film. Waren Mörder tatsächlich solche Narzissten, dass sie stundenlang über sich und ihre tollen Gedanken quasseln mussten? Oder lag ihm einfach daran, dass sie auch kapierte, warum sie gleich verbrennen würde?

Dabei konnte jede Sekunde länger seine Pläne zunichte machen. Andererseits – Katharina und sie waren kaum in der Lage, seine Pläne zunichte zu machen. Und wer sollte ihnen zu Hilfe kommen?

Horst lachte. „Der Idealist mit seinen versponnenen Plänen für eine bessere Welt hätte die Bank doch sofort in den Ruin gewirtschaftet. Nein, die Führung der Bank hätte mir gebührt. Und das nicht nur als Treuhänder einer Person, die noch versponnener ist. Ökologie als Geschäftsidee. Realitätsferner geht es ja wohl nicht.“

„Und da – verdammt, dann hat der Burmester gar nicht aus eigenem Antrieb gemordet? Sie haben Andreas dazu gebracht, für Sie zu morden?“

Onkel Horst verzog den rechten Mundwinkel. „Den jungen Herrn Burmester hat die Aussicht auf Profit sehr schnell sehr zugänglich für meine Pläne gemacht. Und dass er mir dann einen im Grunde viel zu teuren Kredit schuldete, war auch nicht von Nachteil. Leider war er unfähig und ermordete den Falschen. Nur wegen einer Perücke.“ Ihr Onkel schüttelte den Kopf. „Und ich muss es nun doch selbst in die Hand nehmen.“

„Aber warum jetzt erst? Warum haben Sie dreißig Jahre gewartet?“

„Ich hatte gehofft, dass mich dann keiner mehr verdächtigt – solange Johanna und ich unter einem Dach gewohnt haben, wäre ich viel schneller in Verdacht geraten. Zu dumm, dass Sie dann doch darauf gekommen sind, liebe Hauptkommissarin. Dumm für Sie.“

Horst holte jetzt eine Schachtel extralanger Streichhölzer aus der Jackentasche. Johanna hörte, wie Katharina neben ihr leise fluchte.

Horst lachte. „Ja, meine hochverehrte Frau Hauptkommissarin – Sie dachten, wenn ich das Feuerzeug in das Benzin werfe, muss ich es loslassen und dann wird es ausgehen, bevor es das Benzin erreicht, nicht wahr?" Er ließ die Flamme aufspringen, hielt das Streichholz daran. Grellweiß zischte die Flamme auf, brannte dann ruhig an der Spitze des Streichholzes.

Katharina zog ihre Waffe. Johanna entfuhr ein Schrei. Wenn der getroffene Horst mit dem brennenden Streichholz in die Lache fiel … Aber Katharina schoss nicht. Sie stand da und starrte auf die Pistole.

Warum erstarrte sie zur Salzsäule? Bedrohte sie das erste Mal einen Menschen mit der Waffe? Versagten ihre Nerven? Auch Polizisten waren nur Menschen. Johanna brüllte: „Weg mit dem Streichholz! Sonst schießt sie!"

„Aber meine liebste Nichte! Erstens – wenn die Frau Kommissarin schießt, fällt das brennende Streichholz in das Benzin. Und zweitens – glaubt ihr beide wirklich, ich falle darauf herein? Kann die Polizei in Musing-Dotenow sich nur noch Wasserpistolen leisten?"

Johanna starrte ungläubig auf die Waffe: „Wie – Wasserpistolen?"

Katharina erwiderte verzweifelt: „Ja, Wasserpistole! Wenn wir das hier überleben, bringe ich Jörn um!"

Johanna nahm ihr das Spielzeug aus der Hand. „Ist die geladen? Das ist dann wohl mein Metier."

Horsts Brauen hoben sich fragend-amüsiert. Johanna drückte den Hebel der Pistole durch, die Pumpe zog zum Glück gleich und der Wasserstrahl löschte das Streichholz binnen Augenblicken. Sofort richtete Johanna den Strahl in Horsts Augen, die inzwischen verdattert dreinblickten. Er brüllte auf, seine Hände fuhren zu seinen Augen. Der Moment der Blindheit reichte für Katharina, auf ihn zu-

zuspringen, ihn zu überwältigen und zu Boden zu ringen. Johanna schnappte sich einen alten Strick und sie fesselten Horsts Hände und Füße.

Dann standen sie beide vor ihrem Gefangenen. Katharina betrachtete Horst und erklärte dann: „Wasserpistolen und Pferdestricke – die Ausrüstung der Polizei Musing-Dotenow sucht wirklich ihresgleichen."
Johanna hatte andere Fragen. „Was, bitte, ist Dederon?"

Die Trebel

38

Also ich weiß nicht, ob ich wirklich schon alles verstanden habe“, Johanna goss reichlich Sauce Hollandaise über den Spargel, den Hertha zur Feier des überstandenen Abenteuers gekocht hatte, obwohl es schon fast Mitternacht war. Katharina und ihre Kolleg*innen hatten noch stundenlange Vernehmungen geführt mit Horst und Andreas. „Warum hat Andreas Kevin noch aufgehängt? Warum lag da die Perücke im Gebüsch?“

Katharina hatte mehr für den Schinken übrig, zermatschte aber einen Berg Kartoffeln in der Sauce. „Als Andreas merkte, dass er den Falschen niedergeschlagen hatte und dass Kevin noch lebte, ihn also identifizieren würde, geriet er in Panik und kam auf die Idee, ihn umzubringen und die Tat als Selbstmord zu tarnen. Damit wir nicht darauf kommen, dass er Kevin mit dir verwechselt hatte, hat er das Make-up abgewischt und die Perücke versteckt.“

„Wie konnte der Kevin überhaupt mit mir verwechseln? Der war doch mindestens einen Kopf größer als ich und viel kräftiger gebaut.“ Johanna schüttelte den Kopf.

„Naja, zum einen hatte er dich ja noch nie gesehen, kannte dich nur von Fotos. Und dann hat Kevin wohl gerade gekniet.“

„Und warum das Strahlrohr? Das muss er ja mit zum Schloss geschleppt haben?“ Johanna biss genüsslich von einer Spargelstange ab.

„Er dachte, da kommen wir nie drauf. Und dann sind ja auch Fingerabdrücke von allen Feuerwehrleuten drauf, unter anderem natürlich auch seine. Und Fingerabdrücke vom stellvertretenden Wehrführer auf einem Strahlrohr ist nichts Verdächtiges. Sein Pech war das verlorene Schulterstück. Als er das vermisste, hat er heimlich seinen und Jens' Pullover vertauscht. Weil er befürchtete, es am Schloss verloren zu haben. Suchen konnte er dort aber nicht mehr unauffällig, nachdem Hertha und du da eingezogen wart."

„Weißt du, was ich überhaupt nicht verstehe? Warum hat er das Strahlrohr nicht gleich nach dem Mord abgewischt? Dann hätte er an meinem ersten Ausbildungsabend nicht so nervös hinter mir stehen müssen, als ich in den Bierkästen gewühlt habe."

„Das hatte er vor. Und dabei platzte Jens dazwischen und er musste das blutverschmierte Strahlrohr schnell verstecken. Dann kam ihm eine Geschäftsreise dazwischen und er hat Blut und Wasser geschwitzt, dass in der Zwischenzeit jemand das Ding findet. Deshalb war er so begeistert, dass du ihm die Arbeit abgenommen hast."

„Was wird denn jetzt aus dem Bauunternehmen?"

Katharina zuckte die Achseln. „Der alte Burmester wird wohl noch ein paar Jahre weitermachen. Dann gibt es noch Andreas' jüngeren Bruder und die Schwester. Inka."

Der Rest des Spargelessens verlief schweigend, jede hing ihren Gedanken nach. Bis Katharina auf einmal aufsprang.

„Oh, da, Frau Böhmer, darf ich mal?" Sie hechtete durch die Küche, griff sich Herthas blaugemusterten Einkaufsbeutel vom Haken und präsentierte ihn Johanna.

„Das, liebe Johanna, das ist Dederon!"

Hertha fuhr auf und sah einen Moment konsterniert ihrem Einkaufsbeutel hinterher.

Dann überraschte sie die beiden, indem sie schallend lachte. Sie lachte und lachte, bis sie sich erschöpft auf einen Küchenstuhl fallen ließ und nur noch kichern konnte. Johanna und Katharina räumten derweil den Tisch ab und holten Dessertschälchen aus dem Schrank.

„Oh Gott, bin ich froh, dass wir das jetzt alles überstanden haben!", japste Hertha. „Sie glauben nicht, was für ein Schreck das war, als mir klar wurde, was ich damit angerichtet hatte, dass ich ihrer Oma den Schlosskauf angeschnackt habe."

Johanna und Katharina hielten inne, sahen erst Hertha, dann einander an. Schließlich setzten sie sich Hertha gegenüber.

„Woher kennen Sie denn meine Oma überhaupt? Hatten Sie die ganzen Jahre Kontakt?"

Hertha schüttelte den Kopf, stand auf und holte den Nachtisch. „Nein, natürlich nicht. Ich kannte die alten Geschichten vom Schloss und von Ihrer Familie von meiner Großtante, aber mehr auch nicht. Ich habe Ihre Großmutter noch nicht einmal bei ihrem Besuch hier in Moordevitz kurz nach der Wende kennengelernt, weil das die einzigen drei Jahre meines Lebens waren, in denen ich nicht in Moordevitz gewohnt habe. Aber als die Bank mir kein Geld mehr geben wollte für die Renovierung, bestand die Gefahr, dass ich doch an Golfotel hätte verkaufen müssen. Was ja auch durchaus der Plan der Bank war. Oder der Plan von Ihrem Onkel und Frau Growe. Da habe ich recherchiert und einen Zeitungsartikel über das Seniorenheim gefunden, in dem Ihre Großmutter jetzt lebt. Damit war es relativ einfach, sie zu finden und zu besuchen. Eine sehr angenehme Person ist die alte Dame übrigens. Jedenfalls wurden wir uns sehr schnell einig, dass es die bessere Lösung ist, wenn Ihre Familie das Schloss zurückkauft. Hätte ich geahnt, dass es in der Folge dann zu Mord und Totschlag kommen würde ..."

Hertha sah kopfschüttelnd vor sich hin, hob dann aber den Kopf wieder und beendete ihren Satz. „... hätte ich vermutlich genau dasselbe getan."

„Ja. Das glaube ich sofort", kommentierte Katharina.

„Wie ernst es ist, habe ich erst begriffen, als ich die alte Karte aus dem 19. Jahrhundert hervorgesucht hatte und meinen Verdacht bestätigt sah. Dass nämlich irgendjemand genau den alten zum Schloss gehörigen Besitz wiederhaben wollte. Das konnte kaum Golfotel sein, denen sind adlige Traditionen egal. Aber bevor ich Ihnen davon erzählen konnte, bin ich mit Gedächtnislücken im Krankenhaus gelandet. Aber zum Glück hat Katharina ihren Job ganz gut erledigt.“

„Ja, wo kamst du eigentlich so passend her?“, wandte Johanna sich an Katharina.

„Kurz bevor Pannicke mir erzählte, dass dein Onkel und die Growe heimlich verheiratet sind, hatte ich deinen Onkel durch Musing fahren sehen, obwohl er in London sein wollte. Da wurde mir klar, hier ist was richtig faul.“

„Und du hast mir das Leben gerettet!“ Johanna stand auf und umarmte Katharina.

„Naja, ohne deine hervorragende Löschausbildung sähe es jetzt übel mit uns beiden aus.“

„Und Ihre Idee, mir das Schloss zu verkaufen, war die beste, die Sie je hatten!“ Johanna fiel Hertha um den Hals.

„Ja, ja, aber nun setzen Sie sich wieder und essen Sie Ihr Eis, ich hole Ihnen nämlich kein neues, nur weil Ihres schmilzt.“

39

Mann, ist das kitschig. Also, schön-kitschig. Dass ich mal in einem Schloss wohnen würde, hätte sich mein ultralinker Vater vermutlich nie träumen lassen. Zum Glück für ihn hat er uns schon vor zwanzig Jahren verlassen und kriegt das nicht mit. Prost."

Katharina und Johanna stießen mit ihren Bierflaschen an. Sie saßen nebeneinander auf der Schlossterrasse und genossen den Anblick der blühenden Apfelbäume in der Abendsonne. In der feuchten Luft breitete sich das Abendrot um die Sonne herum aus, als würde der Himmel aus sich heraus leuchten.

„Verlassen? Ist er gestorben?", fragte Johanna nach.

„Nee. Abgehauen ist er und meldet sich nur alle Jubeljahre mal."

„Na ja, noch wohnst du ja auch nicht im, sondern hinter dem Schloss." Johanna deutete auf den VW-Bus und den Feuerwehr-Barkas, die einträchtig nebeneinander vor der Remise standen und die neu geschlossene Ost-West-Freundschaft symbolisierten.

Katharina prustete los und verschluckte sich. „Das würde meinen Vater wahrscheinlich noch mehr aufregen – dass seine Tochter wegen der Machenschaften kapitalistischer Immobilienhaie obdachlos in einem Barkas übernachten muss. Gut, dass die Feuerwehr gerade einen Barkas überhatte und meine Auto-Frickel-Brüder ihn soweit in Ordnung bringen konnten, dass mir nicht nachts eine Scheibe auf den Kopf fällt." Sie nahm einen Schluck und angelte ein paar Erdnüsse aus der Schale, die auf einem dritten Stuhl zwischen ihnen stand.

„Ist ja nicht für ewig. Zum Ende des Sommers sind die beiden Wohnungen im Obergeschoss so weit, dass wir einziehen können. Wir müssen nur noch würfeln, wer rechts und wer links wohnt. Wenn die Jubeljahre um sind und dein Vater zu Besuch kommt, können wir behaupten, wir hätten eine kommunistische Kommune eingerichtet."

„Ist zum Glück nicht zu erwarten. – Für den Pulli ist es echt zu warm. Aber es ist der einzige schwarze, den ich aus dem nassen Keller retten konnte." Katharina zog den Pullover aus und zupfte sich ihr T-shirt zurecht. „Es ist im Dorf übrigens sehr gut angekommen, das du auf der Beerdigung von Kevin warst."

„Ich finde, das bin ich ihm schuldig. Ich bin vielleicht nicht schuld an seinem Tod, aber ohne mich würde er noch leben."

Katharina hob die Bierflasche. „Auf Kevin."

„Auf Kevin."

Eine Weile sahen beide schweigend in den Garten.

„Was wird denn nun eigentlich mit dem neuen Löschfahrzeug, Frau Wehrführerin?", nahm Katharina das Gespräch wieder auf.

„Erst mal behalten wir das Geliehene. Ich bin noch dabei, Fördermittel zusammenzukratzen. Vom Kreis gibt's was, vom Land gibt's was und die Bank hat ja nun auch Geld übrig, da sie nicht mehr sinnlos Kredite für Landkäufe geben muss. Und durchaus ein Interesse daran, in den nächsten Zeitungsartikeln positiver in Erscheinung zu treten. Schwieriger wird es mit dem Gerätehaus. Für ein modernes LF ist der 1900er-Bau endgültig zu klein. Und wir können das LF nicht ewig bei Lona in der Scheune stehen lassen." Johanna kicherte. „Der Vorstand in Niedersachsen war übrigens alles andere als unglücklich, dass ich das Golfhotel abgeblasen habe. Die Gewinnmöglichkeiten wären hier nicht groß gewesen, zu weit weg von der Ostsee und zu wenig Sommer im Jahr. Sodass sie Angst hatten, sie sehen ihr verliehenes Geld nie wieder."

Katharina schloss die Augen, die Sonne stand jetzt so tief, dass sie blendete. „Ein Glück. Es hat auch Vorteile, am A... der Welt zu wohnen. Wenn ich mir vorstelle, hier liefen Heerscharen von Touristen herum und ich müsste jeden Sommer geklaute E-Bikes suchen und illegale Grillpartys am Bodden auflösen – schönen Dank auch.“

„Nur deine Wohnung kannst du so schnell nicht wieder- bekommen, die ist hin. Selbst wenn dein Vermieter jetzt doch renoviert, weil er nicht verkaufen kann, das dauert.“

„Machst du Witze? Die alte Butze gegen eine Siebzig-Quadratmeter-Wohnung in einem Schloss mit Park und der Aussicht zu dem Preis? Dafür hätte ich meinen Ver- mieter auch mit Waffengewalt gezwungen, die Bruchbude in der Barkenstraße unter Wasser zu setzen. Aber was wird denn langfristig aus meinem derzeitigen Heim?“

„Wie? Ach, der Barkas? Mal sehen, was möglich ist. Am liebsten würden wir – also die Feuerwehr – ihn natürlich behalten, aber ob die Gemeinde da mitspielt, ist fraglich. Auch wenn ich unseren Dr. Kleinschmidt überrede, dass die Bank als Sponsor auftritt. Dann müsste natürlich der ‚Vorbildliche Feuerwehr‘-Aufkleber unserem Bank-Logo weichen. – Guck nicht so entsetzt, das war ein Scherz. Der Aufkleber bleibt auf jeden Fall. Ich habe auch schon mal im Feuerwehrmuseum in Spökenitz angefragt, die würden ihn gern nehmen. Oder er kriegt hier Gnadenbrot.“

„Das wird meinen Bruder beruhigen. Wenn er das Geld hätte, würde er ihn sich selbst auf den Hof stellen. Dein Bus ist aber auch nicht mehr so weit vom Gnadenhof ent- fernt, oder?“

„Finger weg von dem Bulli! Ohne den gäb's mich nicht. Mit dem hat meine Hippie-Mutter meinem adligen Vater die Vorfahrt genommen und ist ihm in seine Luxus-Kar- rosse gedonnert. Dann hat sie ihn zur Sau gemacht. Und meine Oma war so angetan von der vollkommenen Res- pektlosigkeit, dass sie dafür gesorgt hat, dass die beiden sich näher kennenlernen.“

„Du musst mir deine Oma unbedingt mal vorstellen, ich glaub, die gefällt mir. Wann gibt es eigentlich Essen? Das duftet schon so.“ Der Duft nach Schnitzel hinderte Katharina allerdings nicht, noch mal in die Erdnüsse zu greifen.

„Viertel nach sechs.“

„Aha, also viertel sieben.“

„Sagen wir, achtzehn Uhr fünfzehn.“ Johanna knuffte Katharina.

„Aber ja, die Essenszeiten sind hier sehr streng“, erklärte sie dann. „Wir sollten pünktlich sein, sonst kriegen wir nur Wasser und Brot. Und was das Schuhe Abstreifen vor dem Eingang angeht ...“

„... haben wir Ossis schon vor langer Zeit gelernt, dass man Schuhe vor der Haustür auszieht.“

Johanna streckte ihr die Zunge raus. „Ich wundere mich nur immer noch darüber, dass ich zur Wehrführerin gewählt wurde. Es gab zwar keinen Gegenkandidaten, aber die Wahl hätte ja auch platzen können. Jens hat immer noch keine Lust auf den Posten, wenn er auch in der Feuerwehr geblieben ist. Er hat noch nicht mal gemeckert, dass ich neulich bei dem Stallbrand das Kommando übernommen habe, obwohl ich ohne Einsatzsachen da gar nichts zu suchen hatte. War eigentlich unverzeihlich, aber ich hatte Angst um das Schloss.“

Katharina schüttelte den Kopf. „Der hatte noch nie Lust, hat er nur gemacht, weil es sonst keinen gab. Er hat ordentlich die Werbetrommel für dich gerührt.“

„Echt?“ Johanna sah ihre neue Mitbewohnerin erstaunt an. „Na dann, auf Jens! Ein bisschen nervös bin ich ja schon, ob ich das packe.“

„Klar packst du das. Wenn die nicht spuren, packst du wieder die hochherrschaftliche Freifrau aus, wie damals bei mir im Büro.“

„O ja. Das wirkt dann Wunder. Vor allem bei den beiden Meiers.“

Beide prusteten los.

„Allerdings ..." Nachdenklich sah Johanna in die Abendsonne. „Beim Bürgermeister könnte das tatsächlich funktionieren. Da gibt es noch das eine oder andere auszufechten, was die Zukunft der Feuerwehr angeht."

Ein Gong dröhnte über die Terrasse und durch den Park. Johanna stand auf und wischte sich Nusskrümel von der Jeans. „Ich sag ja, die Essenszeiten sind sehr streng."

Für Neugierige

Landkarte   235
Hintergrundwissen   236
Glossar   238

Der Alte Markt in Stralsund

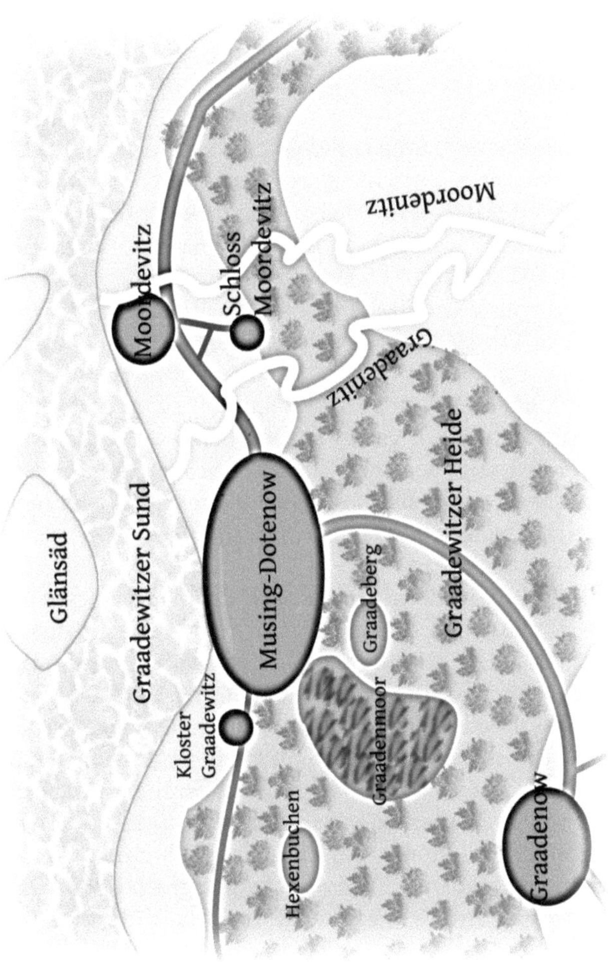

Karte von Moordevitz und Umgebung

Bodenreform und Enteignungen

Nach dem 2. Weltkrieg wurden in der SBZ (Sowjetischen Besatzungszone) Großgrundbesitzer mit mehr als 100 Hektar Fläche ohne Entschädigung enteignet, sowie solche mit weniger Land, sofern sie als Kriegsverbrecher oder aktive NSDAP-Mitglieder galten. Die enteigneten Großgrundbesitzer wurden aus dem Ort verwiesen und der enteignete Boden wurde (in Flächen von 5 bis 10 Hektar) an Kleinbauern, Landarbeiter und Umsiedler verteilt. Nach dem Willen Stalins hätten die Schlösser abgerissen werden sollen, um Baumaterial für Wohnraum zu liefern. Oftmals konnte das jedoch verhindert werden – aus ganz praktischen Gründen, denn die Schlösser selbst stellten ja bereits Wohnraum dar, vielfach für Flüchtlinge. Später wurden sie als Krankenhaus, Kindergarten, Waisenhaus, aber auch als Stall genutzt.

Diese Bodenreform wurde nach der Wiedervereinigung nicht rückgängig gemacht. Alteigentümer mussten ihr Land und ihre Schlösser also zurückkaufen, wenn sie sie zurückhaben wollten. Das aber war längst nicht für jeden interessant oder auch nur bezahlbar. In der Folge verfielen manche Schlösser so stark, dass sie abgerissen werden mussten und müssen, weil die öffentliche Hand die Sanierung nicht bezahlen kann und sich auch kein privater Käufer findet. Immer wieder finden sich aber auch gute Lösungen, indem Schlösser instandgesetzt und zum Beispiel zu Hotels umgewandelt werden. Die Orte Groß und Klein Kussewitz bietet für beide Fälle Beispiele – das Gutshaus Groß Kussewitz verfiel immer mehr und wurde schließlich abgerissen. Heute stehen dort Einfamilienhäuser. Das Gutshaus Klein Kussewitz dagegen ist heute ein Hotel.

Niederdeutsch

Der lange Meier spricht das Niederdeutsch, wie es im Neuen hochdeutsch-plattdeutschen Wörterbuch von Renate Herrmann-Winter, erschienen im Hinstorff-Verlag, für Mecklenburg-Vorpommern zusammengestellt wurde. Wie bei hochdeutschen Dialekten gibt es auch im Niederdeutschen unterschiedliche Varianten (vermutlich so viele, wie es Sprecher*innen gibt). Ich verwende die Rechtschreibung nach Renate Herrmann-Winter.
å steht für einen Laut, der ein langes, offenes A ist, dessen Aussprache etwas in Richtung O geht.
œ steht für ein langes, offenes ö.

Uhrzeiten

In Mecklenburg-Vorpommern gibt es die Angabe der Uhrzeiten mit zum Beispiel „viertel fünf" oder „dreiviertel fünf". In ganz Deutschland üblich ist die Angabe „halb fünf". Halb fünf bedeutet, die fünfte Stunde ist zur Hälfte vergangen (4:30 Uhr). Entsprechend bedeutet viertel fünf, dass die fünfte Stunde zu einem Viertel vergangen ist (4:15 Uhr) und dreiviertel fünf, dass die fünfte Stunde zu drei Vierteln vergangen ist (4:45 Uhr).

Mecklenburg-Vorpommern ist nicht die einzige Gegend, in der diese Sprechweise für Uhrzeiten gebräuchlich ist: Man nutzt sie in einem Streifen, der vom Nordosten Deutschlands bis in den Südwesten reicht und dabei die neuen Bundesländer, den Norden Bayerns und Baden-Württemberg umfasst.

Glossar

Barkas

Der Barkas B 1000 ist ein Kleintransporter der DDR, der auch als Kleinlöschfahrzeug produziert wurde.

Der Name „Barkas" bedeutet „Blitz" und geht auf den Vater Hannibals, den karthagischen Feldherrn Hamilkar Barkas (290 bis 228 v. Chr.) zurück.

Die Freiwillige Feuerwehr Mönchhagen besitzt noch einen Barkas B 1000 als Traditionsfahrzeug, über das es reichhaltige Informationen gibt:

unter: feuerwehr-moenchhagen.de/barkas_1.html,

und unter: feuerwehr-moenchhagen.de/barkas_2.html

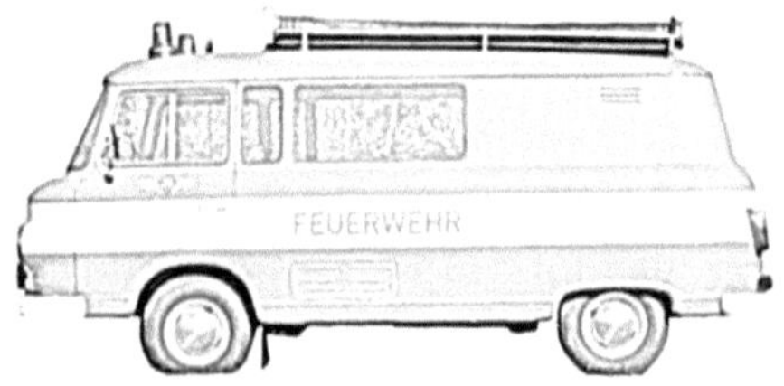

Bodden

Bodden sind flache Küstengewässer, die durch Landzungen vom Meer abgetrennt sind. Wie so viele Landschaftsformen in Mecklenburg-Vorpommern haben auch die Bodden ihre Ursache in der Eiszeit. Die Gletscher brachten Erdmassen und Geröll mit sich und nach ihrem Abschmelzen hinterließen sie eine flachhügelige Landschaft. Durch das Abschmelzen stieg der Meeresspiegel und küstennahe Täler wurden überflutet. Eine durch Buchten zerfurchte Küstenlinie entstand, aus Hügeln wurden Inseln. Nun begann das Meer seine Arbeit, die man immer noch beobachten kann: Küstenparallele Strömungen transportieren Material, tragen es an den einen Stellen ab und lagern es an den anderen an. Dadurch entstanden und entstehen Verbindungen zwischen Inseln, Nehrungen bildeten sich. Diese trennten die Buchten mehr oder weniger vom offenen Meer ab. Die Abtrennung führt dazu, dass die Bodden einen geringeren Salzgehalt als das Meer haben.

Das Foto zeigt den Saaler Bodden zwischen Fischland-Darß und Ribnitz-Damgarten.

B-Rohr, C-Rohr, Strahlrohr

Die Strahlrohre sind Metallrohre, die vorn auf den Feuerwehrschlauch geschraubt werden, um mit ihnen das Wasser bzw. Löschmittel gezielt auf den Brand zu richten. Man unterscheidet die Größen B bis D, wobei D den kleinsten Durchmesser hat.

Was macht aber das Halten eines Strahlrohrs so schwer? Schießt aus einem Strahlrohr Wasser nach vorn heraus, kommt es nach den Gesetzen der Physik (Impulserhaltungssatz) zu einem sogenannten Rückstoß, der das Strahlrohr im Gegenzug nach hinten drückt. Je mehr Wasser aus dem Strahlrohr strömt, desto größer ist der Rückstoß.

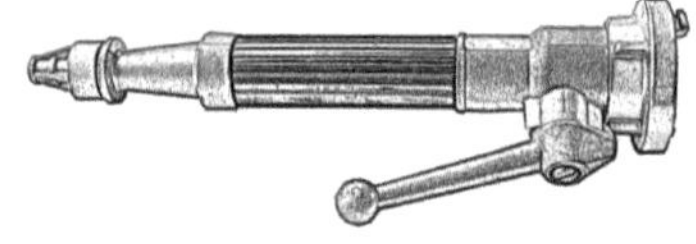

Dederon

Ein Kunstfasermaterial der DDR, der Name leitet sich ab aus „DDR" und der Endsilbe „-on". Bekannt sind die Kittelschürzen und Einkaufsbeutel aus diesem Stoff.

EOS

Erweiterte Oberschule, die höhere Schule in der DDR.
Nachdem man die polytechnische Oberschule (POS) bis zur zehnten Klasse besucht hatte, konnte man, Zulassung und entsprechende Leistungen vorausgesetzt, in der EOS zwei weitere Schuljahre absolvieren und dann die Hochschulreife erwerben.

Ernteeinsatz

Hilfseinsätze von Soldaten, Schülern und Studenten in der Landwirtschaft in der DDR

FDJ

Freie Deutsche Jugend, eine bzw. die Jugendorganisation in der DDR

Freiwillige Feuerwehr

Der Brandschutz ist eine Pflichtaufgabe der Gemeinde, aber nur größere Kommunen können sich eine Berufsfeuerwehr leisten bzw. sind bundeslandabhängig auch dazu verpflichtet. In allen anderen Gemeinden gibt es i. d. R. freiwillige Feuerwehren, gebildet von engagierten Männern und Frauen, die den Dienst für die Sicherheit ihrer Mitmenschen ehrenamtlich leisten. Gegenüber ca. 50 000 Berufsfeuerwehrleuten gibt es fast 1 Mio. freiwillige Kamerad*innen.

Neben dem Löschen von Bränden gehören immer mehr Einsätze anderer Art zu den Aufgaben der Feuerwehr, wie Technische Hilfe bei Unfällen, bei Umwelt- und Unwetterschäden (z. B. Beseitigen von umgefallenen Bäumen nach einem Sturm).

Mitglied kann im Grunde jeder werden, der zwischen 18 und 65 Jahren alt ist, wenn keine gesundheitlichen Gründe dagegen sprechen. Die aufgenommenen Mitglieder erhalten eine Ausbildung, die sich oft gliedert in die regelmäßigen Ausbildungsabende direkt in der Feuerwehr, wo erfahrenere Kamerad*innen ihr Wissen weitergeben und der Umgang mit den Löschgeräten geübt wird, sowie in Lehrgänge auf Kreis- und Landesebene. Den Grundlehrgang, der (in M-V) mit der Prüfung zum Truppmann endet, sollte möglichst jede*r absolvieren. Weitergehende Lehrgänge absolviert dann jede*r nach Interesse und Möglichkeiten.

Arbeitgeber sind im Übrigen verpflichtet, Mitglieder der freiwilligen Feuerwehr für Einsätze und Ausbildungen bei Fortzahlung des Gehalts freizustellen. Das dann quasi umsonst gezahlte Gehalt können sie sich aber von der Gemeinde erstatten lassen.

Vor allem in kleineren Gemeinden erfüllen die freiwilligen Feuerwehren über die Einsatztätigkeit hinaus auch gesellschaftliche Aufgaben - mitunter sind die Jugendfeuerwehren eins der wenigen Angebote vor Ort für Jugendliche, auch Feste wie Osterfeuer werden von den Feuerwehren aktiv unterstützt.

Gruppenführer

Eine Gruppe umfasst 9 Feuerwehrleute: den Gruppen-führer und 8 ihm unterstellte Feuerwehrleute.

Halligan-Tool

Eine besondere Art der Brechstange, wie sie häufig von Feuerwehren verwendet wird

Junge Brandschutzhelfer

In der DDR spielte die Brandschutzerziehung, sowohl von Erwachsenen als auch von Kindern, eine größere Rolle als in der BRD. Zwar gab es keine Jugendfeuerwehren im heutigen Sinne, dafür aber andere Strukturen wie die Jungen Brandschutzhelfer. Diese waren nicht (wie die Jugend-feuerwehren) Abteilungen der Freiwilligen Feuerwehr, sondern eine außerschulische Einrichtung zur Erziehung der Jungen Pioniere. Geleitet wurden sie trotzdem meist durch Angehörige der (freiwilligen) Feuerwehren. Auch die Schulen waren beteiligt und lehrten ab der 5. Klasse beispielsweise Vorbeugenden Brandschutz, Brandbekämpfung und Erste Hilfe.

Bei den regelmäßigen Kontrollen von Firmen und Privathäusern zum Vorbeugenden Brandschutz waren neben Feuerwehrleuten z. T. auch Junge Brandschutzhelfer beteiligt.

KLF

Kleinlöschfahrzeug

LF

Löschfahrzeug. Ein Löschzug ist übrigens kein einzelnes Feuerwehrfahrzeug, sondern besteht aus mehreren Fahrzeugen.

Maschinistin

Der Maschinist ist der Fahrer und bedient im Einsatz die im Fahrzeug eingebauten Geräte, insbesondere die Pumpe.

Pionierlöschgruppe

In den 1950er Jahren wurden in der DDR zunächst über die landesweite Kinderorganisation der „Jungen Pioniere" sogenannte „Pionierbrandschutzgruppen" gegründet, an denen man ab der 6. Klasse teilnehmen konnte. Geleitet wurden die Pionierbrandschutzgruppen meist von Angehörigen der örtlichen Feuerwehr. In diesen Gruppen lernten die Kinder den Umgang mit Feuerwehrtechnik, waren bei echten Brandeinsätzen aber natürlich nicht dabei.

Ein Kleinkraftrad der DDR

Unbezahlter Arbeitseinsatz am Samstag (von russisch: subbota für Samstag). Ursprünglich dienten die Subbotniks in der DDR dem Wiederaufbau nach dem Krieg. In ostdeutschen Orten verwendet man den Begriff heute wieder, wenn gemeinsame Aktionen bspw. zum Aufräumen und Säubern von öffentlichen Flächen unternommen werden.

Ein Trupp bei der Feuerwehr besteht aus zwei Feuerwehrleuten, Truppführer und Truppmann (Truppführerin und Truppfrau), wobei der Truppmann dem Truppführer unterstellt ist.

steht für Tragkraftspritze, eine tragbare Motorpumpe

Volkswirtschaftliche Masseninitiative (VMI)

Eine Form der freiwilligen Arbeit in der DDR. Im Rahmen von VMI-Einsätzen wurden dem Allgemeinwohl dienende Projekte umgesetzt, z. B. Spiel- oder Sportplätze gebaut oder die Grünanlagen im Wohnumfeld in Ordnung gebracht und gepflegt.

Vorbildliche Freiwillige Feuerwehr

Ehrentitel für freiwillige Feuerwehren in der DDR

Zugführer

Der Führer eines Zugs, wobei ein Zug 22 Feuerwehrleute und mehrere Einsatzfahrzeuge umfasst.

Danksagungen

So ein Buch entsteht nicht ohne die Hilfe und Unterstützung zahlreicher weiterer Menschen:

Fürs Testlesen danke ich ganz herzlich *Susanne Kreitmann, Anne Oldach, Thomas Salzmann* und *Stefanie Zill*. Ohne eure Hinweise wäre die Geschichte nur halb so gut geworden!

Ulrike Stern, Universität Greifswald, Kompetenzzentrum für Niederdeutschdidaktik, danke ich herzlich fürs Korrigieren des Niederdeutschen.

Yvonne Schlatter hat das Manuskript lektoriert und wesentliche Hinweise zur Verbesserung gegeben. Herzlichen Dank dafür!

Ein besonderer Dank gebührt *Dr. Wolfgang Gabler* (†), der mir in zwei Jahrzehnten in seinen Seminaren am Literaturhaus Rostock das Handwerk des Schreibens vermittelte. Wenn es noch hapert, liegt das an mir.

Thomas Salzmann, Freiwillige Feuerwehr Mönchhagen, hat akribisch alle Fehler im Hinblick auf Feuerwehreinsätze aufgespürt. Für im Buch eventuell verbliebene bin ich ganz allein verantwortlich, denn ich würde vermutlich auch B- und C-Rohre verwechseln.

Eylem Kadem und *Karl Matthes* vom Hotel Gutshaus Klein Kussewitz (http://www.gutshauskleinkussewitz.de) danke ich für die Erlaubnis, eine Zeichnung vom Gutshaus Klein Kussewitz zur   Illustration verwenden zu dürfen.

In diesem Zusammenhang sollen auch meine beiden Special Guests gewürdigt werden:

Der *Barkas B1000* der Freiwilligen Feuerwehr Mönchhagen (auf dem Cover incognito mit Spökenitzer Kennzeichen). Im Gegensatz zur Feuerwehr Moordevitz verfügt die FF Mönchhagen allerdings über ein modernes Löschfahrzeug, der Barkas wird liebevoll als Traditionsfahrzeug gepflegt.

Die *tausendjährige Eibe* an der Mönchhäger Dorfstraße stand Modell für die Zeichnung der Eibe auf dem Moordevitzer Kirchplatz.

Zum Weiterlesen

Mehr von Johanna und Katharina, aber auch andere Krimis gibt es in der Text-Wirkerei. Etliche Krimikarten und Westentaschenkrimis sind dort bislang entstanden, die Mehrzahl davon mit Abenteuern um die beiden Protagonistinnen dieses Romans.

Die Krimikarte – der handliche Regio-Krimi zum Versenden und Verschenken!

Die Krimikarte ist eine 6-seitige Klappkarte im DIN-lang-Format, also wie ein herkömmlicher langer Briefumschlag. Auf der Klappkarte finden Sie Informationen und Fotos zum jeweiligen Originalschauplatz und natürlich Platz für Ihre persönlichen Grüße.
Das Geheimnis: In ihrem Innern verbirgt sich jeweils ein Heftchen mit einem Kurzkrimi!

Mehr Informationen und Leseproben zu den Krimikarten unter:

text-wirkerei.de

Sturm in Moordevitz

Der zweite Band der Moordevitz-Reihe

als Hardcover, Softcover, Großschriftausgabe und E-Book

erhältlich im Buchhandel und in den Shops von:
tredition.de
shop.autorenwelt.de
text-wirkerei.de

Der Neffe von Hauptkommissarin Katharina Lütten stößt nach einem Sturmhochwasser am Strand auf freigespülte Knochen und ein Medaillon mit dem Wappen derer von Musing-Dotenow, der Familie von Katharinas Freundin Johanna. Johannas Cousine Ilka verschwindet und wird tot in der Ostsee aufgefunden. Der unheimliche Nachbar von gegenüber benimmt sich merkwürdig – ist er der Mörder? Dann verschwindet Johannas Großmutter und Johanna gerät in Lebensgefahr. Hat Katharina es mit zwei Fällen zu tun? Oder doch nur mit einem?

Die Lösung liegt in der Vergangenheit – Johanna und Katharina stellen überrascht fest, dass sich ihre Familiengeschichten im 19. Jahrhundert schon einmal gekreuzt haben. Was geschah wirklich mit Ludwig Lüttin und Hedwig von Musing-Dotenow in dem tobenden Unwetter am 13. November 1872, als Küstenstädte und Dörfer vom Ostseewasser verschlungen wurden?

Altweibersommer

Ein Krimi um fantastische Sanddornmarzipankekse. – Die drei Großtanten von Polizeiobermeisterin Levke Sörensen können nicht nur legendäre Sanddornmarzipankekse backen, sie haben es auch faustdick hinter den Ohren ... Natürlich gibt es das Rezept für die Kekse in der Karte.

Die Bernsteinperle im Hünengrab

Großsteingräber gibt es viele in Mecklenburg-Vorpommern. Bei Liepen im Recknitztal stehen zwei recht dicht beieinander und inspirierten mich zu diesem Krimi. – Irmtraut Papke wird ermordet in einem verlassenen Haus gefunden und bald gerät ihr Neffe Olli in Verdacht, seine Tante getötet zu haben. Dann verschwindet Olli spurlos. Ist er auf der Flucht? Und welche Rolle spielen die Bernsteinperlen?

Das bleiche Mädchen

Ein Krimi zu einer Sage aus der Marienkirche in Rostock. – Ein Toter liegt vor dem Altar, seine Freundin kommt kurz darauf bei einem Brand ums Leben. Was hatte der Tote mitten in der Nacht in der Kirche zu suchen? Kommissarin Katharina Lütten kommt einer Mutprobe mit furchtbaren Folgen auf die Spur.

Der Hund von Ildenow

Ein Krimi zu einer Sage aus dem Kloster Eldena in Greifswald. – Seit langem schon hält niemand mehr die Sage um den Schatz und den Klosterhund für wahr. Doch dann beschließen vier Studenten aus einer Partylaune heraus, den Schatz zu suchen und stoßen auf die Bestie. Drei können sich aus der einstürzenden Klosterruine retten. Aber was geschah mit Philipp?

Klosterruine Eldena in Greifswald